第九连

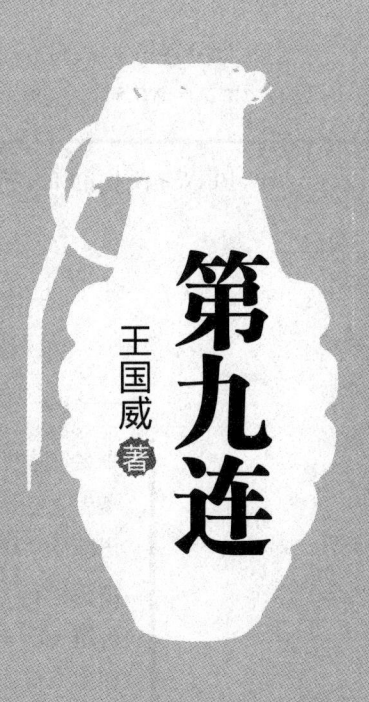

王国威 著

中国友谊出版公司

图书在版编目（CIP）数据

第九连 / 王国威著 . — 北京：中国友谊出版公司 , 2015.8

ISBN 978-7-5057-3545-3

Ⅰ . ①第… Ⅱ . ①王… Ⅲ . ①长篇小说—中国—当代 Ⅳ . ① I247.5

中国版本图书馆 CIP 数据核字（2015）第 142252 号

书名	第九连
著者	王国威
出版	中国友谊出版公司
发行	中国友谊出版公司
经销	新华书店
印刷	北京盛源印刷有限公司
规格	710×1000 毫米　16 开　14.5 印张　221 千字
版次	2015 年 10 月第 1 版
印次	2015 年 10 月第 1 次印刷
书号	ISBN 978-7-5057-3545-3
定价	32.00 元
地址	北京市朝阳区西坝河南里 17 号楼
邮编	100028
电话	（010）64668676

前 言

《第九连》是我的第六部小说，赶在中国人民抗日战争暨世界反法西斯战争胜利70周年之际出版，作为作者，我感到非常荣幸。这部作品是向这个伟大日子的献礼，同时也是向当年那些浴血沙场、奋勇杀敌的老兵们的遥远的致敬。

这是一部中国版的《奥德赛》，它要讲述的是一群年轻的中国士兵证明身份、寻求信仰的故事。我的愿望是，你从这部小说中看到的不仅仅是硝烟弥漫的战场及血腥的厮杀，而是更为令人震撼和动容的年轻士兵、一个个鲜活的生命。他们为捍卫民族独立而流血牺牲，他们在最艰难的时刻挽手前行、彼此搀扶；他们蒙受不白之冤，遭遇不公平待遇，但他们却一刻也不曾抱怨，轻言放弃。因为他们的胸中始终燃烧着一团火，那是为了祖国，为梦里的家园，为了父母兄妹不再饱受战火之苦。于是，他们义无反顾地选择了坚忍，选择了枪林弹雨，选择了血与火交融的战场。

他们的目标就是：有那么一天，将侵略者赶走，让人们知道，为了国家，他们流过血，付出过。然后，不管路途有多远，都要一步步返回故乡，给家里年迈的、无数回梦里盼儿归来的老娘磕个响头……

第一章

起初，越威一直没弄明白，那天晚上师长为什么会突然下达撤退的命令。

那晚，九连奉命偷袭日军的一个炮阵地，一开始，战斗打得极顺利，可眼瞅着要将敌全歼之际，传令兵却突然打河滩上跑了过来。

传令兵给越威带来了师长田炳业的手谕：火速赶往毛坪坝。

这个命令来得突然且又莫名其妙，弄得所有人都一头雾水，可军令如山，越威不敢怠慢，带着九连的兄弟们迅速与敌脱离，撤出阵地，奔赴毛坪坝。

半个小时后，毛坪坝到了，可结果搜遍全村，也没找见师长的影子。

就在大家一筹莫展之际，一营的宋迎喜连长带着几个兵丢盔卸甲地赶了过来。

宋迎喜告诉越威，他们营也接到了师长的撤退命令，可行至半路却被日军给堵了，敌我一通激战，结果一个营几乎被打惨，打到后来，营长也找不着了，实在没辙了，大家只得分散突围，宋迎喜带着几个兵涉过一条河，鞋子都跑掉了，才捡了一条活命。

越威问宋迎喜："师长呢？"

宋迎喜有些意外，说："呀，你还不知道？凤凰山阻击战一打响，师长就亲自带着三营的兄弟冲上去了啊！"

越威惊出了一身冷汗，说："到底怎么回事？"

宋迎喜等人皆一脸茫然地摇头。

片刻的愣怔之后，越威给九连的兄弟下达了命令："回凤凰山。"

天空又飘起了冷雨，且越下越大。

凤凰山阵地。

田炳业带着三营的兄弟正和日军肉搏，双方混战一处，都打成一锅粥了。越威带着九连赶到的时候，田炳业已身负重伤，命悬一线。越威将手里的那把鬼头刀抢得上下翻飞，杀入敌丛，不容分说，扛起地上的田炳业，在九连兄弟的掩护下，转身就跑。

面对越威这群不速之客，日军方面也迅速作出调整，兵分两路，一路继续围攻三营，一路全力追击越威等人。

越威带着兄弟们沿着空旷的田野一口气跑出十几里地，可回头一看，身后不远处日本兵嗷嗷叫着几乎脚前脚后要追上来了，不得已，越威一挥手，一队人转身钻进一片树林。然而刚冲出树林，意外出现了，嗖的一声，一颗流弹打中了越威的左腿，越威受疼，脚下突地一软，一头栽倒，连同背上的田炳业顺着山坡就滚了下去。

三天后。

越威从昏迷中慢慢醒来，可醒来后得知的第一件事竟是：田炳业被送上了军事法庭，罪名是违抗战场命令，临阵脱逃。

越威如遭雷击，半天没缓过神，说："这怎么可能啊？师长明明把脑袋别在裤腰带上带领兄弟们冲锋陷阵，怎么到头来却成临阵脱逃了？"

床边的大贵、黑娃两个人也是一脸的苦相。

越威问两个人："师长现在哪儿？"

大贵、黑娃两人皆摇头。

越威又问："那部队呢？"

大贵说："部队撤编了。"

越威的脑袋当时就嗡的一下，说："他妈的，那可是几千人的部队啊，就这么说没就没了？"

房间里死一般的安静，没人回答他。越威冲大贵招了招手，大贵将脑袋伸了过来。

越威压着声音交代大贵："设法打探到师长的下落。"

大贵听罢，一脸的为难，说："连长，这两天风声很紧，我们的一举一动都有人在监视啊！"

越威不耐烦了，说："少废话，跟师长比，咱几个的命连个蛋都不是，就算搭上这条命，也得弄清楚这件事的来龙去脉，还师长一个清白，还兄弟们一个

第一章

清白，那么多的兄弟不能白死。他们不能明明是战死在沙场上了，到头来却背上了临阵脱逃的骂名，这他妈的不公平，对师长不公平，对那些死去的兄弟不公平，也是咱们这些活着的人的耻辱。"

黄昏时分，大贵小心翼翼地摸了进来，他背后跟着一个中年男人。

大贵跟越威介绍说："连长，这是老张，是个厨子，这段时间专门负责给师长送饭。"

老张跟越威说："越连长，田师长的事我都听说了，田师长是条汉子，是个有血性的军爷，我敬佩他，可现在竟落得如此下场，恐怕这里边另有隐情啊！"

越威说："老张，我替师长谢谢你，不过现在有件事需要你帮忙。"

老张说："尽管吩咐！"

越威俯在老张耳边低声交代了一番。

老张连连点头。

又一个黄昏。

一身便装打扮的越威拎着饭盒叩响了一个小院的大门。铁门打开，扛着长枪的卫兵警惕地打量越威，有些意外，说："怎么换人了，老张呢？"

越威说："老张是我师傅，他今天身体不舒服，我替他来送饭。"

那兵便不再盘问，领着越威走了进去。房门打开，一股刺鼻的味道扑面而来。里边的光线不好，越威怔了好一会儿，才看见墙角乱草堆里躺着的田炳业。

身负重伤的田炳业衣服破烂，蓬头垢面，跟昔日那个威风凛凛的国军少将简直判若两人。等发现眼前站着的竟是越威，田炳业脸上立时泛起惊讶之色，低语道："这个时候你小子怎么还敢来？赶紧走，不要受了我的连累！"

看着眼前的田炳业，越威心里蓦地一酸，说："师长，这到底怎么回事啊？"

田炳业喉结一动，刚要说话，外边却传来卫兵的催促声："磨叽什么呢，赶紧的！"

越威马上哦哦地答应着，连忙收拾饭盒，起身的瞬间，压着声音跟田炳业说："师长，一定要挺住，我会想办法尽快救你出去。"

第二天一大早，越威又获得一个意外的消息：田炳业的事闹得很大，上峰要将其枪毙，杀一儆百。

越威听罢，心里更是一紧。

夜深了，越威蹑手蹑脚地下床，推开窗，纵身跳了出去，箭一般蹿进了竹林。随着几声布谷鸟的叫声，大贵、黑娃从草丛里悄悄地钻了出来。

越威压着声音问："其他人呢？"

黑娃说："都已到位。"

"走。"

借着夜色，三个人朝着关押田炳业的那个院子悄无声息地摸了过去，到了围墙根儿，三人箭步前冲，飞身上墙。

夜色迷暗，东南角，两个兵在昏黄的灯影里来回游动。大贵和黑娃负责解决那两个兵，越威却沿着墙根儿朝西北方向摸了过去。转眼到了关押田炳业的那幢小楼前，越威绕到一棵大树下，抱了树干，噌噌几下就爬了上去，伸手搭了小楼的栏杆，一个鹞子翻身，到了走廊上，可刚要起身，回廊一头的一个哨兵却抱着枪走了过来，越来越近，那兵发现了越威，刚要喊，却被越威一个斜扑撂倒在地，那兵还想反抗，结果被越威一个近身击肘干晕了过去。另一个兵感觉不大对劲，也摇摇晃晃地走了过来，可双方刚一照面，越威一记勾拳就打了过去，那兵猝不及防，被打得眼冒金星，等终于缓过神，脑袋已被手枪给顶了。

越威压着声音说："把门打开。"

那兵吓得浑身筛糠，不敢再说话，只得从命。

门被推开的瞬间，越威一枪柄将那兵捣昏在地。

眼前的这一幕突如其来，惊得乱草堆里的田炳业目瞪口呆。情势危急，越威冲进来，并不多言，背起田炳业冲出牢房，然而，刚一下楼，身后却传来一声清脆的枪响。

夜深人静，枪声听起来格外刺耳。

不一会儿，整个院子就沸腾了。

在黑娃的协助下，越威将田炳业拽上墙头。院墙外边，负责接应的二排

第一章

长陈大勇带着九连的其他兄弟早已等候多时，可大家刚一会合，后边的追兵就到了。

有人喊："别跑，别跑，再他妈的跑可开枪了啊！"伴着喊哩咔嚓拉枪栓的声音，密如爆豆的子弹嗖嗖飞来。

越威三个人不管不顾，跳下墙头，背着田炳业趟过一条小河，沿着一条田埂，一路狂奔。后边的追兵穷追不舍，边追边打枪。正跑着，嗖的一声，一颗流弹击中了田炳业的后心。

越威感觉到了异常，却不敢停下脚步，边跑边喊："师长，师长，再顶顶，你可千万别睡着啊！"

再跑，前边闪出一条大河，河上有座吊桥。

陈大勇说："连长，你带师长先走，我来殿后。"

情势紧迫，顾不上再啰嗦，越威背着田炳业冲上吊桥。

陈大勇拎刀堵住桥头，与追兵厮杀。混战中，陈大勇瞅准间隙抢起大刀砍向吊桥的绳索，桥身立时一颤，正往桥上冲的追兵吓得纷纷后退，没等对方缓过神，陈大勇的第二刀又砍了下去，轰隆一声，绳索断了，桥身塌了一截。借此机会，陈大勇返身就跑，可跑出两步，身后乱枪响起，一颗子弹击中了他的后背，陈大勇一个趔趄，站立不稳，一头从桥上栽了下去。

越威惊得回头大叫："大勇。"

陈大勇的声音在河上回荡："连长，保护好师长，来生再见。"

桥下，河水波涛汹涌，深不见底，陈大勇的身体在翻滚的河水里渺小得像一片飘零的树叶，被急流裹挟着，瞬间没了踪影。与此同时，河对岸乱枪齐射，密集的子弹铺天盖地打来，迫不得已，越威他们只得忍痛转身，背着田炳业冲下吊桥，钻进了一片蒿草丛中。越往里走，光线越暗，四周的景物模糊不清。最后实在累得走不动了，才在一片洼地里驻足休息。

田炳业因为失血过多，人已经不行了，脸色蜡黄，气若游丝。

越威心急如焚，说："师长，你怎么样？"

田炳业嘴角嚅动，说："我怕是不行了。"

听了这话，越威的声音都变了，说："师长，来，我背你走，我给你找郎中去。"

田炳业无力地摇了摇头，说："别费这个劲了，战死疆场本是军人的宿命，老子纵横沙场这么多年，从来没当过孬种，可怎么也没想到弄到最后没死在小鬼子的刀下，却死在自己人手里，还落了个临阵脱逃的罪名，越威，我这不甘心呐！"

那一刻，越威眼瞅着田炳业呼吸一点点变弱，他却无能为力，难过得心如刀绞。

田炳业喘了一口气，说："越威，死之前，我有件事要托付你。"说着，哆哆嗦嗦地从怀里掏出一个东西。

越威接过，发现是一面很小但做工很精致的铜牌，上边雕着图案，只是那铜牌只剩下半个。

越威有些不解。

田炳业跟越威交代说："你拿着这东西去沂水城一个叫'春秋书屋'的书店，找一个姓孙的老板……记住，这次凤凰山阻击战，我们中了……"说着，田炳业开始剧烈地咳嗽，跟着便开始大口大口地吐血，最后终于坚持不住，头一歪，没了气息。

兄弟们围着田炳业失声痛哭，哭了一阵，越威知道此地不宜久留，于是强忍悲痛，带着兄弟们把田炳业抬到一个山坡处，刨了个坑，将田炳业埋了进去，好赖算是给他弄了个安息之所。忙完了，越威在坟前双膝跪倒。

越威说："师长，没办法，眼下只能让您孤苦伶仃一个人在这荒山野岭待着了。您放心吧，总有一天，我会把整件事查个水落石出，给您正名，给所有那些战死沙场的兄弟正名，到那时，我一定挑个风水好的地方，风风光光地把您迁过去，让您在那边舒舒展展地过上好日子。"说完，给田炳业嘭嘭嘭连磕了几个响头，然后起身，带着兄弟们钻进了荒草丛中。

第二章

一大早，天空又飘起了蒙蒙细雨。

晌午时分，越威正俯身看地图，庙门被推开，大贵带着楼耙山村的村长吴贤达走了进来。

这已是越威他们离开凤凰山后的第三天了。那晚，越威带着九连的兄弟在大山里摸了一夜，后来，上了大路，往北走，可没走出多远，遇上一队被日军追赶的溃兵，那些溃兵看来是被日本人吓破胆了，只是各顾各地逃命，漫山遍野放羊似的，跑得到处都是，而追赶他们的那些日本兵，人数上却少得可怜。看到这情景，气得越威堵住其中一股溃兵，跺脚大骂。

越威说："妈的，你们里边谁是领头的？有没有军官？给我站出来。"

一个大高个的军官垂头丧气地站了出来，说："有。"

越威问："职务？"

军官说："营长。"

越威说："你这个营长当得太窝囊废了，你们这么多人被这么几个小鬼子撵得满山跑，丢不丢人？"

那营长听了越威这话不服，说："你别站着说话不腰疼，你根本不了解日本人，小鬼子太厉害了，等你真正跟他们交了手，就不这么说了。"

越威说："我跟小鬼子从上海就开始交手，一直打到凤凰山。小鬼子也是人，也是爹生娘养，也是血肉之躯，没你说的那么邪乎。我现在命令你赶紧组织部队给我往回打！"

那营长被越威那将军似的口吻弄得很不舒服，于是顶撞道："你凭什么命令我？"

越威从口袋里掏出田炳业的名片，说："就凭这个，够吗？"

那营长看了名片，没脾气了，没想到眼前这人看上去年纪轻轻的，却他娘的是个师长，真是人不可貌相，海水不可斗量，于是，马上给越威敬礼，表示绝对服从指挥。

就这样，在越威咋咋呼呼的统领下，一队人向追上来的日本兵发起了逆袭，真是软的怕硬的，硬的怕不要命的，交手的结果是，那队日本兵除了两个漏网之外，其余的悉数被歼。

这下把那个营长给震住了，从山东跟日本人交手开始，这一路光逃命了，受尽了日本人的窝囊气，这回总算解了恨，他跟越威介绍自己说："我叫周兴汉，几个月前随大部队开到山东作战。前段时间，统率部还说要跟日军在徐州大干一场的，从全国各地调集了几十万大军，可不知道为什么后来又不打了，突然下令说撤退，结果从徐州开始，这一路上被小鬼子追着屁股打，败得溃不成军，弄到最后，官找不着兵，兵找不着官，这他娘的是中国军人的耻辱啊！"

完了，周兴汉又问越威："长官，你们这是准备去哪儿？"

越威说："去沂水。"

周兴汉大惊，说："呀！沂水已成沦陷区了，去那儿干啥？长官，恕卑职直言，国军几十万的部队都顶不住日本人的炮火，现在就凭你这点兵力，上去了，简直是以卵击石，不如赶紧带着兄弟们往回撤吧。我已接到通知，再往南边走不远，就有我们军的收容站。"

越威不听周兴汉的建议，周兴汉后来也解释烦了，他感觉越威这个年轻的国军师长打仗的确没说的，是把好手，可这人性格却有缺陷，属驴的，太犟。这个时候，很多人被日本人撵得恨不能多生出两条腿玩命往南跑，可这个姓田的倒好，非愣青头似的往北走，到时有你狗日的苦头吃，可想到越威是个师长，他这个小营长毕竟人微言轻，说多也没用，算了，干脆随他的便吧，于是，双方挥手告别。

傍晚时分，越威他们到达一个小村子，名耧耙山村，实在不能再往北走了，再走就是沂水城，而此时的沂水城已云集了日军三个连队，简直是个狼窝。加之兄弟们这一路折腾，早已人困马乏，越威便命大家就地休息，可没惊动村里的人，而是悄默无声地住进了村东头一座寺庙里，埋锅造饭。

第二章

吃过饭，越威让大贵把耧耙山村的村长吴贤达给找了过来。

简单的寒暄之后，越威便把自己的想法讲了。

越威说："老吴，我想派你进趟城，一是帮我打探些消息，二看能不能通过熟人给我弄张进城的良民证。"

吴贤达人很仗义，一口答应了，所以，次日一大早，便去了沂水城。在城里转悠了一个上午，现在终于回来了。

吴贤达说："越连长，你要找的那家书店，我帮你打听到了，这是我画的草图，这书店的位置的确有点偏，不好找。"

越威谢了吴贤达，又跟大贵交代几句，便一个人匆匆地走出寺庙，去了沂水城。到了城里，按图索骥，七拐八绕，找了半天，最后到了那条穿城而过的小河边，一抬头，总算看到了那个"春秋书屋"的牌子。然而，他刚要上桥的当儿，一阵凄厉的警报声突然传来，定眼再瞧，打左侧，一辆绿色军用卡车风驰电掣般驶来，径直冲向了那家"春秋书屋"，到了门口，车未停稳，一队荷枪实弹的日伪兵便纷纷跳下，嗷嗷叫唤着冲进了楼里。

这一幕突如其来，越威不由一怔，旋即将身一侧，贴在一堵砖墙后边。不多时，那队日伪兵就押着一些人从楼里走了出来。越威仔细地辨认了一阵，发现被抓的人当中有男有女，也不知道里边到底有没有团长说的那个姓孙的老板，即便有，又是哪个呢？

越威一时陷入了困惑之中，他有心冲上去救几个人，可马上又打消了这种念头，那队日伪兵一个个全副武装，他这么赤手空拳地上去，弄不好救人不成，连自己也得搭进去，思前想后，决定还是先回去，从长计议。可哪曾想，他刚一转身，就被一个日本兵看见了，那日本兵立时冲着他大喊，意思是要他站住接受检查。越威却头也不回，步速加快，转身拐进了一条胡同。后边的日本兵冲着他就是一阵乱枪，追了一阵，没追上，就开车离开了。

越威一口气跑过几条街道，直到发现后边没人追了，才在一个餐馆前停了下来。

餐馆里飘出阵阵饭菜的香味，越威这才猛然想起，他到现在中午饭还没吃呢，于是要了一碗牛肉面，可刚吃了几口，却忽听窗外传来阵阵吵闹声。

越威闻声抬头，看见街上两个扛枪的兵拉着一头驴走了过来，其中一个是伪军，另一个是日本兵。两个人刚走到餐馆门口，一个年轻人却打后边追了上来，一把拽住驴尾巴，又喊又叫，死活不让对方把驴牵走。

伪军说："你撒手。"

年轻人说："我不撒。"

伪军说："你撒不撒？再不撒，老子一刺刀捅死你，你信不信？"

年轻人说："我不信。"

两个人一直争执，一侧的那个小鬼子有些烦了，照着那年轻人的屁股一枪托就捣了过去。

年轻人受痛，顿时血往上涌，一下毛了，扑上去跟小鬼子扭打在一起，结果没几个回合，年轻人被小鬼子一把抓了腰带，平着就给扔了出去。

年轻人挣扎着刚要起身，小鬼子用袖口抹了一把嘴角的血，端着刺刀照着年轻人的肚子径直就捅了过去。

谁都看得出来，这一枪要是捅中，年轻人必死无疑。电光石火，救人心切的越威顺手操起一条凳子，箭步冲出餐馆的瞬间，照着那日本兵挂着风就抡了过去，力道太狠，在砸中那日本兵后背的刹那，条凳当场断为两截。

那日本兵疼得一哆嗦，身子一晃，刺刀捅偏了。地上的年轻人躲过一劫。

那日本兵气得脸色铁青，扭头看了一眼越威，并不多话，一个摆拳就打了过来，越威避其锋芒，顺势后退，日本兵还想再攻，越威却突地使出一个后摆腿，那日本兵猝不及防，被踹中小腹，伴着惨叫，飞出三米多远。

日本兵趴在地上好一阵挣扎，想起身，却没成功，最后嘴巴一张，哇地一口鲜血就吐了出来。

这下可把那个伪军吓着了，扯着嗓子大叫："呀，了不得了，小林君被人弄死了，快来人啊，抓凶手啊。"

话音未落，刺耳的哨声响起，一队端着长枪的日伪兵打街道拐角处潮水般扑了过来。

街道上顿时枪声大作。

趁乱之际，越威拉了那年轻人，转身就跑。

第二章

年轻人被拽着跑了一阵，终于缓过神，大叫："呀，我的驴！"

越威说："都什么时候了，还舍命不舍财，快跑。"

两个人一连翻过七八个墙头，钻进一条胡同，沿着窄窄的小巷，玩命地往郊外跑，也不知道一口气跑出了多少里路，前边是一片起伏绵延的丘陵地，坡上是遮天蔽日的密林，二人步速不减，一头就扎了进去，停下再听，后边的枪声渐渐变得稀疏起来，两人这才吐了一口长气，瘫坐在地。

接下来的聊天中，越威得知年轻人叫马三，是个跑船的，去过苏杭等南方一些大城市，算得上一个走南闯北见过世面的人，且好交往，朋友多。

越威说："你既然跑船，怎么还养了头驴？"

马三说："驴不是我的。"

越威一愣："那是谁的？"

马三说："偷的。"

越威又一愣。

马三便把事情的来龙去脉讲了。

马三说："我家住在沂水城东南一个叫赵王楼的村子，打小父母就没了，我跟我二叔过，后来我二叔跑船去扬州，遇上大风，出了意外，我就接了我二叔的班儿，当舵手。离我们村不远，有个庄家镇，是个码头，镇上有个老财主叫庄世旺，开粮行的，很有钱，经常雇我给他运货。庄世旺名字叫世旺，可家里的人丁并不旺，没儿子，只有一个女儿，叫秀儿。女人嘛，好美，她经常托我从扬州捎一些胭脂粉啥的，一来二往，我俩就好上了，结果这事儿叫庄世旺发现了，狗日的死活不同意我跟秀儿再交往，这还不算，还坑我，扣我一个月的工钱不给，说是我搞了他女儿，这些钱是赔他庄家的损失费，还威胁我，说我敢再纠缠秀儿，他就报官，把我弄到大牢里边去。就这样，我一个月的工钱没了，可思前想后，我咽不下这口气，就趁了个夜黑，把他家驴给偷了出来，原本想着弄到集市上卖掉，抵我的工钱的，却没想到竟遇上了小鬼子。他妈的，狗日的小鬼子更坏，一分钱不给，非把我的驴给牵走，我问他们为啥白牵我的驴，二鬼子的回答能气死你，说天上龙肉，地上驴肉，皇军就好这一口，这就是理由。"

越威说:"这事,我也挺惭愧,没能帮你把驴给牵出来。"

马三说:"一头驴嘛,不提了,能交上你这个朋友,比啥都值。人都说,受人滴水之恩,当涌泉相报,你这么侠肝义胆地救我一命,我得知恩图报,越连长,我不跟你吹牛逼,在沂水方圆几十里,我人脉还行,到哪儿都有咱的朋友,以后你要有啥事需要办了,直接找我就行。"

越威说:"这么一说,我现在还真有件事需要你帮忙。"于是把要找春秋书屋孙老板的事讲了。

马三回答得很干脆,说:"越连长,这件事你交给我吧,少则三天,多则五天,我一定给你弄到准信。"

转眼到了第三天头上。

那天,一大早,庙门被人推开,进来的正是马三,令越威等人震惊兴奋的是,马三果然打探到了那个春秋书屋孙老板的下落。

原来,马三有一个哥们叫陈守本,在沂水城小有名气,但这人有个毛病,好赌,有一回抽老千,被对方发现了,非得砍他一只手不可,结果恰好被马三碰上了,就出手救了他。

马三说:"妈的,为这事,我还被人打掉了一颗门牙,从那以后,陈守本就跟我称兄道弟,他后来劝我跟他干,我拒绝了,虽然跑船不是啥好行当,可再怎么说,也是个正当行业,我不愿跟他这号人为伍。陈守本这人还行,知道感恩,虽然我拒绝了他,可隔三差五地还来找我,请我喝酒,还送我东西,他跟我说,啥时候遇到困难了,就找他。我一直没把这话当回事,心说,我他娘的光棍一个,有什么事会求到你啊,反倒是哪天你求我还差不多。不过话说回来,陈守本在沂水混的年头多了,认识的人的确很多,路子也活。越连长,那天咱俩分手后,当天晚上,我就去找了陈守本,一见面,才发现这狗日的现在身份变了,日本人来了之后,他成了县缉查队的队长,可我不管他什么队长不队长,老子找他,是给他面子。应该说,陈守本这人其实不坏,他说他现在虽然跟了日本人,可他知道自个的老根在哪儿,他给自个儿划了一条底线,就是不祸害老百姓。陈守本听了我的来意,也不隐瞒,他告诉我,那天鬼子对'春秋书屋'的抓捕行动,他也参与了,他说他从日本人那儿得到情报,说抓的那几个人里

第二章

的确有一个大人物,可具体是哪一个,日本人一时也甄别不出来,于是,就交由宪兵队暂时关押起来,现在他们缉查队根本接触不到这些人。"

听到这儿,所有人都支楞起耳朵来。

越威问:"这些人现在关在哪儿?"

马三说:"关在城东关一所学校里。国民党退走之后,学校就空了,现在日本人就把它用来关押犯人。陈守本也跟我说了,孙老板那伙人被关在学校东北角一座二层小楼里。出城之前,我去那个地方看了看,院墙很高,上边还有铁丝网,一到晚上,铁丝网还通电,挨着院墙外边是条河,河面很宽,河对岸是片田地,那些种庄稼的老百姓都不敢靠近院墙,前几天有几个孩子在田里玩,挨得院墙近了,结果被墙头上的机枪给打死了。所以想进入学校,只能从大门,可大门口一天到晚有站岗的,手里都端着家伙。"

马三说完了,兄弟们都看越威,那意思是孙老板这人救还是不救?救的话,又如何救?毫无疑义,这是一个异常棘手的问题。

越威低着头,没有说话,想了一阵后抬起头,对大贵说:"你去找老吴,让他帮忙弄几根铁钎来。"

晚饭的时候,吴贤达把找到的几根铁钎送来了。

这期间,越威已经做好了安排,除了黑娃带几个兄弟留下看家外,其他人一律参加今天晚上的作战,为了预防意外,越威还让兄弟们都换上了便装。

时间一到,由马三引领,大家借着夜色便上路了。

那晚是个晴天,虽然没有月亮,可繁星满天,光线还好,只是已是深秋,很冷,风也很大,空气中透着一股冬天的味道。两个小时后,兄弟们在一片草丛里潜伏下来。草丛被慢慢拨开的瞬间,越威的眼前呈现出一片泛着冷光的河水,河面很宽,上面升腾着淡淡的薄雾,河的对岸就是关押孙老板等人的那所学校。夜色里,丈把高的院墙黑漆漆地沿河延伸,墙头上的探照灯在来回扫射。

越威四周观察了一阵,发现没有异常,举了举手,兄弟们便开始悄无声息地下河。

河水冰冷刺骨,所有人被冻得牙齿打架,可形势紧迫,只能强忍。

几分钟后,都游到了墙根下,光线也愈发显得黑暗,越威只能凭着感觉在墙上轻轻地摸,那些砖墙因为长时间泡在河水里,上边生满苔藓,奇滑无比。越威摸了好久才找到一个适合挖洞的地方,然后取出铁钎开始在细细的砖缝里一点点地撬。幸亏那晚有风,把越威他们撬墙的声音给压了下去,累得越威手腕发酸的时候,第一块砖头终于被抽了下来。

半个小时后,墙根处一个足以钻进去人的洞口被打通,越威他们一个接着一个,不一会儿,全都钻了进去,然后,躲过探照灯,由马三前头带路,沿着墙根蹑手蹑脚地朝着东北角的那幢二层小楼摸了过去。

几分钟后,一队人在一片草丛里藏了起来,那幢小楼就在眼前,隔着草丛,能看到哨兵走动的身影,偶尔有咳嗽声传来,还能看见忽明忽暗的火光,那是哨兵在抽烟。

越威冲着身后一打手势,众人会意,按照战前布置,迅速分成两组,一队由越威带着去解决暗兵,另一队则由大贵带领着冲进小楼负责救人。

那晚因为有风,风吹草动,声音很大,加上是逆风,越威他们行动的速度又快,所以直到他们出现在那两个哨兵的身后,对方才猛然惊醒,可一切都迟了,伴着几道寒光,两个哨兵便被抹了脖子。

越威他们这组进行得极其顺利,可大贵他们那组却出事了。

第三章

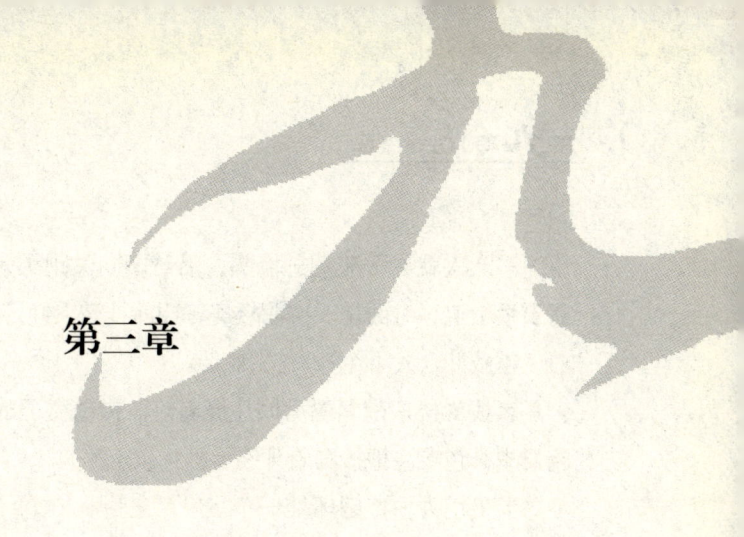

大贵带人冲到楼下，以手推门，发现门却没锁，用手轻轻一推，门就开了，再看，屋里却空无一人。

众人一愣，跟着马上冲到二楼，再推门，又开了，结果却一样，房间里空空如也。

大贵预感到大事不好，刚要喊，可话未出口，身后却响起了凌厉刺耳的警报声，跟着，尖哨声、杂沓的脚步声此起彼伏，原本寂静无声的学校瞬间沸腾了。

片刻的愣怔后，越威马上下令原路返回，带着兄弟们欲从洞口突围，可刚跑出两步，院墙上一直处于隐蔽状态的两挺机枪突然响了，呈掎角之势，交叉射击，组成一道密不透风的火力网，数不清的子弹犹如水泼一般铺天盖地扫来，当场就有几个兄弟被撂倒。

双方对射了一阵，越威发现想再从原路返回已经不可能了，再这么攻下去，非死光不可，于是马上下令往大门口冲。所有人都知道，也只能这样了，除此之外根本没了第二条路，生死在此一举。兄弟们都玩命了，抱成团，端着长短家伙，不管不顾，猛打猛冲，一通激战，最终以牺牲了五个兄弟为代价，杀出一条血路，突破大门，冲了出去。

看到越威他们这些明明到嘴的肉突然又要飞了，带队的那个日军大佐气得哇哇大叫，拔出军刀朝着越威他们逃跑的方向一举："嘎嘎唧唧。"

宪兵队一打枪，整个沂水城都乱套了，大街上到处是枪声。

越威带着人冲到了一条胡同口。

大贵说："连长，往哪儿跑？"

越威快速地辨认了一下方向，一指左侧，说："朝河上跑。"

一队人就风一般翻过墙头，沿着胡同又跑了一通，再跑，到河边了，隔着青石板街道，对面是一拉溜楼房，门前挂着大红灯笼，是家客栈。

越威冲众人下令："进去躲躲。"

客栈二楼东南角的房间还亮着灯。借着微弱的烛光，一个女孩正对着一个密码本神色专注地抄写着什么。

大贵用力拍打门环。

门开了，后边露出一个脑袋，是个中年人。

越威说："你是老板？"

那人点点头。

越威说："还有房间吗？"

客栈老板发现其中一个人带着伤，吓了一跳。

越威说："我一兄弟受伤了，在你这儿休息一下，多少钱都无所谓。"

老板有心不让越威他们进来，可看出来对方来者不善，也不敢得罪这帮爷，一时不知如何是好。

二楼的房间里，女孩听到楼下有动静，警觉地将密码本迅速收好，侧耳听了一会，才拉开房门，走了出去。

伴着开门的吱呀声，越威闻声望去，跟女孩正好打了个照面。借着灯光，视线相对的瞬间，越威心里一怔，他发现女孩真的太漂亮了，美中不足的是，人有些冷傲，或者说，是一种从骨子里透出的高贵和孤傲，给人一种距离感，让人感觉不容易靠近。

女孩开口问道："刘老板，怎么回事？"

客栈老板拉拉披在肩上的外衣，说："这几位兄弟要住店。"

女孩说："那就让他们进来嘛。"

老板一脸的难为情："可……"

女孩说："没事，让他们进来吧。"

老板不敢再磨叽了，领着越威、马三上了楼。

越威跟女孩说谢谢，女孩没有接他的茬儿，看了看受伤的马三，说："他伤得不轻，得马上处理，否则伤口感染就麻烦了，跟我来吧。"

第三章

女孩走了几步，忽然又转身，对老板交代："你该干嘛还干嘛，不要让人看出破绽，一切我来处理，但你一定要保密。"女孩语气平和，却透着威严。

老板点了点头，说："姑娘放心，我不会做那缺德的事告发你们，可万一有人来搜咋弄？"

女孩说："我有办法。"

在给马三清理伤口的过程中，越威知道了女孩叫曼妮。

女孩说："你呢？"

"越威。"

话音未落，楼下突然传来啪啪的拍门声，跟着就有人大声喊道："查夜，查夜，开门，开门。快开门，再不开可砸了啊！"

所有人都一怔。

女孩慌忙让几个人把马三抬到床上，用被子盖了。然后，又吩咐一个中年人带着大贵几个人迅速下楼，绕到后边的小房，装做押货的赶马人。

越威刚要出门，曼妮却说："你不要走了。"

这时，老板已把院门打开了。有人不耐烦地骂："他妈的，磨叽什么呢？把所有人都招呼起来，搜查要犯。"

老板吓得直哆嗦，说："老总，你看，都这么晚了，客人都睡了，这会叫起来，是不是……"

"废什么话啊？"伪军小头目不耐烦了，照着老板屁股咣哧踹了一脚，"麻溜的。"抬头，看到了曼妮、越威两个人，伪军小头目走了上来，抖了抖手里的盒子炮，问道："干什么的？"

曼妮说："做生意的。"

伪军头目步步紧逼："做什么生意？"

"茶叶。"曼妮说话的语速依然不紧不慢。

伪军头目又问："从哪里来？"

"武汉。"

伪军头目不依不饶："到哪儿去？"

"彭城。"

017

伪军头目歪斜着下巴，看了看越威："他呢？"

曼妮挽了越威的胳膊，说："一起的，他是我未婚夫。"

伪军头目有些疑惑地看着越威，诈唬道："叫什么名字？"

曼妮不接他话茬儿，却从包里掏出一封信，说："这是我们老板写给龙四爷的信，望老总给个方便。"

伪军头目斜睥了一眼越威，然后接了信，可打开一看，脸色立时变得和悦起来，说："哎哟，原来是龙四爷的客人，好说好说。"

提起龙四，在当地可以说是个家喻户晓的人物，黑白两道，没几个敢不给他面子的。小头目给两人鞠了一躬，把信折好，毕恭毕敬地还给曼妮。一个伪军慌里慌张地跑了上来，俯在小头目的耳朵边低语了几句。

小头目神色立时严肃，低语道："真的？"

伪军说："真的！"

伪军头目感到意外，说："死了？"

"死了。"

"他妈的。"小头目懊恼地骂了一句，转身，冲曼妮强颜一笑，说："曼妮小姐，不好意思，打扰了，队里有点急事，回见。"说完，冲着身后一挥手："收队。"

一场虚惊，众人回到屋里。越威冲着曼妮抱拳，说："今晚真的谢谢你了！"

曼妮说："你要真感谢我，就帮我做件事。"

越威说："什么事？"

曼妮说："帮我押运一批货。"

"运哪儿？"

曼妮说："你们去哪儿？"

"庄家镇。"

"那就到庄家镇。"

第二天，天一亮，曼妮带着两个伙计抬着礼盒去了龙四的府上，结果不多时就回来了。曼妮告诉越威："全城已经戒严了，沂水县的伪县长孙二毛昨晚遭人暗算，死了。"

第三章

越威听了,心里咯噔一下:怎么会这么凑巧?心中不免感到事情蹊跷,但眼下事态紧迫,又容不得他去多想。

越威说:"那咱们今天还走吗?"

曼妮说:"走,是非之地,不宜久留。"

因为有龙四爷的信,越威、马三扮着运货的伙计,由曼妮带着,顺利地将货装船,起了锚,一路向东。

天近中午,越威走出船舱,手搭凉棚,眯缝着眼看了看天,天阴得出奇,像是又要下雨的样子。越威伸了个懒腰,一只手漫不经心地搭在了货袋上,结果刚一挨着那货袋,突然感觉不大对劲,顿了顿,又试探性地摸了摸那货袋,的确是一个很硬的东西。越威很警觉地四下瞅了瞅,发现没人注意,迅速地解开了那货袋的绑绳,一只手就伸了进去。不摸则罢,一摸吓了一跳,竟是杆枪。越威心里当时就咯噔了一下,犹豫片刻,又小心地一一摸过去,发现那些货袋里几乎都藏着枪支。

大贵从后边走了过来,问道:"怎么了,连长?"

越威马上装出一副若无其事的样子,哦了一声,说:"没事。"

正说着,曼妮从船舱里走出来,问越威:"这是到哪儿了?"

越威说:"刚过了曲阳镇,不出意外,再过两三个时辰,就可以到庄家镇了。"

几个人在船头正聊天,薄雾中突然传来"嘟嘟"的马达声,越威眼尖,抬头一看,发现前方不远处一艘汽艇突突地开了过来。

所有人都一怔:"妈的,小鬼子的巡逻艇。"

越威低声安抚大家不要紧张。说话间,汽艇已到了跟前,几个日本兵端着长枪虎视眈眈地站在船头,一个军官冲着身侧的翻译唧哩呱啦地说了几句。

汉奸翻译冲着越威他们喊:"太君让你们停船检查。"

两只船挨着的瞬间,几个日本兵已蹿了上来。

汉奸翻译说:"船上装的什么?"

曼妮说:"茶叶。"

日本军官一挥手,几个日本兵举枪挨个朝货袋刺了过去。越威知道这一劫是躲不过去了,于是不动声色地朝后退了几步,到了船头挽纤绳的木桩边上,木桩的一侧斜放着一支一丈多长撑船用的竹篙。担心的一幕终于上演了。一个日本兵一枪刺下去，咣的一声，传出金属碰撞的声响，那日本兵一怔，又是一枪，货袋破了，一个黑洞洞的枪口就突了出来。

那日本军官惊得大叫，骂着就握了腰刀，可没等他弯刀出鞘，越威手里的竹篙挂着风就抢了过来，日本军官猝不及防，被一篙打进了河里。这一幕发生得太过突然，那队日本兵全都一愣，可片刻的惊慌之后，便嗷嗷叫着围攻越威。与此同时，大贵等人从船舱里冲了出来，双方瞬间便混战一处。

肉搏战很快结束，几个日本兵被打死，可是非之地，众人不敢耽搁，立时开船，全速前进。下午五点钟，船到了庄家镇，由于怕鬼子后边追来，越威他们几个匆匆跳下，船又起锚前行，越走越远，不一会儿便消失在暮霭之中。

第四章

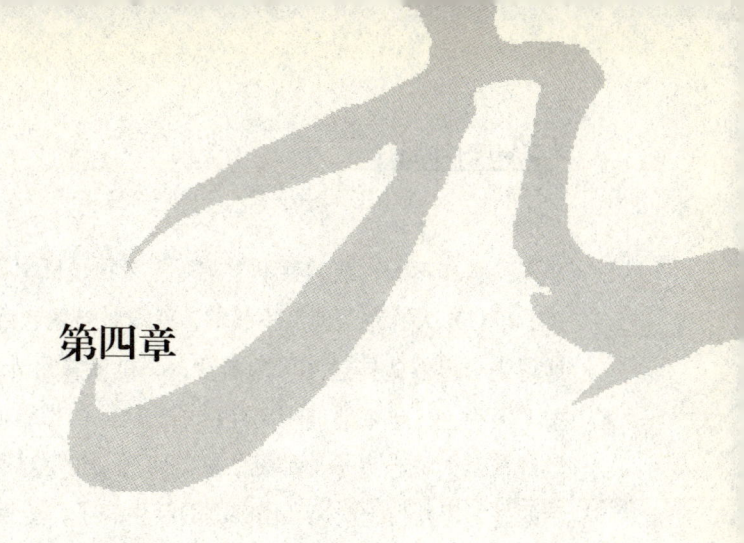

天近黄昏。

越威带领大家走进一家餐馆，草草地吃了点东西，临分手，马三一脸的愧疚，说："越连长，这次的事我真的很愧对大家，我真没想到陈守本竟是这么一个忘恩负义、两面三刀的玩意儿，轻信了他。越连长，如果你还相信我，就再给我几天时间，我一定亲手弄死陈守本这个狗日的，给你和兄弟们出这口气；如果你已不再相信我，那我也没二话，这条命本来就是你救的，你现在就可以开枪，一枪崩了我吧！"

越威说："出了这事，我也脱不了干系，怪我大意了。何况现在也没证据证明就是陈守本告的密，说不定这里边有其他的原因，在没有弄清楚真相之前，不能冲动。当然了，咱们不冤枉一个好人，也不能放过一个坏人，你先回去，这几天也摸摸情况，如果到时真查出这件事跟陈守本有关系，收拾他的机会有的是。"

越威带着大贵他们回到耧耙山村，夜已深了，可刚一进村，吴贤达带着一群村民跑了过来，一见面，扑腾就给越威跪下了，拉着越威号啕大哭，弄得越威他们一头雾水。

越威拉了吴贤达，说："老吴，别哭，别哭，出什么事了？黑娃他们呢？"

吴贤达抹了一把眼泪，说："受伤了，在我家躺着呢！"

这话听得所有人心头一震，"到底怎么回事？"

吴贤达长叹一声，把事情的来龙去脉说了一遍。

越威这才知道，距耧耙山村二十里有座山叫桃花山，山上驻着一伙土匪，匪首叫包法仁，原来是个军阀，后来不知道什么原因跟自己的上峰闹翻了，索性就拉着自己的队伍开始单干，呼啸山林，当起了土匪。这个包法仁贪财好色，心黑，胆却不大，绝对称不上义匪，尤其是日本人来了之后，他的日子不太好过，可日本人的东西他又不敢劫，只能对当地老百姓下手。眼瞅着冬天来临了，他得为自己准备些过冬天的粮食，于是就将目光锁定了耧耙山村。事也凑巧，前一天晚上，越威他们刚离开村子，包法仁带着他的手下就来了。负责留守的黑娃几个人跟小鬼子干都没怯过，何况几个毛贼呢！于是双方就展开激战，不幸的是，黑娃自上次凤凰山突围后就生病了，一直拉肚子，拉得腿肚子都打软，这么带病组织战斗，其结果可想而知，尤其是打到最后，黑娃受伤了，实在是顶不住了，兄弟们只得拖着黑娃撤退到村后的一座山里。没了抵抗，包法仁一声令下，他手下的喽罗们如入无人之境，把耧耙山村抢了个精光之后，又呼啸而去。

吴贤达越说越难过，声泪俱下，说："越连长，日本人一来，政府跑了，军队也跑了，现在眼瞅着要入冬了，老百姓手里没了过冬的存粮，这日子可真就没法过了，求您救救全村几百口老小吧！"说着，带着身后黑压压的人群又要给越威下跪。

越威一把将吴贤达拉住，说："老吴，老吴，使不得，我越威是个军人，军人的职责就是保境安民，现在你们受了欺负，别人不管，我管，我和我九连的兄弟替你们做主。"

越威说话绝对算数，包法仁这事，他说管就管。

第二天，天还没亮，越威就带着大贵几个人穿着便装，出了村，直奔桃花山，结果到了一看，傻了，眼前的桃花山绵延百里，地势凶险，四下里漫漫皆是乱草，单单只一条路上去，入口处建有坚固的工事，两挺重机枪形成交叉火力网，死死地封锁着隘口。这样的地势，这样的火力布置，别说是一个九连，就是拉上去一个团，也休想攻克。但越威并没有因此气馁和绝望，一连三天，他都带着大贵几个人昼行夜伏，围着桃花山转悠，侦察地形，以期找到上山的缺口和路径。可三天下来，几个人累得腰酸背痛也没发现任何破绽。第四天一大早，又去，在草丛里一直潜伏着观察到日上三竿，人困马乏，大贵本来就是个火爆脾气，这么几天折腾下来，实在是熬不住了，说："连长，这他妈弄下去啥时候是个头啊，实在不行，明天带人从正面往上冲吧。"

第四章

越威没接他话茬儿,说:"今天先这样。"几个人从草丛里摸出来,走进了庄家镇,天近中午,正是饭点,饿了,就找了家餐馆,结果一进去,正遇上马三。

马三压低声音,说:"越连长,真的对不住,这几天,我一直在发动我的关系找陈守本,可这狗日的却像从人间蒸发了一样,踪影全无,不过,越连长,请你放心,再给我几天的时间,他只要还在沂水,我就是挖地三尺,也会把他给找出来,到时我一定给你和九连的兄弟们一个交代。"这么说着,马三发现越威一直很警惕地四下扫视,情知他心里有事,于是话锋一转,道:"越连长,你们今天出来是不是有什么事?"

越威点头。

马三说:"什么事,可以说吗?"

越威看了看周围,屋里人来人往,乱糟糟的,也没人在意他们几个人,于是便简短地跟马三把事情说了一遍。

马三听罢,说:"你说到这个包法仁,我突然想到一个人!"

越威一愣,说:"谁?"

马三说:"三里寨的王广运,这人五十多岁,是个打铁的,经常让我帮他从南方捎货,我俩感情很好。我每次出船回来,王广运都请我喝酒,之前,有天晚上,我俩喝酒的时候,好像听他跟我说起过这个包法仁,当时我喝得有点多,没太在意,只是感觉他和这个包法仁两人好像有些过节,具体什么过节我没深问。越连长,要不咱先去三里寨找下王广运,看从他那儿能不能打听到一些关于这个包法仁的信息?"

听了这话,越威、大贵马上来了精神,饭都没吃完,结了账,直奔三里寨。全是山路,难走得要命,几个人赶到三里寨的时候,天色已经晚了,王广运正在一个人喝闷酒。见了面,简单的寒暄之后,言归正传,越威把来意讲了,王广运听罢,竟一声长叹,说:"这个狗日的包法仁欠我一条人命,这辈子如果不能亲手宰了这个狗日的,我就是死了也闭不上眼!"

众人皆愣住了,问王广运:"怎么回事?"

王广运说:"我之前有个女儿叫杏儿,老伴死得早,我一把屎一把尿地把杏儿拉扯到十六岁,都说女大十八变,越变越好看。这孩子像她死去的妈,人长得好看，三里寨又是个集镇，每到庙会，十里八乡的小伙子都跑来看，都夸杏儿漂亮，就这样，一传十，十传百，就传到包法仁耳朵里了。有一回，三里寨庙会，这狗日的派人来提亲，你想想，杏儿哪儿能瞧得起他这号的啊，所以死也不从。后来，我才知道，杏儿其实已喜欢上一个跑船的小伙子，小伙子叫张经文，这个小伙子，马三也认识，俩人曾一起跑过船。孰料想，杏儿有心上人这事被包法仁知道了，狗日的遂起了杀心。有次，张经文跑船到扬州，结果船行半路，被包法仁派出的人给劫了，货少了，那个船主就告官诬陷货是张经文调了包，张经文有口难辩，被投进了大牢。再后来，包法仁买通官府，活活把张经文打死在牢里。因为这事儿，杏儿心里一时想不通，就跳崖了。"

众人听罢，一个个恨得锉碎口中牙，这个包法仁看来的确太他妈的王八蛋，太心狠手辣了，这样的人不收拾他，真是天理难容。

越威安慰王广运道："老王，实不相瞒，我们这次找你就是为了除掉这个包法仁，你放心，这个仇，我一定帮你报，只是需要你的配合。你还掌握包法仁其他的线索吗？"

王广运点点头，说："三里寨镇东头有一家叫'听涛阁'的客栈，老板叫罗堂生，这人名义上是在经营客栈，实际上是包法仁安插在镇上的眼线，因为三里寨是个码头，来往的商船多，各种货物都在这儿中转，所以每次来了值钱的货物，罗堂生都会第一时间派人上山跟包法仁报告，包法仁就会要么亲自，要么派他的二当家的山猫子带队乘夜下山抢货。"

听王广运说完，几个人相互对视了一阵，都没有说话。越威的眉毛拧了一阵，想了想，然后对马三说："看来这次还得你帮忙。"

马三有些激动，说："越连长，上次的事，我办得稀巴烂，对你，对兄弟，我心里有愧，只要你现在还相信我，我马三就是送掉这条命也在所不辞。"

越威在马三的耳朵边低语如此这般如此交代了一番，马三连连点头。

第二天下午，三里寨"听涛阁"客栈的老板罗堂生正在房间里喝茶，一个伙计慌里慌张地跑了进来，俯在罗堂生的耳边低语了一阵。

罗堂生一惊："看准了？"

伙计说："看准了，船从扬州来的，货一下船，咱们的人就送来了信，清一

第四章

色的皮货。"

罗堂生立时放下茶壶:"住下了?"

伙计点头:"住下了!就在后院。"

罗堂生有些激动,从椅子上一下站了起来,说:"好,你马上上山跟大当家的报告。"

伙计应了声是,就跑了出去。

天很快黑了下来,并且下起了雨,空气湿冷。

"听涛阁"客栈二楼的一个房间里,越威、大贵几个人正围着桌子喝酒。豆大的雨点打在窗棂上,啪啪直响,几个人把声音压得很低,边喝边聊。正聊着,门突然被推开,一身黑衣的马三闪了进来,低声跟越威报告:"越连长,他们来了。"

所有人脸上的表情立时变得严肃起来。

越威低声下令:"抄家伙,好戏该上演了。"

这时,客栈的院门被人悄无声息地打开了。

躲在窗帘后边的越威看见一队头戴斗笠、身披蓑衣的人冲了进来。其中一个黑影打了打手势,一队人迅速分开,一组留在大门口负责警戒,余下的由一个黑大个带着朝二楼冲了上来。

越威低声吩咐道:"兄弟们,该收网了。"

大贵带着几个人立时从后窗随着绳子缒了下去,挨地的瞬间,大贵一打手势,几个人箭一般射向大门口。屋外,冷雨越下越大。转眼间,大贵几个人已经摸到门口那几个黑影的身后,双方照面的瞬间,漆黑的夜色里,但见几道寒光一闪,那几个黑影便遭了电击似的,一声不响地歪倒在地。而几乎与此同时,负责袭击越威等人的那队黑影已经冲上了二楼。

伴着房门咣的一下被人踹开,那队黑影潮水般涌了进来。然而,一冲进去,傻眼了,昏暗的灯光里,整个房间竟空空如也,等那队黑影终于醒过神,意识到不好,想往后撤的时候,一切都迟了,越威一队人已神不知鬼不觉地出现在他们身后,挡了去路。

就这样,一场近距离的肉搏战立时展开。

战不多时，那队人便显出不敌之势。为首的那个黑大个欲夺路逃窜，却被越威横刀拦住去路。二人交手几个回合，那人不是越威对手，瞅了间隙，刚要从腰里拽出盒子炮，却被越威一脚给踢飞到窗外。黑大个困兽犹斗，举刀又砍，越威却快他一拍，飞起一脚，踹中对方膝盖，疼得那人哎呀一声，扑腾跪倒，越威顺手操起一条长凳，劈头就砸，那人吓得双手一举，脱口大叫："好汉饶命，好汉饶命。"

越威一脚踹中那人的肩膀，将其踩在地上，命令道："叫你的人马上扔家伙，放弃抵抗，否则我一板凳砸死你。"

那人不敢怠慢，马上照做。

打斗很快停止。

越威用条凳顶着黑大个的脑门，问："叫什么名字？"

那人抹了一下额头上的汗珠，说："毛红义，绰号山猫子。"

越威说："这么说，桃花山二当家的就是你？"

毛红义蔫头耷脑地说了声是。

"包法仁呢？"

毛红义有些迟疑。

"说。"越威手里的条凳一比划，要砸。

毛红义惊得立时抱头，说："大当家的刚从扬州弄了个娘们，这段时间俩人天天日捣，一天到晚不下床。"说完，又看越威，小心翼翼地问，"敢问好汉的名号？"

越威说："甭他妈的跟我废话，想死想活？"

毛红义说："肯定想活啊。"他顿了顿，似乎想到了什么，看越威，"我怎么感觉这是个局啊？"

王广运拿下斗笠，呸了一声，说："狗日的，你可认识我？"

毛红义看到王广运，立时大惊，下意识地要起身，被越威又一脚放倒。

越威说："既然想活，我给你指条道，带我们上山，如果配合，我保你平安无事，敢跟我玩心眼儿，第一个弄死的就是你。"

毛红义只得从命。就这样，越威一干人换上了那些喽罗们的衣服，押着货

第四章

车,由毛红义领着直奔桃花山。越威紧贴着毛红义走在前头,蓑衣下边,枪口就顶着毛红义的腰。

寨门口到了,站岗的几个喽罗老远就喊:"呀,二当家的,咋这么顺啊?这么快就回来了!"

越威手里的枪用力顶了一下毛红义,低声交代:"自然点。"

毛红义咳嗽了一下,冲着几个站岗的喽罗骂:"废他妈什么话啊,快开门,顺不好吗?难不成还盼着我死在外头啊?"

几个喽罗紧张了,立时赔笑解释:"二当家的误会了,不是那意思,不是那意思。"说着,寨门被人拉开。

越威一伙人推着货车走了进去。临进门,一个喽罗低声告诉毛红义:"大当家的在后山正跟那小娘们日捣呢,哎,这段时间大当家的人都瘦了!"

毛红义领着大家一路往里走,七拐八绕,到了一个四合院,正房的门关着,窗户上有光透出。

毛红义趴在门上叫了一声:"大当家的。"

屋里传出一个男人的声音:"二当家的,回来了?怎么样,还顺吧?"说话的人正是包法仁。

"顺,货弄回来了。"毛红义答应着,以手推门,然而,门被推开的瞬间,他突然转身,大喊:"大当家的不好了。"喊着,反手就要关门。

这一幕突如其来,越威下意识就要扣扳机,可马上又放弃了,他知道,这深更半夜的,枪一响,下边那些土匪肯定会跑来救援,万一——时又擒不住包法仁,被他们来个里应外合,那局面就被动了,想到这儿,越威飞起一脚,将毛红义踹翻在地。与此同时,屋里的包法仁发现了异常,伸手就抓了枕头下的手枪,举枪就打,就在他扣动扳机的瞬间,越威就地一滚,子弹擦着头皮就飞了过来。

一枪打空,包法仁正欲扣响第二枪,地上的越威一个乌龙搅柱就蹿了起来,起身的瞬间,一把抓了墙角处的那把太师椅,照着包法仁就抡了过去。包法仁躲闪不及,被砸中后脑勺,身子一歪,死在床上,把一侧那个女人吓得尖叫一声,光着身子就从床上滚了下来。灯光里,女人的身体雪白嫩滑,闪着令人眩晕的光泽，看得大贵一伙人口里发干，直咽唾沫。越威一把扯了床单，扔向那女子，将她盖了。而在这时，屋外边已经炸了锅了，听到大当家的房子里传出枪声，喽罗们抱着长短枪都冲了过来，瞬间就把房间给围住了。

大贵几个人拖死狗似的把毛红义摁倒在越威跟前。毛红义这次是真怕了，吓得浑身筛糠，越威手腕一翻，枪口就顶了他的脑袋，说："跟你狗日的一般见识，我他妈就该一枪崩了你。"

毛红义也知道刚才自己的做法有点不厚道，无言以对。想了想，便扯着嗓子冲屋外大喊："兄弟们，大当家的已经死了，别再做无谓的牺牲了，都把家伙扔了吧！"

第五章

下雪了，这是入冬以后，耧耙山地区下的第一场雪。

那天，一大早，越威正组织护庄队在打谷场上训练，村里却突然来了一个陌生人。

上次端掉桃花山匪窝，越威和九连的兄弟受到了耧耙山村及附近几个村村民们的夹道欢迎，为表感谢，村民们摆下丰盛的酒席犒劳这些凯旋的士兵，一直喝到后半夜，临散场，吴贤达和其他村的几个村长带着试探性的语气问越威接下来有何打算，是不是不久就要带着九连的兄弟开拔？

越威说："是。"

吴贤达说："越连长，眼下举国抗战，既然都是为了抗战，在哪儿不是抗呢？你和九连的兄弟能不能不走，就在耧耙山驻扎下来？你放心，给养什么的，由我们这些村子共同来承担。"

越威看了看人群，说："各位乡亲，我们纵使离开，不久就会打回来，你们放心。"

其中一个留着白胡子的老乡绅颤巍巍地站了起来，先吟了一首诗："三万里河东入海，五千仞岳上摩天。遗民泪尽胡尘里，南望王师又一年。"老乡绅语气中浸满了忧伤，说："越连长，这是宋代诗人陆放翁的一首诗，纵观历史，历朝历代，但凡有了战乱，受苦最深的都是老百姓，眼下日本人来了，政府跑了，军队也跑了，外强入侵，盗匪四起，百姓彻底遭了殃，这次越连长带领弟兄们端掉桃花山匪窝，真的是大快人心，可眼下世道乱啊，这伙土匪被端了，一旦越连长和你的九连离开，必定又有新的土匪起来，继续打家劫舍，祸害扰民，如之奈何？"

吴贤达几个人随声附和，说："是啊，越连长，你带弟兄们一走，鬼子欺负，土匪祸害，那我们接下来的日子就没法过了。"

老乡绅说："越连长，我代表耧耙山的父老乡亲恳请你和九连的兄弟们能留下来长期驻扎，保一方平安，功德无量啊！"

越威想了想，最后答应吴贤达他们，给耧耙山训练出一支联庄队，这样即便有天九连走了，这支护庄队也能保护当地百姓。这下吴贤达一帮人放心了，散会后，各自回村准备，就这样，一支由各个村年轻人组成的联庄队成立了。

陌生人出现的时候，那些联庄队的年轻人一个个正握着木棍在越威的指挥下练习低姿匍匐，等那陌生人报了名号，兄弟们拎着木棍呼啦一下就把他给围了。

大贵说："真是踏破铁鞋无觅处，得来全不费工夫。你就是陈守本啊？"说着，转身冲黑娃等人下令："把狗日的给我捆了。"

黑娃带人拎着麻绳冲了上来，陈守本并不慌张，反倒一脸的平静，看得出来，他把最坏的情景都已想到了。

陈守本说："哪位是越连长？"

越威说："我。"

陈守本说："越连长，上次的事我真的很抱歉，可我不知道怎么跟你解释，但我向你保证，我陈守本不是小人，那种断子绝孙的事我不会干，你们上次偷袭宪兵队出现意外，不是我向日本人告的密，一定是有其他的原因。具体是什么原因，我这段时间也一直在查。"

越威说："你狗日的说得轻巧。白天不做亏心事，夜里不怕鬼敲门。既然你没做伤天害理的事，你为啥躲起来。马三都说了，他连着找了你半个月，结果连你个毛都没见着，怎么解释？"

陈守本说："是，我的确是躲了起来。说实话越连长，上次得知你们的事情之后，我的确有点害怕，虽然这事自始至终跟我没关系。可我知道，你们一定怀疑我当了奸细，背后跟日本人告了密。如果我不跟你们拿出证据解释清楚，那我就是裤裆里抹了黄泥巴，不是屎也是屎了，可我又担心我查出真相拿出证据之前，你们就对我动手，把我干掉，让我连个证明自个清白的机会都不给，那我可死得太倒霉了，所以，我就先躲了起来。"

第五章

越威说:"既然你担心我们报复躲了起来,为什么今天还敢来?"

陈守本说:"今天我来是因为我查到了对你们有用的消息,别管以前的事怪不怪我,我这次来就算将功赎罪吧!"

一听这话,所有人都支楞起了耳朵:"什么消息?"

陈守本说:"自打上次那次意外发生后,我一直很谨慎,我担心你们报复我,同时,我也担心日本人怀疑我,所以,这段时间我行事一直很低调。可我没闲着,我发动了这么多年我在沂水城积累起来的所有人脉和关系打探你要找的那个书店孙老板的最新下落。我找这个孙老板,动机也不复杂,一是为我自个证明清白,二就是为了对得起马三。马三对我有恩,恩人托我办的事,我不能办得稀巴烂,这不是我陈守本做人的风格。功夫不负有心人,昨天夜里,我终于打探到了那个孙老板的消息。"

众人立时来了精神,问道:"在哪儿?"

"跑了。"

"跑了?"所有人都一愣,"怎么回事?"

陈守本说:"上次我跟马三讲过,日本人的确掌握了情报,知道抓的那几个人里有一个大人物,但具体是哪一个,他们一时甄别不出来,尤其你们上次挖墙进去救人的事儿发生之后,日本人更感到沂水不安全,于是把那些人押往武汉,没曾想,车到了半路却叫人给劫了。"

陈守本把事情讲得跟说书似的,一波三折,听得所有人脸上的表情忽晴忽阴,一个个的心都提到嗓子眼了,异口同声地问:"劫了?谁劫的?"

"新四军。"

"什么军?"

"新四军。"

"新四军是干吗的?"

陈守本喝了一口茶,说:"具体的我也说不上来,据我一个哥们讲,新四军是共产党的部队。"

"共产党?"众人又是一惊。

陈守本点了点头,说:"我哥们跟我讲,当年国共开战,苏区反围剿失败,大转移的时候，在江南八省留下了大批红军游击队，日本人打进来以后，国共合作，这批留在南方的共产党的部队就被改编为国民革命军陆军新编第四军。"

大贵有些意外，说："现在沂水已成沦陷区，国军的部队都往南撤了，这新四军为什么反往狼窝里钻，胆儿这么大，难不成他们有三头六臂？"

陈守本说："这新四军啥样我的确没见过，不过就冲他们半道愣敢从鬼子手里把人劫走这股子劲儿来看，胆儿确实挺肥的。"

越威点头，若有所思。

陈守本放下茶碗，警惕地四下瞅了瞅，压低了声音，说："越连长，我哥们跟我透露，说日本人已大致锁定了新四军的活动地点，现在正在研究布兵方案，估计这几天就要对新四军动手了。"

越威心里一紧，说："新四军现在什么地方？"

"小塔山村。"

越威刚送走陈守本，马三就油烧火燎地跑来了。

马三说："越连长，陈守本狗日的人呢？"

越威说："走了。"

马三说："呀，你怎么能放他走呢？这段时间我把沂水城都翻遍了，寻他不着，今天他竟自投罗网，为啥不崩了他？"

越威说："陈守本这人不错，我们误会他了。"

马三一愣，说："你还信他？"

"信。"

"凭啥还相信他？"

"凭感觉。"

马三无语了。

马三停了停，看看越威，说："越连长，你这儿现在还要人不？"

越威："要。"

马三："我想跟你干。"

"为什么？"

马三说："还记得上次我跟你说的那个庄家镇的老财主吗？驴被偷后，他打

第五章

探到这事是我干的,于是就派人抓我,我跑了,老财主气不过,就一把火把我那间茅草屋给烧了。我现在是吃没吃的,住没住的,你要不收留我,这个冬天我恐怕过不去了。"

越威说:"那就别走了,从今往后就跟着我。现在正好有件事需要你帮忙。"

当天晚上,吃了饭,越威把大家召集起来,简单地交代了一些其他的事项,便带着马三、大贵两个人借着夜色匆匆上路,赶往小塔山村。

日上三竿,三个人到了一座山下,一个砍柴的老头告诉三人,翻过这座山头,前面就是小塔山村。

三个人上了山,站在山顶,放眼望去,果不其然,雾气腾腾中,远处隐隐约约有村庄的轮廓。

三个人顿时来了精神,然而,刚要下山,哒哒哒,山下突然传来一阵密集的枪声。三人不由一怔。

大贵眼尖,一把拽了越威:"连长,鬼子。"

三个人一闪,到了树后。

越威悄悄拨开树枝,再看下边的谷底,远远地跑来几个人,起初太远,看不清楚,慢慢地看清了,是四五个当兵的,穿着灰色的军装,边跑边朝着后边放枪,而后边是一队举着三八大盖的日本兵嗷嗷叫唤着在追。

又是一阵急促的枪声,那些穿灰军装的又有几个人被打倒,就剩下一个个头很魁梧的还在继续跑,看那样子,像是也挂伤了,跑起来一歪一扭的,速度明显减缓,与后边追兵的距离迅速变短。

大贵、马三两人不知如何是好,看着越威说:"连长,咋弄?"

越威已经从腰里拽出了短枪,说:"救他。"

两人有些犯愣,说:"他是谁啊?咱救他。"

"管他是谁呢,鬼子的敌人就是咱的朋友,冲下去。"说着,越威已经从树后闪出,像脱弦的利箭一般冲下山坡,边冲边举枪射击,几乎枪枪爆头,几个鬼子应声栽倒。

追赶的日本兵队伍立时骚乱起来。

眨眼工夫,越威他们已经到了谷底。这一幕出现得有点突然,那受伤的高个军人一开始有些紧张，以为越威他们是另一拨鬼子打前边堵他的活局呢，吓得一愣怔，可回头一看，好几个鬼子已被越威他们撂倒，稍一愣怔，越威他们已到跟前，定眼再瞧，那高个军人突地惊得大叫："呀，田师长，怎么是你？"

越威也是一愣，仔细一看，认出来了，高个军人竟是周兴汉。真是山不转水转，没想到，一别多日，竟在这样的情景里见面了，可这一刻情势紧迫，顾不上细聊，马三和大贵一左一右架了周兴汉，越威负责殿后，几个人沿着谷底发足狂奔，然后沿着一条茅草小道，冲上山坡，一口气，约莫又跑出了得有三四里地，抬眼一看，前边出现了一片芦苇荡，回头再看，鬼子又追上来了，越威于是大声催促三个人："快，冲进去，快。"

四个人就风一般钻进了遮天蔽日的芦苇荡中，瞬间没了踪影。

鬼子们气得嗷嗷直叫，却又无可奈何，只得对着芦苇荡放了一阵空枪，便懊恼地收兵了。

越威他们摸出芦苇荡时，天近中午，几个人经过这通折腾已是饥肠辘辘，一抬头，发现前边不远处是个码头，于是找了家酒馆走了进去。

接下来的谈话中，越威才得知周兴汉为什么会在小塔山村，又怎么成了新四军。原来，自打上次双方分手后，周兴汉带着他的部队到了武汉，此时国共已经合作，周兴汉就奉上级命令加入新四军，又折身带队北上，奔赴敌后，开辟根据地，不曾想，大家又以这种方式相遇了。

周兴汉问越威："田师长，你的部队也驻在附近？"

越威有些不好意思了，说："周营长，实在不好意思，我不姓田，也不是师长，上次实在有些冒犯，多有得罪，还望见谅。"于是把事情的前前后后讲了。

周兴汉听罢，哈哈大笑，拍着越威的肩膀说："好好好，你小子有当将军的范儿，把我都给骗了，不过话又说回来，你小子打仗的确有一套，这是事实，不服不行。"说着，话锋一转，说："你们去小塔山村干吗？"

越威也不隐瞒，把孙老板的事情说了一遍。

周兴汉也把掌握的情况如实相告。

越威这才知道，前段时间，新四军的确派出一支小分队劫过日本人的囚车，救出了几个人，并且这次行动还是由周兴汉负责的，但一切都是保密的，至于

第六章

说这几个人当中哪个是越威说的孙老板，不得而知。加之当时是深夜，根本连对方的面部轮廓都没看清，人被救出之后，就交给了第二梯队，连夜转移了。而这次鬼子派出部队突袭小塔山村，一是他们已通过情报掌握了新四军的具体动向，二是新四军自己的情报人员在传达情报上有了延宕，结果差点导致新四军的指挥部被包了饺子，敌众我寡，不得已，为掩护新四军的主力转移，周兴汉临危受命，带领他的一营打阻击，吸引敌人注意力，就这样在山里跟鬼子兜了一天一夜，滴水未进，连个歇歇脚喘口气的机会都没有，最后实在顶不住了，周兴汉做出决定，把一营化整为零，分散突围，没曾想，突围途中他带领的这一小组被鬼子缠上了，伤亡惨重。生死关头，多亏了越威等三人及时出现，周兴汉这才绝地逢生，化险为夷。

周兴汉讲完了，越威的心也变得越发沉重起来，看来这一趟又白跑了，不由得暗自生气，怎么就这么阴差阳错？难道这辈子真就找不到这个所谓的孙老板了？难道师长就注定要这么不明不白地含冤九泉，永远得不到昭雪了？然而，周兴汉接下来的话，又让越威看到了一线希望。

周兴汉说："越威，人海茫茫，咱兄弟能遇见就是缘分，何况你还救了我一命，我得知恩图报。这样吧，离小塔山村二十里有个凤阳镇，镇上有家叫'昌顺'的山货铺，老板姓吴，是我朋友，实在不行，你去找下他吧，就说是我介绍的，说不定到时他会给你提供一些有用的信息。"

这无疑是最后一根救命稻草了，越威举起酒碗，说："周营长，我敬你，所有的感谢都在这碗酒里了。"

两人碰杯，一饮而尽。

周兴汉还要赶到一个叫石头铺的小山村，这是当初部队突围时约好集结的地方。由于时间关系，于是双方就此别过。

越威三人朝着相反的方向走去，按周兴汉的话，如果走得快点，可以赶在太阳落山前到达凤阳镇。

第六章

天近黄昏。

越威等三个人赶到凤阳镇,找到了那家叫"昌顺"的山货店,但不巧的是,山货店打烊了,店门紧锁,敲了半天也没人回应。

没办法,三个人只得临时找了一家客栈暂且住了。折腾了一天一宿,又累又困,一仰倒,三个人就鼾声四起。然而,睡至半夜,越威突然被房顶上发出的一声轻响给惊醒了,醒来的刹那,下意识地就握了枕下的短枪。

一滴温热的东西落到越威的脸上,竟是血。跟着,啪嗒啪嗒又是几滴接连落下。

越威心里不由一紧,刚跳下床,窗外却突然枪声大作,跟着,就听到杂沓的脚步声由远及近,不一会就到了客栈外边,咣咣的砸门声随后响起。

深更半夜的,声音格外刺耳,所有人都醒了。

大贵摸了火镰刚要点灯,房顶上又一声轻响,随着一声低低的呻吟,一个人打上边突然跌了下来。

越威眼明手快,箭步前冲,一把将对方抱住,低头再看,那人穿着夜行衣,蒙着面,看不清面目,只是那双眼睛格外好看,柳叶弯眉,与越威四目相对的瞬间,那人眼睛里流露出一种难以名状的神情。

越威心里也突地一动,迷怔中,蓦地发现手感不对,暖暖的,鼓鼓的,低头再看,他的一只手正摁在对方的胸脯上,这才发现对方竟是个女的。

越威的身体立时如遭电击,慌乱地将手从那女人的乳房上拿开。

而此时,外边的人已开始砸门了。

大贵想去顶门,门却咣哧一下被人踹开。屋内的情景暴露了。

门外立时有人大喊:"找到了,在这儿,快堵门,别让他们跑了。"

第六章

片刻的僵持后,越威冲大贵、马三两人大喊:"快救人。"

两个人有点蒙,说:"连长,这又是谁啊?咱就救他。"

"少废话,救了再说,快。"喊着,越威抱起那黑衣人就往外冲。

接下来,双方便是一场混战。

两个伪军想堵越威,双方照面的刹那,越威一个勾拳就打了出去,其中一个被当场放翻在地,另一个刚要用刺刀捅,越威抢先一拍,一个边腿踹中对方的小腹,那人一声惨叫,隔着护栏就飞了出去。

三个人带着那黑衣女子杀出一条血路,冲出客栈,沿着镇中的那条青石板路发足狂奔,然而,刚冲出胡同,前边突然传来一阵密集的枪声,微弱的灯光下一队黑影冲了过来。

黑衣人伏在越威的肩上,低声提醒道:"往右跑,进胡同。"

越威旋即转身,钻进胡同,越往里跑,光线越暗。

越威发现这条胡同很深,跑了这么久,竟没看到它的尽头,正跑着,一抬头,发现前面又冲过来一队人。

大贵不由惊得大叫:"这下糟了,连长,咱被赌活局了!"

说话工夫,那队黑影已到了跟前,显然也发现了越威他们。

狭路相逢,退无可退,双方都拉出架势,准备开战。

黑衣女子却低声喊道:"别误会,自己人。"

越威听得稀里糊涂的,但既然她都说了是自己人,就没必要自相残杀。

越威放下黑衣女子。

黑衣女子冲着越威抱了抱拳,又看了他一眼,然后,由同伙护着,风一般消失在夜色里。

与此同时,后边的追兵又压了上来。

越威等三个人转身钻进了另一条胡同。

大贵已经累得不行了,说:"连长,咱这么跑下去,啥时候是个头?"

再跑,前边是个戏楼。

马三突然叫了声,说:"连长,这下咱们有救了,跟我来。"

三个人沿着戏楼的墙根朝西摸了一阵,根据眼前的那片建筑物判断,像是平民区，一条河把那片建筑物一分为二，河上有座月亮桥。三人下了桥，进了一个胡同，摸黑前行，马三左右看了看，伸手拍了拍左侧一家的院门。

不一会儿，里边传来了一声咳嗽："谁呀？"跟着，门"吱呀"一声开了，一个脑袋从门缝里钻了出来，是个老头。

马三说："老七叔，还认识我不？"

老头脸上立时露出惊讶的神态："呀！马三，怎么是你？"

马三说："说来话长，能不能借一步说话？"

"赶紧进来。"老头拉开了门，又警惕地左右瞅了瞅，发现没有异常，快速把门关上。

落座后，马三跟老头说："老七叔，有吃的没？先给弄些东西填填肚子，饿啊！"

老头喊起老伴给三个人弄了些吃的。

吃着饭，越威才听明白，老头叫陈老七，当年跟马三的二叔搭伙跑过船，算是老相识了。既然是熟人，越威便把当天晚上发生的事情一五一十地跟陈老七讲了一遍。

陈老七说："这样吧，你们三个今晚先在这儿住下，天一亮，我出去探探风，看到底咋个回事，再做计较。"

第二天，陈老七一早出门，结果不多时就慌里慌张回来了，给越威他们带来了一个石破天惊的消息。

陈老七说："昨天夜里镇上发生了一件大事，一个从南京来的大人物被人刺杀了。现在全镇已经戒严了。"

越威等三人听得一愣，道："什么大人物？"

陈老七说："听说这人原来是国民党的一个要员，后来投靠了日本人，这次来沂水地区视察工作的，没想到，一到丰阳镇就被人刺杀了。"

越威听了，不免暗自思忖，难道这个所谓的大人物的死跟昨晚上那个黑衣女子有什么关联？

大贵、马三两个人问越威："连长，那咱们今天还走吗？"

陈老七说："现在风头正紧，你们三个怕是不好出去。"

第六章

马三说:"可待这儿也不是办法啊。"

陈老七说:"这样吧,明天我再出去,找一下我师弟,他在码头上干活,是个工头,让他帮你们在码头先找个活儿干,避避这个风头,等风声小了,你们再想法脱身。"

一夜无话,第二天,黄昏时分,陈老七领着一个中年人来了。

陈老七给越威等三人介绍说:"这就是我师弟朱云山。"

简单的寒暄之后,朱云山把越威上下打量了一番,说:"跟我走吧。"

丰阳镇是一个远近闻名的水旱码头,一天到晚,船来船往,卸货装货,天天有干不完的活儿。

朱云山作为工头,手下有几十号伙计,每天下了班,这些伙计们就挤在窝棚里,要么赌博,要么说荤段子。

一晃三天过去了,这当中,借上街买酒的机会,越威让马三去过那个叫"昌顺"的山货店打探消息,可马三回来报告说:"可了不得了,现在街上很多店铺都关门闭户,我跟一个算卦的打听,那算卦的说,几天前这家山货店的老板给宪兵队抓走了。"

听了这话,越威心里不由一沉。

接下来的几天里,镇上不时有各种消息传出,风声还是很紧,据朱云山讲,这几天,小鬼子在到处抓人。

又一天。

黄昏,收工的时候,朱云山突然来了。

朱云山说:"越威你们几个跟我走。"

马三正在磕鞋里的沙子,抬起头问:"啥事啊?搞得这么神秘兮兮的。"

朱云山说:"日本人派的活。"

所有人都一愣。

朱云山说:"没办法,不干不行,切记,到了地儿千万别多嘴,所有人只管闷头干活就是了,啥事也甭打听。"一席话弄得大伙心里七上八下的。

那是江边的一片荒地,到处是齐腰深的蒿草,刚下过雨,地面上一哧一滑的,沿着一条浅沟走不多时,前边闪出一个残破的院子,像是一个废弃不用的厂房，门口站着几个荷枪实弹的日本兵，一个个面无表情地看着越威他们。

朱云山掏出一个类似通行证的东西给一个日本兵看了看。那日本兵挥了挥手，朱云山带着越威他们走了进去。院子里堆满了杂物，中间的空地上，停着两辆蒙着帆布的卡车。一个日本兵打开了仓库大门上的锁，随着那扇铁门被"吱呀呀"推开，一股浓烈的霉味扑面而来。里边光线很暗，好一会儿，才看清了，满屋尽是些刷着绿漆被密封着的木箱子。

在几个日本兵的监视下，越威他们一言不发地开始将那些箱子往车上搬。箱子沉得要命，直到越威他们一个个累得满头大汗，才算装完。

一个翻译跟朱云山说了句什么，朱云山转过身冲着越威他们挥了挥手。

朱云山说："都上车吧。"

然后，车辆发动。

卡车驶出厂房，也不开灯，一路急驰，等到车厢上的帆布被拉开，越威发现到码头了。

朱云山说："弟兄们，日本人说了，把这些东西装上船，咱们就可以回去睡觉了，牢骚的话不要说，赶紧搬，早完早心静。"

大家便不再言语，开始干活。

越威和马三抬着箱子往船上走，大贵带着另一个兄弟也抬着箱子上船，跳板不宽，一不小心，两个箱子撞了，马三脚下不稳，连人带箱子跌了下去。

越威惊得低叫："马三，没事吧！"喊着跳下桥板，去扶马三。

马三人没事，可木箱被摔开了，隔着缝隙，他看见了箱里的东西，那些东西一个个像捣蒜用的蒜臼子一样，头小肚大，上边盖着一层油布，有几个还滚了出来。

马三低声问道："连长，这什么东西啊？"

越威压着嗓子说："毒气弹！"

"毒……"马三惊得嘴巴大张，下边的话还没说出口，嘴巴就被越威捂了。

越威说："千万别声张，否则小命就没了。"

稍一愣怔的瞬间，一个日本兵叫骂着冲了过来。

越威迅速将那箱子盖好。

第六章

等到箱子全部装船完毕，已是后半夜。

越威对朱云山说："朱大哥，你跟日本人说说，咱们可以走了吧？"

哪知道，朱云山一去，竟再也没回来，再等，却来了一队日本兵，把越威他们给围了，这下，一伙人全蒙了。

一个像是个小头目的日本军官用枪尖指了指卡车，那意思是让越威他们上车。大家心里没底，一时没人动。就在双方僵持的当儿，一个伙计钻了空，拔腿就跑，结果，被那日本兵小头目一枪撂倒。人群立时骚动起来。

马三和大贵两人看着越威，越威没有言语，冲二人使了使眼色，那意思是，别乱来，听他们的，先上车。

汽车驶出工厂，一路颠簸，天蒙蒙亮的时候，拐进了火车站一个货场。车一停，就冲上来一队日本兵，用枪逼着，将越威他们关进了一个空荡荡的仓库里，里边光线极暗，地上铺着乱草，没人敢说话，漆黑一团中，只听到有人咳嗽和用乱草垫屁股的声响。

马三挨着越威坐下，低语道："连长，这是哪儿啊？"

越威说："什么都别问，睡觉。"

屋子里黑咕隆咚的，没了光线，没了时间，也不知道到底过了多久，正睡着，咣当一下铁门被打开，在几个日本兵的押解下，又一个人被推了进来。

黑灯瞎火的，那人的面部轮廓不甚清晰，可当对方挨着越威他们坐下的瞬间，三个人不由得吃了一惊，竟是周兴汉。

周兴汉笑着低语："越威，看来咱兄弟这辈子的确有缘，没想到这么快又见面了。"

越威后来才知道，那天他们在码头分手后，周兴汉不敢走大道，专拣山间小路，天色大亮，到了一个小镇。那天小镇逢集，人来人往的，很热闹，周兴汉饥肠辘辘，在路边一个卖胡辣汤的小摊上要了几个烧饼和一碗汤，可刚坐下吃了两口，冷不丁地一抬头，发现一个留着分头的汉奸带着一队日本兵打十字路口冲了过来。周兴汉情知不好，站起身掉头往西跑，可刚一抬脚，从街西又杀出一队日本兵，街两边是店铺，真是插翅难飞。周兴汉这下傻了，双方对射一阵后，展开肉搏，打斗中，周兴汉后脑勺叫人捣了一枪托，立马昏了过去，再醒来，人已落在小鬼子的宪兵队手里，几经拷打，周兴汉咬牙愣是一字不吐，死扛，日本人没辙了，就把他拉到了这儿。

又不知道过了多久，越威他们正迷迷糊糊地睡着，铁门又被推开，冲进来一队日本兵。

翻译喊："别睡了，别睡了，统统起来，到外边集合，快点，快点。"

屋外漆黑，天空飘着零星的小雪，冷得出奇。夜死一般地寂静，一队日本兵荷枪实弹地站成两排，场面吓人。

马三低声问越威："连长，他们这是把咱们押哪儿去啊？"

越威心里也没底。

就在越威他们被赶出黑屋之前，周兴汉告诉越威说，昨天夜里起来尿尿，他听到两个日本兵在说话。周兴汉懂些日语，两个日本兵的谈话他听懂了，大意是因为毒气弹的事，日本人害怕泄密，决定要将越威他们这些人统统活埋。

越威有一种预感，看来日本人很可能今晚要动手了。

走到院子里，越威才发现天上下着小雪，一队荷枪实弹的日本兵木桩似的在卡车前站着。

越威他们被押进车厢，几分钟后，卡车驶出大院，钻进了茫茫的夜色之中。约莫过了半个时辰，车头一掉，下了公路，上了一条崎岖的田间小路。

迷蒙的夜色里，远处的山峦依稀可见。路越来越难走，车也颠簸得越发厉害，越往山里走，越威的心揪得越紧，他知道，他所担心的一切正在变成现实。

马三几乎有些按捺不住了，感觉嗓子眼有点干，努力地咽了一口唾沫，扭脸看越威，越威扭脸看周兴汉，周兴汉却低着头，自顾自地想着心事。

卡车又朝前走了一段，在山脚的一个拐弯处突然停住了，车门被推开，开车的那个日本兵小头目跳了下来，对后边的车厢喊了一句什么，然后解开腰带，对着路边的一棵树尿了起来。

车厢里，只留下两个日本兵留下来负责警戒，余下的皆扛了枪，跳下车，开始尿尿，有的还点了烟，边抽边尿，看那样子憋坏了。

战机稍纵即逝，这个时候再不动手，恐怕再也没机会了。周兴汉冲越威点了点头，越威会意，飞起一脚，踹中一个日本兵的小腹，这一幕突如其来，那

第六章

日本兵一点防备都没有，一声惨叫，四肢大张着从车上跌了下去。

这下可戳了马蜂窝了，车下的日本兵手忙脚乱地勒了腰带，抱枪就冲了上来。一场血战瞬间上演。

雪越下越大，打斗的场面混乱到了极点，不时地有人摔倒，一个个都滚成了面人，根本分不清面目，全凭着感觉来分辨敌我。

正打得兴起，突然，噌噌噌几声枪响，所有人都一愣。

正是深夜，山谷里万籁俱寂，清脆的枪声听起来格外刺耳，一下能传出几里地去，不消说，这通枪响，肯定把附近的日本兵给惊动了。

周兴汉大喊："越威，带兄弟们快跑，鬼子的援军要来了。"

越威迅速收拢了马三等人，转身就跑。

后边的日本兵穷追不舍，边追边开枪。

对面的山坡上是片遮天蔽日的树丛，一伙人有些慌不择路，一头就扎了进去，在漆黑一团的树林里钻了一阵，再跑，前边闪出一条下山的小路，一口气冲到山下，又跑过一条结了冰的小河，到了对岸，驻足再听，枪声变得稀疏遥远起来。

第七章

沂水城，茗月轩茶馆，二楼的一个包间。

越威和周兴汉两个人围着一张桌子，临窗而坐，边喝茶边打量着窗外的街景。

楼下就是县城最为繁华的中心大街，透过窗户，可以看见沂水码头，码头上人来人往，到处是小贩吆喝声，不时地有轮船到岸，穿着各式各样服装的客人拎着大大小小的行李拥挤着上船下船。

楼梯外传来脚步声，跟着，门被推开，陈守本走了进来。

上次雨夜脱险之后，回到楼耙山，越威心里一直牵挂着那天夜里帮日本人往船上装的那批货，据他的经验判断，那是成箱成箱的毒气弹，虽然他不能判定日本人到底要把这些新式武器用到哪个战场，但可以肯定是用来对付中国军队的。如果这些毒气弹被投放到阵地上，不知道又有多少国军兄弟血洒疆场，死于非命，想想就让人哆嗦。所以，回到楼耙山的当夜，越威和周兴汉商量了很久，天一亮，就派马三把陈守本给找来了。陈守本虽然在日本人的缉私队干活，还当了小队长，可越威觉得这人心眼不坏，骨子里还算有点血性，于是开门见山，把毒气弹的事跟他说了。陈守本果然是条汉子，连个磕巴都没打，当下就应了，说："怎么说我也是个中国人，打掉鬼子的这些武器，就是保卫咱自个的家乡，越连长，这事最多三天，三天后，我一准帮你打探到消息。"

转眼三天过去了，陈守本如约而至。

简短的寒暄之后，切入正题。

陈守本告诉越威，那天夜里他们帮日本人装船的是一批刚刚研发成功的新式武器，也是第一次投放战场。陈守本还说，据他打探到的消息，此时的长沙会战已进入了白热化状态，第9战区集结重兵与日军对峙，中日双方展开殊死

第七章

搏斗,一时间难分胜负,日军为尽快实现其战略构想,摧毁国民政府继续抗战的企图,就从后方秘密运来了毒气弹,用于长沙战场。

一席话听得几个人出了一身冷汗。

越威说:"这批武器现在何处?"

陈守本说:"据我打探到的消息,这批新式武器还没运出城,暂时囤放在沂水城一间仓库里,下个星期三会装车运走。"

周兴汉看了一眼越威,说:"看来咱们得立即动手了。"

陈守本却慌忙打断道:"这可使不得,沂水城是小鬼子防守的重镇,进城作战,风险太大了,只怕到时没能将这些武器炸掉,你们这些人也搭了进去。"

越威说:"陈兄的意思?"

陈守本说:"这批武器运往长沙之前,鬼子会先用汽车从沂水运往汉口,而这中间要经过一个叫二龙岗的关隘。二龙岗地势险要,是个打伏击的好地方,我的意思,不如到时咱们在这儿设下埋伏,将这批毒气弹一举捣毁。"

越威略一沉吟,便点头同意。接下来,几个人又就具体细节进行了讨论,之后,陈守本跟越威和周兴汉二人告辞,说:"我得回去了,出来的时间太久,我担心会引起小鬼子的怀疑。"说着,便拿起桌子上的帽子,跟二人握手告别。

隔着窗户,越威看陈守本走出茶馆,消失在大街喧闹的人群中,正欲将视线收回,窗外却突然传来一声清脆的枪响。与此同时,码头上的人群开始变得混乱不堪。定睛再瞧,人群当中,有两个男的,都穿着知识分子的旧式西服,年纪大的四十多岁,年纪轻的二十出头,后者的手里提着一个半大的箱子,两人神色紧张,一前一后,拨拉开人群,奋力逃命,而后边,一队日本宪兵举着长枪,饿狼似的追了上去,边追边打枪。

队伍里不停地有人在喊话:"站住,再不站住开枪了!"话音未落,密如蝗虫的子弹铺天盖地打来,惊恐的人群四散奔逃,不时有人中枪栽倒。那一老一少两个男人却步速不减,拼命逃命,转眼,到了一个三岔路口,年纪大的那个男人冲年轻人使了一个眼色,年轻人会意,二人旋即分开,一左一右,各自逃命。后边的日本兵也立时分成两组,继续追。

那年纪大的跑不多远,抬头一看,发现前面是一片没有任何遮蔽物的空场,只得站住了。

一个日军曹长用生硬的汉语警告道:"转过身来!"

中年男人静了一静,一只手捂在了胸口位置,缓缓转身,突然,一把短枪从怀里拽出,伴着"砰砰"两声枪响,两个日本兵应声倒地。

日本兵队伍立时大乱。

中年人转身又跑,然而,刚跑出几米远,身后就响起了密集的枪声。中年男人背部连中数弹,踉跄几步,一头栽倒。

日军曹长冲上去,将手放在那中年男人鼻子下试了试,发现人已经没有气息,有些懊恼地将枪一挥,掉转头,带着队伍朝那年轻人逃命的方向追了过去。

那个年轻人紧紧地抱着棕色的皮箱,拼尽全力,咬牙前奔,转眼,到了茗月轩茶馆楼下的拐角处,距他不到几米的街道边上,停着一辆黑色的轿车,轿车的车门突地被人推开,冲下两个穿着黑色西装的壮汉。一左一右,迎着那年轻人跑了上去,一打照面,二人便架了那年轻人返身往车上跑。

茶馆里,越威瞬间的迷怔之后,已缓过了神。他将整个街面又快速地扫了一眼,然而,收回目光的刹那,眼睛突然似乎叫什么给刺了一下,定眼再瞧,发现对面一座楼房的阳台上挂着晾晒的衣服,而那些衣服的后边,竟有一个黑洞洞的枪口伸出。

越威预感不妙,刚从腰里拽出短枪,对面阳台上的枪就响了。

伴着沉闷的枪响,楼下拐角处的那辆黑色轿车已被击中,轰然爆炸,黑烟滚滚中,那个被熏得像焦炭一样的年轻人惨叫着滚出车外,翻滚着将身上的火扑灭的过程中,依然死死地抱着那个箱子,而除他之外,车里余下的所有人皆被当场炸死。这时,距起火的轿车不足百米处,大批宪兵潮水般涌了过来。

情势万分紧张。

越威救人心切,下意识地飞起一脚,窗户被踹裂,越威、周兴汉两个人直接从二楼跳了下去。在落地的瞬间,越威手里的枪已经扣响,迎面冲上来的几个日本兵应声栽倒,余下的日本兵惊得全都一愣。趁此间隙,越威、周兴汉朝那年轻人冲了上去,刚一照面,二人架起对方,发足就跑。

片刻的愣怔后,那队宪兵回过了神,随着曹长歇斯底里地下令,喊叫着又

第七章

追了上去。

越威、周兴汉架着那年轻人撒脚如飞,拐进一条胡同,发足狂奔。跑着跑着,一抬头,傻眼了,竟是一条死胡同,一堵高墙横亘眼前,而后边的枪声却越来越近。生死一线,突然,身后"吱"的一声,一家的院门被拉开,从门缝里跳出一个人。

那人压着声音喊:"连长。"

越威一愣,闻声回头,不看则已,等看清对方面目,惊得脱口喊道:"大勇!"

果然是陈大勇,可情势紧急,不由分说,陈大勇拉了三人闪身跑进了一间房屋,里边的光线很暗,还散发着一股霉味,显然这是一间很久没人住的房间。到了一张八仙桌前,马三一把掀了墙上的那幅中堂画,后边竟是一个黑洞,几个人旋即钻了进去。里边黑咕隆咚的什么也看不见,可陈大勇跑起来轻车熟路,带着三个人疯跑。在地洞里摸着黑钻了一阵,就到了洞口,抬眼再看,外边是另一家院落,沿着一条胡同又绕了几个弯,一闪,进了一个铁匠铺。听听外边没动静,几个人这才松了一口气。年轻人的伤势很重,陈大勇喝了一碗凉水,便转身出去了,不多时把济世堂的郎中给请了过来。郎中看了看,说是皮外伤,并无大碍,便开了些药当场给那年轻人服下,不一会儿,年轻人就睡着了。

接下来的聊天中,越威才了解了陈大勇这段时间的遭遇。

陈大勇说:"连长,那天,从桥上掉下去的那一刻,我也以为活不成了,这辈子再见不着你了,可后来我被人给救了,就是这个铁匠铺的王伯。那天,王伯正好去城里送货,看河滩上趴着个人,就给扛了回来,喂了三天的小米汤,应该说我这人命硬,竟活过来了。后来,我四处打听你的消息,可打听来打听去,也没打探到,一时没地方去,我索性就跟着王伯学打铁。"

"王伯人呢?"

陈大勇眼睛一潮,说:"上个月得了场大病,没挺过来,人走了。对了,连长,别光说我了,说说你们,怎么回事?"

越威将这几个月发生的事情简单地讲了一遍。相互了解了情况,双方都唏嘘不已。

当天晚上，在陈大勇的带领下，越威他们通过一条暗道出了沂水城，回到楼耙山已是后半夜。

第三天，日上三竿，那年轻人醒了，醒来的第一句话就是："我的箱子呢？"

马三把箱子给他拎了过来，年轻人夺过箱子，一把搂在了怀里。

马三说："里边装的啥宝贝啊，金贵成这样？"

年轻人不吭声。

"你干啥的？"

"教书的。"

"真的假的？"

年轻人不言语了。

"怎么称呼啊？"

"郑之建。"

正说着，越威走了进来，把众人打发出去。

越威坐下，瞅了郑之建一眼，说："兄弟，你不像教书的。"

郑之建一怔。

越威旋即笑了，说："你到底是干什么的，既然你不愿说，我也不多问，只是，接下来你有何打算？"

郑之建叹了一口气。

越威给他倒了一杯水，说："没事，作出决定之前，你就待在楼耙山，把这儿当成自个儿的家。"

安顿好郑之建，越威、周兴汉就去了二龙岗，做了一次实地侦察。一回来，二人就决定这次的伏击战由周兴汉营和第九连联手完成。战斗方案一制订完，周兴汉趁着夜色就回到了营里，连夜布置任务。

二更天，兄弟们就起床了，埋锅造饭，开始收拾家伙，擦枪的擦枪，磨刀的磨刀。

郑之建问越威："队伍这是要去干吗？"

越威也不隐瞒，把事情跟他说了。

郑之建说："打鬼子，算我一份。"

第七章

四更天，周兴汉带领着一营和越威带领的九连在二龙岗会合，随后，按照事先布置，各自进入阵地。

那是一个古道关口，一条黄土路沿着山根蜿蜒前伸，两侧尽是大山，奇峰插天。

越威他们在雪地里已趴到旭日东升，山下突然传来了马达声。不一会儿，拐角处，有卡车出现，朝着伏击地域开了过来，一点点地挨近阻击线。

接下来，战斗正式打响，可就在双方打得不可开交之时，马三却突然跑了上来，大喊："连长，不好了，有几个鬼子跑掉了。"

越威说："不能留活口，快追！"

就这样，兄弟们呼呼哧哧地追了上去，绕过关口的拐角，就看见了那伙逃跑的日本兵，再追，前边是一片大的谷地，谷地中央闪出一条小河，河的对岸是片一人多高的蒿草丛。

越威带领众人下饺子似地扑通扑通跳进河里，玩命往对岸赶，抢占了蒿草丛，接下来就是激烈的枪战。

马三瞄准了一个日本兵，然而，扣动扳机的刹那，却出现了意外，子弹卡壳了。那是一杆老式的汉阳造，年代太久，膛线都快磨平了，更要命的是，几乎与此同时，对面的那日本兵枪的准星也锁定了马三。

噌，日本兵手里的枪响了。

马三吓得魂飞天外，一闭眼，心说：这回死逑了。可等了半天没啥感觉，一睁眼，却发现那日本兵倒在了血泊里。

马三疑惑，扭头，发现身侧的郑之建手里那把短枪的枪口冒着青烟，毫无疑问，崩了那日本兵的一枪正是郑之建开的。

就在马三犯愣之际，郑之建已夺过他的枪，喊哩咔嚓，枪的故障瞬间便排除了，那套拆卸动作，郑之建完成得又快又流畅，简直到了出神入化的地步，耍出花了都，晃得马三眼前直发黑，马三心中不由得犯嘀咕：这哥们到底什么来路？

马三迷怔的工夫，敌我双方的肉搏战又上演了。

偌大的河滩，跑得到处都是人，放羊一般，乱成光影的大刀在风中频频晃动，经过半个小时的血腥厮杀，战斗结束。

越威、周兴汉指挥着兄弟们迅速打扫战场，将那辆装着毒气弹的卡车推到河滩上，用集束手榴弹就地引爆，然后，众人风一般钻进了大山，没了踪影。

第八章

沂水县城码头，一艘客轮缓缓靠岸。

船一停，越威、马三、郑之建三个人走下客轮。

那天二龙岗伏击战中，郑之建的表现把马三给惊得不轻，回到楼耙山村后，马三马上跟越威做了汇报，越威当天晚上就找郑之建做了一次推心置腹的聊天，这才知道，郑之建的真实身份其实是一名国军中尉，两年前被派往德国柏林军事学院接受枪械方面的专业训练，随着中日战争吃紧，上个月接到回国的命令。没想到，日军的情报部门竟也获悉了这一消息，于是派出宪兵队在沂水码头进行截杀，幸亏有越威、周兴汉两个人的拼死相救，才死里逃生，捡了一条命。郑之建说，那天那辆黑色轿车是负责接他的，车上的几个特工却全部遇难了。不过，他告诉越威，回国前，曾接到密电指示，如遇不测，可以跟沂水祥和里街的老六茶馆姓陈的掌柜联系。

这天，越威、马三就是专程送郑之建的。

三人上了岸，很快找到那家老六茶馆，郑之建跟茶馆的陈老板用暗语对了一番，对方便马上安排车辆，最后，郑之建跟越威、马三握手言别。送走郑之建，越威抬头看天，已近中午，于是带着马三走进了一家紧邻码头的小酒馆。

越威找了个临窗的位置，可刚坐下，隔着窗户，他发现不远处的码头上站着两队人马，一个个手里都拎着家伙，虎视眈眈地对峙，人群中间，两个戴着礼帽的中年人似乎在为什么事争论。

越威好奇心起，冲着堂倌摆手，指了指码头问："那儿干吗呢？"

堂倌谨慎地四下里瞅了瞅，压低声音说："金镖会和顺义帮的人，两家争这个码头不是一天两天了，谈来谈去谈疵毛了，看这架势，今天非干起来不可。

二位爷，听我的，咱们都是良民，吃完饭，赶紧走人，这种事千万别摊上，这滩浑水咱这些平头百姓蹚不起啊！"

听到顺义帮，马三说："他们的帮主是不是叫云铁山？"

堂倌点头。

越威看马三，"你认识云铁山？"

马三说："不认识，不过我认识他的一个手下，叫马占彪，听说这小子现在顺义帮混得不错，早些年，这个马占彪是个混混，被我带人揍过，后来关系一直不错。这小子前些天捎话给我，说请我喝酒，我没搭理他。"

正说着，那边已经打起来了。

几百号人展开火并，都打急眼了，挤在一起，乱得像水开了锅似的。一阵近距离的互砍过后，一队人开始顶不住了，掉头要跑，另一队已经杀得性起，举着砍刀穷追不放。

越威草草地扒拉了两口菜，交代马三："不吃了，咱们走。"二人匆匆结了账，就起身离开。然而，刚走出小酒馆，打左侧冲来一队人，一个个累得气喘吁吁，身上都带着伤，护着一个中年人一路歪歪斜斜地跑了过来，吓得码头上那些扛活的工人们避瘟神似地四处躲闪。

越威拉了马三正欲掉头朝相反方向走，不曾想，刚转身，对面又杀出一队人，手里举着砍刀和木棍，风一样冲了上来，这时队伍里有人喊道："堵住云铁山，堵住云铁山，弄死他个狗日的。"

马三吓得一拉越威，"连长，咋弄？"

越威说："掉头，快，千万不能被夹中间了，否则非被乱刀砍死不可。"可等二人转了身，傻眼了，左侧是一道用长条石砌成的栅栏，左边是两米多深的堤坡，下边就是河水。情势紧张，二人正要纵身往河里跳，却见河面上突然驶来两艘船，上边站满了拿着刀枪棍棒的人，两艘船还没靠岸，那些人已经跳了下来，蹚着没膝的河水，喊叫着杀上岸来，弄得越威、马三一时进退失据，稍一愣怔的工夫，两队人马已经会合，潮水般涌了上来。

马三惊得大叫："连长，快跑，狗日的把咱们当成对头了。"

生死关口，越威也不敢再耽搁了，拽着马三掉头就跑，很快追上那队被

第八章

追杀的人群。那个中年人腹部受了重伤，一只手捂着伤口，鲜红的血渗透衣服，从他的指缝里汩汩流出。由于失血过多，中年人脸色蜡黄，体力已经严重不支，虽被人架着，可那条青石板铺就的斜坡路面坑坑洼洼的，没跑几步，中年人就被绊倒了。越威奔跑的速度很快，刚要冲过去，却被那中年人一把抓住了裤脚。

中年人面如土灰，语气微弱无力，说："年轻人，我是云铁山，帮我一把，我会报答你的。"

越威回头一看，追杀的人已经近在咫尺。这个情势已容不得越威多想，别管谁对谁错，不能见死不救，先救人再说，于是，一把扛起云铁山，发足便跑。

幸亏越威刚才吃了点东西，浑身是劲。尽管云铁山有些发福，可越威扛着他还是跑得飞快。云铁山的手下，顺义帮二当家的马占彪指挥着手下拼命死保，护着越威往河滩里跑。混战中，不时有人惨叫着倒地。

跑过一片草地，马占彪冲越威说："年轻人，咱们朝那片沙地跑，过了那片沙地，河上有船，那儿有我们的兄弟接应。"

越威扛着云铁山沿着那道低矮的沙堤，一口气又跑出老远，刚想喘口气，河上就冲过来一队人。

马占彪说："别担心，那是咱们的兄弟。"说着又回头喊："二孬，赶紧带人扶老大上船。"

越威扛着云铁山蹚过一片没膝的烂泥，终于爬到了船上。几个壮汉立时抡着木篙用力撑船，全速往河对岸开，后边追杀的人站在岸上咋咋呼呼地骂了一阵，只得鸣锣收兵。

当天晚上，马占彪极力挽留，不让越威和马三两个人走，说："你俩现在走了，等我师傅醒来，非骂死我不可。"这个时候，请来的郎中已给云铁山用了药，郎中说，没伤到要害处，应无大碍，静养几天就可痊愈。

第二天下午，云铁山醒了。云铁山睁开眼问的第一句话就是："那个救我的年轻人呢？"

马占彪说："我已叫人安排到镇上最好的客栈了。"

云铁山说："胡闹，那是我的救命恩人，怎么能让人家住客栈呢？赶紧请到家里来,我要亲自设宴感谢人家。"

马占彪说:"你这身体?"

云铁山不耐烦了:"少扯淡,赶紧把我的恩人请来。"

就这样,当天晚上,云铁山大摆筵席,感谢越威和马三。众人一直喝到后半夜。

马占彪说:"师傅,你不能再喝了,明天还得去车站接云萱呢。"

云铁山这才停了杯,跟越威说:"越连长,的确抱歉,我有一个女儿,叫云萱,在省城读书,这一转眼好几年没回来了。在我的强烈要求下,今年回家过年,明天的火车,一大早就得去接她,今晚要不咱就先喝到这儿?"

越威举起杯说:"来日方长,反正以后有的是机会,今天谢谢云帮主的这顿酒。"

云铁山说:"可不要这么说,应该说谢谢的是我。越连长的救命之恩,云某没齿难忘,来,越连长,所有的话全在酒里了。"

大家一饮而尽。

越威和马三喝得有点多,一挨床就睡着。然而,正睡得迷迷糊糊的时候,越威突然被外边的吵闹声给惊醒了,一睁眼,发现窗外已经泛白,这时候,门突然被推开,马三拎着裤子跑了进来。

马三说:"连长,不好了,云铁山的女儿云萱在刚一下火车就被人绑架了!"

越威登时一愣,问:"你怎么知道的?"

马三说:"刚才我去茅房,听到的。"

越威一骨碌爬了起来,穿了衣服,刚一拉开门,正碰上云铁山带着一帮人神色紧张地往外走。

云铁山看见越威,刚要开口,越威说:"云萱小姐的事情我都听说了,我陪你们一起去。"

就这样,一队人油烧火燎地赶往车站,到了才发现,车站已经乱成一锅粥了。

不一会儿,负责打探消息的马占彪跑了过来,跟云铁山报告说:"绑架小姐

第八章

的是金镖会的人，上次码头械斗中，他们吃了亏，一直想寻机报复，这次得知云萱回家的消息，就派出人在火车站把她给劫持了。"

云铁山说："对方有什么要求？"

马占彪说："想要钱！"

"多少？"

"五万大洋。"

"给他。"

不一会儿，钱弄来了。可就在由谁把钱送进去这个问题上云铁山犯难了。他可就云萱这么一个宝贝女儿，平日里，捧在手里怕飞了，含在嘴里怕化了，万一有个三长两短，可如何是好？这种情况下，派进去的人必须有能力做到绝对保证云萱的安全，否则，后果不堪设想。就在云铁山犹豫不定之时，保安团赶来了。一看见保安团，云铁山更为不安。他知道这些家伙是群乌合之众，只会帮倒忙，看来不能再拖了，再拖下去，夜长梦多，指不定会发生什么事情，可一时又拿不定主意，派谁进去。

一直站在云铁山后边的越威突然开口了，说："我去吧。"

所有人的目光唰地一下全盯了过来。

这个时候，云铁山已没了更好的选择，于是，冲越威点头。

越威接过箱子就走了进去。

此时的云萱被勒令坐在一张桌子旁边，两个金镖会的成员一左一右负责看押，另外一个站在门口望风。他发现外边已经是人山人海，荷枪实弹的保安团在一个队长的指挥下，已经就位，黑洞洞的枪口齐刷刷地对准过来。

越威弯腰将箱子放在脚下，然后举起手，说："按你们提的条件，我没带武器，钱就在箱子里。放人吧。"

一个瘦高个发话道："这个时候，把你们放出去，不出一分钟，我们三个就会被打成蜂窝。所以，我现在改变主意了，得把你俩扣下来做人质，等我们冲出去，安全了，再考虑放人。"

越威拧头看了看门外，又看瘦高个，说："这个时候，你觉得你还有选择吗？"

瘦高个说："没关系，大不了一起死。"说着，用枪指向云萱，说："只是可惜了这小妞了，人长这么水灵，今天看来却要为咱几个陪葬了。"

越威看向云萱，二人的目光不期而遇。瘦高个的话不错，云萱人长得确实漂亮，齐耳短发，乌黑发亮，一双眼睛大而明亮，清澈得犹如一汪秋水，穿着一件月白色对襟夹袄，看上去，给人一种清丽淡雅之感。

与云萱对视的瞬间，越威的心一下子软了，他决定无论如何得救下她。于是，他冲瘦高个说："好吧，听你的，需要我做什么？"

瘦高个说："把钱踢过来。"

越威照做。

"转过身去。"瘦高个又喊。

越威照做。

瘦高个冲其他两个同伙使了使眼色，将云萱和越威推在前边，并排站着，作为他们三个的屏障，开始往外走。

然而，门刚一打开，意外发生了。保安团的一个士兵一紧张，扣动了扳机，只听哐的一声枪响，一颗子弹射了过来，正打中其中一个绑匪的眉心。绑匪应声栽倒。这一幕发生得太过突然，把余下两个绑匪吓得哧溜一下躲在门后，举枪就反击。这下，场面立时失控，双方展开激战。

因为惊吓，云萱一声尖叫，往越威怀里扑，其中一个绑匪便下意识地将枪口一转，对准了云萱，扣动扳机。越威在抱住云萱的瞬间，一脚就踹了出去，正中对方小腹，绑匪被踢得斜着就飞了出去。抓住间隙，越威抱起云萱发足就跑，另一个绑匪愣怔了片刻，将枪头一掉，朝着越威举枪就射。越威顺势将身子一贴，躲进石柱后边。

再看外边，保安团的人已经黑压压地冲了过来，一时间，乱枪齐射。余下的那个绑匪顷刻间就被打成了筛子，说了一句："狗日的，要杀人灭口。"说完，轰然倒地。

保安团并没有因为三个绑匪被打死而停止射击，反而发起围攻。几个保安团的士兵看见了越威和云萱，并不多问，举枪就打。

越威抱着云萱冲向窗户。

| 第八章 |

两个保安团的士兵扑了上来,其中一个被越威一个后摆腿踢翻在地,另一个吓得一愣怔,等他再回过神,越威抱着云萱纵身一跃,越过窗户便跳了下去。窗外是一片遮天蔽日的芦苇荡,他们瞬间没了踪影。

第九章

越威和马三回到耧耙山的时候已是后半夜，等走进房间，一看，却发现床铺上躺着一个人，竟是周兴汉。周兴汉头部缠着绷带，双眼闭着，很明显还处于昏迷状态。

越威看着大贵众人，问："怎么回事？"

大贵说："今天上午，我带着炊事班的几个人去镇上买米，回来路上，忽然就听见山坡上有枪声。我们几个刚藏好，就看见周营长带着几个兵打对面的山坡上冲了下来，而后边是一队小鬼子。很明显，周营长他们被小鬼子追了好长一段时间了，一个个累得够呛，跑得腿都打软了，所以，从山上往下跑的过程中，有几个兵接二连三地摔倒，看那样子实在是没力气爬起来了，而后边的小鬼子眨眼工夫就追了上来，到了跟前，刺刀就捅了上去。我一看那阵势，再不出手，周营长他们非叫小鬼子给捅死光不行，于是就冲了上去。可一冲上去，我就后悔了，要知道，我们这几个人，除了我，剩下的都是炊事班的，平时光围着锅台转，没真刀真枪跟小鬼子干过，所以，打了一阵，我一看这样下去，非吃大亏不可，于是，米也不要了，就带着几个人抬着周营长往山谷底跑。周营长受了伤，到处是血，也不知道具体伤着哪儿了。幸亏谷底是齐腰深的蒿草丛，人一转进去，就没影了。那些小鬼子照着草丛打了一阵乱枪就收兵了。"

大贵正跟越威做着汇报，周兴汉醒了，一醒来就喊渴。

越威马上叫人给他端来一碗水，周兴汉一口气喝了个底朝天。接下来的谈话中，越威才了解了事情的来龙去脉。

周兴汉告诉越威，因为前段时间沂水地区囚车被劫、毒气弹运输车被炸一系列事件的发生，日军上层为此极度不满，于是将原驻沂水的日军联队长革职查办，新命一个叫吉田光一的人接任联队长一职。这个吉田光一是个典型的少

| 第九章 |

壮派好战分子，狂妄，凶残，但不可否认，这人在打仗上的确有其过人之处。一到沂水，他先是把沂水的那批日军小头目们一个个骂得睁不开眼，来了个下马威，接着就把他的作战构想付诸行动，实施"篦子"政策，对沂水地区的新四军进行地毯式搜索。最初，新四军总部对日军的这次扫荡没有给予重视，以为是这个叫吉田光一的家伙新官上任三把火，诈唬一阵，风头一过，就完事了。可一番交锋下来，大家才发现原来的估计是错误的，因为不停地有关于新四军作战失利的消息传来，有时竟是整个连队被日军包围。一看形势不对，新四军开始调整应对措施，不再在意一城一地的得失，不再跟敌人进行正面接火，作战部队退出根据地，往山里撤，保存实力。可周兴汉他们接到命令的时候已经晚了，当时的日本兵已经几乎切断了所有的新四军各部联系的交通线，处处是关卡，这就给负责情报传达的人员造成了极大的困难。周兴汉他们营接到部队转移的命令时已经很晚了，差点叫鬼子包了饺子，一通血战，部队突出重围，等撤到山里，周兴汉他们营几乎被打惨了。再一打听，不光是他们营，其他几个营也是一样，全都伤亡惨重。撤到山里的当天晚上，周兴汉就被纵队司令王伍权给找了过去。王司令跟周兴汉交了一个实底：这次吉田光一的"篦子"给新四军造成了极大伤害，现在作战部队减员严重，加之日军实行封锁，救治伤员的各种医疗器械奇缺，现在上级的意思是由周兴汉带领几个人携带经费到汉口，由我方地下党配合，购买救治伤员的医疗器械。伍司令再三交代周兴汉，一定要保护好这笔经费，这点钱是纵队的家底了，不能有半点闪失。然后又跟周兴汉交代了到了汉口后，跟当地的同志的联络地点及联系方式。这是事关兄弟们生死的大事，周兴汉不敢马虎，领了命，带人就出发了，哪曾想，刚到丰阳镇，就遭到了日军的堵截，与他一起去汉口的几个兄弟当场牺牲，经费也给弄丢了。

周兴汉还告诉越威，这次随他一起去汉口的本来还有一个地方上叫老章的同志。前段时间，受越威之托，周兴汉一直在打探那个孙老板的下落，后来，周兴汉在一次会议上遇上了老章。老章是一名老地下党员，在汉口工作多年。老章告诉周兴汉，几个月前他们汉口的地下党的确接到一个命令，奉命护送几个刚从日本人手里救出的同志，这几个人里的确有个姓孙的，并且这个姓孙的老板后来就留在了汉口，至于详细的情况，考虑到党的纪律，老章当时也没过多地过问，就不得而知了。不过，如果实在有需要，他可以回到汉口后找相关同志打探一下情况。谁曾想，还没到汉口，老章却牺牲了。幸亏遇上大贵他们上集市上买米，周兴汉这才逃过一劫，捡了条命。周兴汉说，没有了这笔钱，就没办法买到医疗器械，没有医疗器械，山里那些受伤的兄弟眼看着性命难保。说着说着，周兴汉的眼泪就下来了。

越威听罢周兴汉的叙述，安慰他别着急，然后把陈大勇找了过来，说："咱们手头现在还有没有钱？"

陈大勇说："没了，自打凤凰山突围，这段时间天天是光花不挣，坐吃山空，就剩一点钱，昨天全买米了，结果，为救周营长他们，米还给弄丢了，兄弟们眼瞅着要喝西北风了。"看越威愁眉不展，陈大勇说："连长，要不咱们跟吴村长说说，让老百姓给咱凑点吧。"

越威马上止住，说："不行，这马上要过年了，战乱之年，没几家有余粮的，咱自个想办法。"

陈大勇说："可咱能想啥办法啊？"

马三插话道："连长，要不去找那个云铁山吧。前天，他在酒桌上不是说了吗，万一有什么难事就尽管找他，何况，你不但救了他，还救了他女儿。这个时候，咱的确遇到难处了，不如就去找找他，也好渡过这个难关。"

越威想了想，看来也只能这样了，于是天没亮就带着马三出发去找云铁山。日上三竿，到了午阳镇。结果刚一进寨门，遇上马占彪。一阵寒暄，马占彪把两个人拉进一家餐馆。

喝着酒，马占彪问越威二人这次来午阳是不是有什么事。越威也不隐瞒，就把找云铁山借钱的事说了。

马占彪听罢，面露难色。

马三说："怎么了？"

马占彪说："越连长，你有所不知，这两天顺义帮摊上点事啊！"

"摊上了什么事？"

马占彪说："自打上次码头那次械斗之后，日本人为维持当地治安，就加大

第九章

了管控，大刀会趁势花重金买通了日本人，把好几个码头给占了。现在顺义帮的地盘越来越少不说，生意也越来越难做。前几天，我们往扬州运了批货，结果一到码头，连货带人就被对方给扣了。对方仗着有日本人撑腰，根本不把顺义帮放在眼里，反咬一口，说顺义帮不讲信用，货物以假乱真，货款不给不说，还连人带货给扣了，让顺义帮交钱，不交钱，就不放人。没办法，我师傅只得忍气吞声，交钱赎人，真是赔了夫人又折兵。顺义帮这样下去，早晚得散伙。这个时候，顺义帮已经泥菩萨过河，自身难保，上哪儿给你们弄钱去啊！"

听罢这话，越威、马三傻眼了。

马占彪放下酒杯，侧耳听了听外边，发现没有异常，又神神秘秘地回到饭桌前，压着嗓子说："越连长，我看你是个干大事的人，实不相瞒，现在我还真有一个弄到钱的机会，只是不知道哥几个敢不敢干。"

"什么机会？"

马占彪扭脸看马三，说："还记得丁富贵吗？"

马三点点头，说："记得，怎么了？"

马占彪说："自打日本人来了之后，这小子就鸟枪换炮了，现在是县缉私队的队长。昨天，我在酒馆遇上他。喝酒的时候，他跟我透露了一个消息，说日本人前天扣了一艘由沂水往上海走私的商船，丁富贵的意思，让我找几个可靠的人，乘夜把这些货给劫了，只要货到手，他就付钱，至于到时货如何销，由他来负责。"

越威说："消息可靠吗？"

马占彪说："绝对可靠，这些日本人再他妈的厉害，毕竟是外来的，在沂水没有丁富贵这批人，他们根本玩不转。放心吧，只要劫船的时候别出什么差错，货一交，天塌下来，跟咱们就没有关系了。"

马三说："丁富贵有没有跟你说具体时间？"

"说了，越快越好，万一日本人提前把货转移，那就迟了。"

马三看着越威。

越威交代马占彪："你马上联系丁富贵，就说这活咱们接了。"

马占彪说："那什么时候动手？"

"今晚。"

第十章

夜色漆黑，暴雨如注。

石垒后边，越威慢慢探出了头。

又是一道闪电。坝头下，泛着冷光的河水依稀可见，河面上停着一艘木船，船头挂着一只灯笼，那灯笼被风吹得嗖嗖飞转。

越威不动声色地冲着身后的马占彪几个人挥了挥手。几个人悄无声息地朝着那条木船摸了过去。

船舱里，三个日本兵显然已喝得差不多了，东倒西歪的，几杆长枪横放在一侧。等他们发现有人，仓促去抓枪的时候，已经迟了。越威箭一般冲进船舱，手里的那把短柄铁锹挂着风就斜劈了过来。随着一条血线灌起，一个日本兵惨叫着倒地。

接下来就是一场混战。

又一阵狂风吹来，船头的灯笼终于不支，被吹落河里。

船舱里，桌子被踹翻，残羹剩饭，还有喝空的酒瓶，散落一地，蜡烛也灭了。黑暗里，不时传来钝器击打身体及被打者发出的惨叫声。然而，在这个电闪雷鸣的深夜，此起彼伏的炸雷把一切声音都压住了。

越威被什么东西打中了左腮，疼得他直抽冷气。黑暗中，他摸到了一条腿，没有多想，抡锹就砸，可锹抡至半空，又突地停住了，低声问道："这腿谁的？""我的。"是马占彪的声音。

越威倒吸了一口气："抽回去，妈的，差点弄错。"骂着，又摸到一个人的脑袋，"这是谁的？"

好半天，没人回答，过了一会，才有人声嘶力竭地喊了一句，至于什么内容，越威没听懂。越威断定不是自己人，于是一个闷拳挥了过去，那人很沉闷

第十章

地哼了一声，就不再动弹了。

约莫过了半个时辰，打斗停止了。

越威甩手将满是血迹的铁锹扔进了河里，声音急促地命令："马三，赶紧开船。"

江头铺是个水旱码头，大贵河穿镇而过。镇上商贾云集，店铺林立，一天到晚，热闹非凡，很多房屋依河而建。镇东南头，临河有一家叫"达三江"的客栈。

客栈的二楼。

越威几个人正围着一张桌子焦急地坐着，没有人说话，边喝茶边抽烟，整个房间云蒸雾罩，有人开始咳嗽。

黑娃骂道："马三，别抽了，呛死人了。"

马三掐灭了烟，有些不悦，说："不抽，干坐着弄啥？这狗日的丁富贵可别把咱们给抄了。"

越威起身，走到窗户边，透过窗，可以看见热闹的街面，人来人往的。

越威扭头问道："马占彪，这个丁富贵人到底怎么样？"

马占彪说："绝对没问题，日本人来之前，我跟他在码头一块扛过活儿，人挺仗义的。"

越威似乎还有些不放心，说："那怎么说好的时间，都这个时候还不见人？"

马占彪说："估计有其他事给绊住了，真不行，我找他去？"

越威说："先别急，再等等。"

正说着，楼下有三个人穿过街面进了客栈。越威一怔，低声说："估计来了。"

马占彪冲到窗户边，说："是，是丁富贵。"

一阵咯噔噔上楼梯的声音响过，房门吱呀一声被推开了，丁富贵一个人进来了，余下的两个手下在走廊上警戒。

丁富贵满脸堆笑，冲几个人抱拳道："各位，不好意思，局里有点事，来晚了。"

马占彪跟丁富贵介绍越威，说："这是我朋友，越威。"

丁富贵跟越威握手，脸上依然挂着笑容："幸会幸会。"

简单的几句寒暄后，言归正传。

越威说："丁队长，兄弟就不跟你兜圈子了，货，给你带来了，钱你带来了吗？"

丁富贵脸上的表情猛地僵住，旋即又笑道："越老弟放心，钱我一分钱不会少你的，可现在大白天，人多嘴杂的，我的意思是，晚上我再过来，到时咱再一手交钱一手交货，完了，我再请几位兄弟到醉仙楼吃几杯薄酒，好好玩玩。现在局里还有事，我得马上回去。我现在过来也是怕兄弟们等急了，先跟几位碰个面。越老弟，你看咋样？"

越威低着头，抠了抠指甲里的泥，略一沉思，说："那好吧，丁队长，就晚上，一手交钱一手交货，不能再拖了。"

丁富贵笑了笑，说："绝对的，跟占彪我俩这关系不是一天两天了，都多少年的了，你放心，出不了事。那咱就这么说定了，晚上见。"说完，丁富贵带着两个手下走了。

到了吃晚饭的时候，几个人都饿了，于是出了客栈，进了路对面一家饭馆，里边吃饭的人很多。店小二把越威他们领到一个挨窗户的桌子坐下，正吃着，突然听到一个人喊："呀，这不是占彪吗？"

大家都一愣，抬头一看，是一个中年汉子，胡子拉碴的，手里拎着几包草药。

马占彪一怔，旋即惊叫："姑父！"

中年汉子说："这么巧，竟碰上你了，你怎么在这儿啊？"

马占彪说："我跟几个伙计给镇上的和顺粮行运货，姑父你吃了没？"

汉子说："吃啥啊，我这不是着急忙慌给你姑抓药嘛！在外边看着像你，就进来打个招呼。"

马占彪又是一怔："我姑，我姑怎么了？"

中年汉子说："前几天家里的驴惊了，一蹄子把你姑踢到了断崖底下。"

马占彪惊得嘴巴大张："啊，那我姑没事吧？"

中年汉子叹了一口气，说："鬼知道啊，反正到现在还在床上躺着，一直迷

第十章

糊，郎中给开了很多药，可一直不见好，怕凶多吉少啊！"

马占彪说："这么严重啊，姑父，走，我得去看看我姑。"说着，跟越威交代："你们几个先吃着，完了，回去等我，看一眼我姑，我马上就回。"

回到客栈，天已黑严实了，一等再等，丁富贵却没有露面，马占彪竟也久等不回，几个人有点熬不住了。

马三看了看越威，语气里透着焦虑，说："连长，不会出什么事吧？"

越威也隐隐感到了一丝不安，于是起身，走到窗户边，朝街上望了望，外边早已万家灯火。楼下的大街上，依然没有什么动静。越威有些失望，可就在他将目光收回的刹那，眼睛突地像叫什么刺了一下，目光所及，街道拐角，昏暗的灯光里，一队人影冲了过来，速度很快。定睛再瞧，那些人一个个皆着紧身黑衣，手里竟都拎着短枪，转眼，已到了客栈门口。

越威心里一紧，脱口低喊："不好，马三，赶紧堵门。"

所有人都一怔："咋了？"

越威语气急迫，说："别问了，快。"喊着，弯腰拎起脚下的一条长凳，箭步前冲，可刚冲到门后，外边杂沓的脚步声已接踵而至。跟着，就听咣哧一脚，外边的人已开始奋力踹门了。门板立时一颤，越威咬着牙将条凳使劲朝前又一顶，然而，门缝刚一合上，换来的却是更有力的踹门声。与此同时，啥啥啥，外边的人已隔着门板朝屋里放枪，子弹穿透门板，擦着越威的耳朵嗖嗖直飞。

越威下意识地将身子一缩，贴在了门框一侧，旋即转身大喊："马三，跳窗，你们快跑。"

马三几个人被突如其来的乱枪一下打蒙了。

越威歇斯底里地再次催促道："还他娘的愣着干啥，快跑啊，再不跑，就他妈死一堆了，赶快跳窗。"

几个人终于缓过神，马三大喊："连长，那货呢？"

外边乱脚齐踹，门板已经破洞百出，屋外的灯光隔着弹孔透了进来。门框开始活动，已经岌岌可危了，头顶上的灰土乱落。

越威胡乱地抹一下脑袋，急得大吼："都什么时候了，保命要紧，货不要了，快跑。"

马三几个人扭身朝窗户跑，可刚冲到窗户边，就听身后又是咣的一声，一扇门被踹塌了。几个黑影疯狗一般，撞了进来，门后的越威飞起一脚，踹中其中一个人的裤裆，那黑影惨叫一声，蹲在墙角里，枪也甩了出去。

越威迅速弯下身，刚捡起地上的那扇门板，试图给挡上，可后边一个黑影飞起一脚踢了过来。越威躲闪不及，被踹中腰部，一个趔趄，险些栽倒，疼得他抽了一口凉气。可那一刻情势太紧急了，已顾不上疼，越威顺手抓了条凳，看都没看，咬着牙就抡了出去。一板凳正拍中那黑影的面门，黑影哇呀一声惨叫，身体立时后仰，与此同时，越威飞起一脚，正中对方的小腹。那黑影两脚立时离地，斜着飞了出去，将后边的人砸倒了一片。借此机会，越威转过身，拔腿就朝后窗跑，可刚跑出两步，啃的一声，伴着枪响，一颗子弹带着哨音就飞了过来。越威被散落一地的杂物绊了一脚，身子一歪，子弹偏了，擦着肩膀飞了过去。越威感觉一凉，跟着就是钻心的疼，瞬间，就有热乎乎的东西流了出来。

马三惊得回头大叫："连长，你没事吧？"

越威一把捂了伤口，说："没事，快跳。"

马三一拳将残留的半截窗框干掉，一蹬窗台，一展身，人就跳了出去。

啃啃啃，又是一阵乱枪，子弹飞蝗似的打了过来。越威左躲右闪，眨眼到了窗前，双足发力，一提丹田，噌地一下，人就隔窗蹿了出去。落地的瞬间，就势一滚，拽了地上的马三，发足就跑。前边是个胡同，灯光昏暗。

跑动中，越威一抬头，发现马三几个人已经冲过街面，于是在后边急得大喊："马三，马三，快回来，往黑影里跑，快！"

马三几个人又立时折身往回跑，可刚钻进黑胡同，追杀的人端着枪脚前脚后就扑了上来，边追边放枪，密集的子弹噗噗飞来，把两侧的墙壁打得砖灰乱飞。

越威带着几个人一阵飞跑，可跑着跑着突地停住了。

马三惊得大叫："妈的，死胡同。"

后边的枪声越来越近，再想折身往回跑已经不可能了。

越威抬头看了看墙头，说："踩我肩膀上去，快。"

第十章

　　大家不再言语，皆后退几步，一个助跑，抬脚蹬了越威的肩膀，纵身翻上了墙头。

　　不一刻，几个人全上了墙头。越威直起腰，刚要飞身上墙，追兵到了。一个黑影从身后扑了上来，伸手就抓越威的衣领。越威身子顺势向后一缩，那人就抓空了。等他转身再想出手，越威的脚已踹了过来。黑影的左肋挨了一脚，身子一歪，倒在墙根。趁此间隙，越威箭步前冲，一只脚踩在了那人的肩膀上。那人一惊，下意识地将身体一拱，越威借力一纵，噌地一下，人就上了墙头。

　　越威无论如何也没想到，就在他和几个兄弟被那帮黑衣人追杀的同时，马占彪和丁富贵正坐在燕春楼，由两个穿得花枝招展的女子陪着推杯换盏，把酒言欢呢！

　　酒过三巡，菜过五味，丁富贵冲那两个女子挥了挥手，说："出去吧！"也转脸看马占彪，说："不出意外，这会儿，一切都该结束了。"马占彪没有言语。

　　丁富贵有些心不在焉地拨弄了一下手上的金戒指，笑了笑："你是不是觉得这一回玩得太狠了？"

　　马占彪咽了一口唾沫，吐了一口气，说："妈的，我这心啊，一晚上总是悬着。"

　　丁富贵不以为然地说："你担的哪门子心啊，今晚这事，天知地知，你知我知，除此之外，连鬼都不会知道。"

　　马占彪说："我怕的就是这些，有时候，人比鬼狠。"

　　丁富贵一愣，旋即大笑，说："你是不是也怕我背后弄你啊？"

　　马占彪嘴角挤出一丝笑，说："咱兄弟都这么多年了，我怕你干啥，我是说越威他们，毕竟那个越威救过我，怎么着也算恩人啊！"

　　丁富贵显然对马占彪的话有些不满，说："妇人之见！这年头，什么都是假的，只有钱才是真的。你不狠，别人就会狠，等别人狠头里了，咱们就鸡巴毛都捞不着一根了。别想那么多了，今晚回去，好好睡一觉，过段时间，这事就算翻篇了，到那时，一切就会像从没发生过一样，可你手里却实实在在抓着这些东西。"说着，丁富贵从口袋里掏出一个裹着红绸的小包。等红绸一层层剥开，马占彪的眼睛几乎都直了，他发现那竟是五根金条，在吊灯的照耀下，闪着夺目的光泽。

丁富贵说话的语速依然不急不徐，显得城府极深，说："这是局长的意思，一共五根，亲兄弟明算账，按咱之前商定好的，你二我三，这是你的。"说着，丁富贵将其中两根金条推到马占彪的眼前。

马占彪抓起一根，对着灯光把玩了一阵，问道："你们局长不知道你跟谁联系吧？"他的语气平淡放松，似乎是随口问及。

丁富贵说："他不知道，他关心的是钱，只要能弄到钱，他管我把这活儿交给谁做，交给谁还不是为了钱？"

马占彪似乎有些释然地笑了笑。

丁富贵说："怎么突然想起问这个？"

马占彪说："没事。"顿了顿说，"富贵，说真的，做了这单，以后我不做了。"

丁富贵一愣，嘴里喷了一声，语气里夹杂着些许嘲讽，说："洪义，就你这胸怀，你让我怎么说你呢。"

马占彪说："真的最后一次了，以后再有这种事你找其他人吧，可无论如何，咱们是兄弟，来，握个手吧！"

丁富贵苦笑着摇了摇头，把手伸了出去。然而，就在两手相握的一刹那，咔嚓一声，屋外竟传来一个炸雷，惊得丁富贵本能地一颤，手刚想往后抽，可太迟了，一把短柄匕首已从马占彪的袖口里滑出，但见寒光一闪，锋利的刀尖已捅进对方的胸口。事发突然，这一刀捅得既猛又准，丁富贵怎么也没想到马占彪竟会对他下毒手，压根没有任何心理准备。鲜红温热的血顺着刀把呼呼直流，丁富贵痛得脸部扭曲，眼里充满了惊惧和绝望，双手死死抓住马占彪的手腕，拼尽了最后一点力气，吐出几个字："马占彪，你，你狗日的想吃独食？"

马占彪面若冰霜，一言不发，努了努腮帮，一咬牙，将匕首又用力地往里一顶，丁富贵的面部又是一抽，嘴巴一张，大口大口的鲜血吐了出来，跟着脑袋一低，趴在了马占彪肩膀上，不再动弹了。

第十章

马占彪抽出匕首,快速地将桌上的五根金条用红布包好,塞到怀里,转身拉开了门。走廊上,丁富贵的两个手下看马占彪出来,冲他点头。

马占彪一脸平静地走了过去,结果刚到了两个人中间,突然出手,一刀捅了出去,正中其中一个人的胸口,那人疼得眉毛一拧,哼了一声,歪倒在栏杆上,另一个被这突如其来的意外吓得一跳,半天没缓过神,惊惶失措中,胡乱地拨了机头,刚要举枪,被马占彪一把抓了手腕,跟着就势用力一拧,枪口就掉转了头。与此同时,马占彪掀起那人的衣服下摆,疾速地在枪上缠了几缠,扳机被扣动,随着两声闷响,那人被子弹产生的强大动能顶得原地跳了两跳,因为疼痛,面部显得极度扭曲狰狞,挣扎了一阵,扑腾栽倒。

马占彪仰天吐了一口长气,缓和了一下心情,然后扔了枪,直接从二楼跳了下去。然而,刚冲出胡同,突然一阵密集的枪声传来,他心里登时一紧,暗自思忖:怎么回事?按理说,如果当初的计划没有意外,不可能这个时候了还有枪声。

马占彪越想心里越发不安,就在他犹豫不定之时,打左侧的胡同里突然跑过来几个黑影,一个个喘着粗气。借着昏暗的灯光,马占彪定眼一瞧,正是越威、马三他们。他的心当时又是一紧,真是怕啥来啥,果然被他猜中了,这一刻,他心中原本设想的所有步骤一下全被打乱了,现在看来,所有的一切,都得从长计议了,于是马占彪将身体往黑影里一贴。结果刚一探头,追杀越威他们的那帮人马已经杀到,马占彪再想向后抽身为时已晚,暴露了。

对面有人冲着马占彪大喊:"他妈的,别躲了,看见你了,出来,再不出来可开枪了。"

越威他们已跑出很远,可夜深人静的,伪警察们的喊话,几个人还是听到了。越威心里一紧,不由得收住了脚,转身低声问道:"谁没跟上?"

话音未落,马占彪气喘吁吁地跑了过来。后边的一队伪警察们嗷嗷叫唤着在追。看见是马占彪,马三大骂:"你狗日的怎么回事?为了等你,兄弟几个差点叫人给包了饺子。"

马占彪说:"先跑吧,跑出去,我再给你们解释。"

第十一章

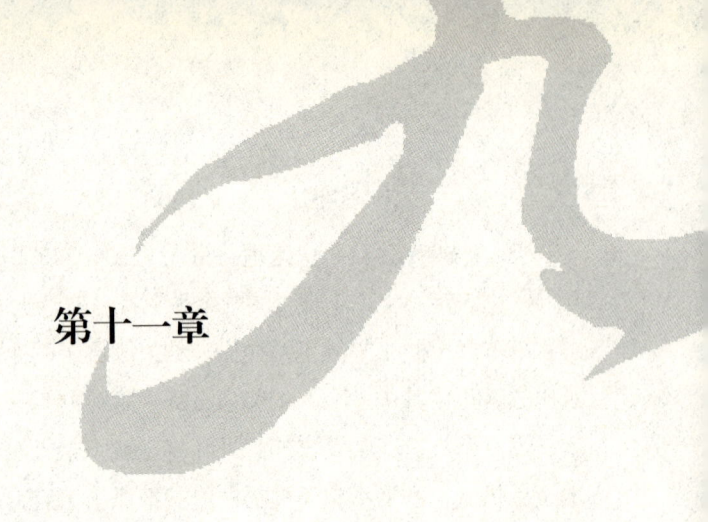

汉口,大明星剧院,二楼。

越威跟周兴汉若无其事地坐着看戏。不一会儿,一个戴着礼帽、穿长衫的中年男人走了过来,用余光四下打量了一番,挨着两人坐下。

中年男人叫罗鸿恩,在汉口一直做地下工作。他的公开身份是济世堂的掌柜,这次新四军购买医疗器械的任务就由他出面负责完成。

那晚越威带着九连的兄弟劫了日本的商船,却遭了马占彪的陷害,钱没挣着,还差点把命搭进去。可当时情势危急,大家也没顾得上多想,专注逃命。黎明时分回到耧耙山。一个个唉声叹气,说这他妈的真是偷鸡不成反蚀了一把米,可眼瞅着周兴汉到汉口购买器械的时间就要到了。越威思前想后,还是去找了云铁山。没想到云铁山竟一口应下了,说:"再怎么着,瘦死的骆驼比马大,虽说这段时间顺义帮的生意出了点挫折,可这点钱我还是有的。"越威跟云铁山保证,借的这钱会尽快还上。云铁山说:"兄弟,咱俩之间可千万别用借字,没你上次出手相救,我早被金镖会给乱刀砍死了,这钱你用就拿去。"就这样,弄到经费后,越威跟周兴汉连夜动身,赶往汉口。

越威将装有经费的那只皮箱递给罗鸿恩,三人约定了接货地点,刚要起身,发现一个戴着鸭舌帽的年轻人急匆匆地跑上楼来,冲着三人打了一个暗语的手势。罗鸿恩马上神色紧张起来,冲越威、周兴汉低语道:"快走。"

按照事先预定的方案,越威迅速将装有经费的那只皮箱交给罗鸿恩,自己拎了脚下的另一个空箱,拉了周兴汉转身离开。然而,两人刚冲向楼梯口,一队荷枪实弹的日本兵已咋咋呼呼地冲了上来。一场短兵相接的混战就此上演。冲在最前边的两个日本兵举枪要打,越威下意识地将手里的皮箱抡了过去,打中一个日本兵的脑袋。与此同时,周兴汉飞起一脚,踹中另一个日本兵,这一

第十一章

幕发生得太过突然，楼梯又窄，打头的两个日本兵一倒，后边的那些日本兵便接二连三滚了下去。趁着混乱，越威和周兴汉直接从楼梯上跳了下去，然而二人刚冲出大门，后边就响起了凄厉的警报声，黑压压的队伍就追了上来。

沿剧院向西，是汉口有名的休闲一条街，什么咖啡馆、舞厅、弹子房，各种娱乐休闲场所一家接着一家，流光溢彩，人头攒动。越威、周兴汉二人前边跑，后边的日本兵追，边追还边放枪，把路上的行人吓得惊叫连连，纷纷让道。两个人不管不顾，沿着街道一路往西跑，可跑着跑着，前边突然冲出一辆黑色汽车，车门一开，下来几个黑衣黑裤的大汉，手里皆端着枪，二话不说，冲着越威、周兴汉就扣响了扳机，密如爆豆的子弹铺天盖地打了过来。两个人就势一滚，到了一家咖啡馆门口，推开门，风一般就冲了进去。

咖啡厅原本安静的气氛一下子被二人的突然闯入给打破了，顿时爆出了此起彼伏的尖叫声。情势危急，也顾不上解释了，两个人连着撞翻了几个服务生，拔腿就冲到了二楼。

二楼靠窗的一个座位，坐着一个女孩，边喝咖啡边看书。听到楼下的响动，女孩抬头，跟越威视线相遇的刹那，两个人的脸上同时露出了惊讶的神情。

越威认出来了，这女孩竟是曼妮。越威刚要说话，曼妮却冲他使了个眼色。这时，追兵已经潮水般涌了进来。

越威、周兴汉在曼妮的对面坐了下来，曼妮依然若无其事地看书。

几个日本兵东张西望地走了过来，终于认出了越威两个人，举枪刚要打，曼妮突然将手里的书朝其中一个日本兵脸上猛地一抛，与此同时，呼地飞起一脚，正中对方的小腹。那日本兵一点防备都没有，"嘭"的一声，被踹得飞出两米多远。这一幕把余下的日本兵惊得一愣，借此间隙，越威抡起手里的皮箱哐的一下将窗户砸了个粉碎，三个人跳了出去。在曼妮的带领下，钻进了一条胡同，头也不回，发足前奔。

曼妮似乎对这一带的地形很了解，带着越威两个人七拐八绕，钻过一个月牙门，又沿着逼仄的小巷七拐八绕走了一阵，拐进一座小楼，像是一家茶行。她驻足四望，发现没有异常，便以手推门，带着两个人闪了进去。越威一脸的惊讶，想要问些什么，曼妮迅速地掩了门，低声交代："这不是说话的地儿，先跟我来。"一楼是朝街的门面,二楼用木板铺设而成,沿着一个木梯,吱吱呀呀爬了上去,木板上堆着很多竹篓、竹筐,绕过那些杂物,走不了几步,是一个小隔房,里边放着一个小木床,床上有个小桌,桌上放着茶具。

三个人坐在床上,都没说话,静静地坐了好一会儿。曼妮侧耳听了听窗外,确定一切都平静了,这才冲两个人笑了笑,说:"没事了,喝茶吧!"

越威两个人都有点蒙,曼妮也没想到会在这儿遇上越威,这次意外的相逢,弄得两个人唏嘘不已。

越威说:"今天晚上真的谢谢你了。"

曼妮说:"我又救了你一次,这么算的话,你好像欠了我两个人情了。"

越威也回应着笑了笑说:"是,救命之恩,日后必报。"然后又问,"你怎么在这儿?"

曼妮说:"我怎么不能在这儿?"

越威被噎了一下。

曼妮却又笑了,说:"这是我开的茶行。"

越威心知肚明,这一切远不是曼妮说的那么简单,但曼妮不愿说实情,他也不便深问。

曼妮看了看周兴汉,问越威:"这位是谁?"

越威说:"我一个兄弟。"

曼妮跟周兴汉相视一笑,算是打招呼问好,然后又看越威,说:"今天晚上到底怎么回事?"

越威说:"这事说来话长。"

曼妮指了指越威手里的皮箱,问:"里面装的什么宝贝,我看你一晚上抱着它。"

"空的。"

曼妮一愣:"真的假的?"

"真的。"

"那些人就为了这个空皮箱追你俩?"

"对。"

第十一章

曼妮脸上泛起不解的神情。

越威说:"曼妮小姐,好人做到底,再帮个忙行吗?"

"什么忙?"

"帮我弄条船。"

"干吗?"

"回家。"

"什么时候?"

"越快越好。"

天一直阴沉沉的,已是深冬,河风刺骨。越威他们的船到一个叫石子河的码头时,天已黄昏。

船老大说:"看这样子,今晚上非下大雪不可。"

看船老大那样子实在是累了,想在码头歇上一晚,可毕竟收了船钱,又不便开口,只是拿询问的眼神看越威。

越威知道石子河离沂水已经不远了,如果连夜行船,天亮前估计就会赶到,可看船老大那模样实在可怜,天寒地冻的,穿得单薄,就有些不忍,于是说:"那就在码头歇一晚吧。"

船老大自然很高兴,非要拉着越威和周兴汉去码头酒馆喝上两盅。

越威说:"我们就不去了,你自个去吃点东西就行,但千万别贪杯,误了行程。"

船老大说:"那不会,我去去就来。"说完,扔下篙,上岸,进了临河的一家青楼,找他的老相好去了。

越威两个人一等再等,不见船老大回来,有心上岸去找他,可又担心发生什么意外,周兴汉困得不行。

越威说:"你先睡吧,我坐着等。"

周兴汉一歪倒就呼呼大睡,一连几天没休息好,也实在是累了,越威抱着箱子坐着,竟也不知道什么时候睡了过去。

两个人睡得正香,河滩上突然传来一声清脆的枪响。

越威一激灵,人就醒了,撩开船舱的门搭,发现外边正下着大雪,定睛再瞅，河滩上，有几个黑点由远及近跑来。

越威低声喊："周营长，周营长，醒醒。"

周兴汉一骨碌爬了起来，问："怎么了？"

越威说："你看外边。"周兴汉隔着搭帘朝河滩上一看，冲在前边的两个黑影已经到了眼前，而后边的一队黑影边追边喊，还纷纷举枪射击。前边的两个黑影显然已经累得不行了，相互搀扶着，在鹅毛大雪中，深一脚浅一脚地拼命奔跑，然而步速却越来越慢，眼瞅着就要被后边的人追上了。

周兴汉一脸疑惑地看着越威。

噔噔噔，又是一连串的枪响，再看，前边的两个黑影，其中一个像是叫子弹扫着了，跪倒在雪地里，余下的那个黑影开始很吃力地拖他。

越威拉了一把周兴汉，说："赶紧救人。"喊着，纵身跳下船，发足朝黑影冲了过去。

等跑近了，看清对方的面目，周兴汉惊得嘴巴大张，被子弹打中的是个女孩，怀里抱着个包裹，而拖着女孩逃命的那人他认识，竟是军分区保卫股的股长万青峰。

万青峰显然已累得不行了，喘得风箱似的，等他认出周兴汉时，也是一脸的惊讶，可情势太急迫了，双方根本来不及详细问话。越威一把抱起地上的女孩，周兴汉扛起包裹，转身就跑。结果刚跑出几步，后边的追兵就到了，其中一个黑影举枪照着越威的后心就刺。河滩上，积雪已有半尺多深，跑起来极不方便，越威脚下一滑，险些摔倒，身子一歪，正好躲过了那一刺，那黑影见一招走空，抽枪还想再刺，越威却突地转身，一个后摆腿踹了过去，正中对方的心窝，那黑影顿时四肢大张着被踹飞出去。

再跑，前边却闪出一处断崖，夜色凄迷，也看不清那断崖的深浅，可四个人被追得实在有点慌不择路了，越威心一横，抱着女孩就滚了下去。幸亏崖下长满了蒿草，又有积雪的铺垫，四个人虽然被摔得晕头转向，身体却并无大碍。

越威爬起来，抱着女孩沿着沟底发足又跑。后边的追兵就沿着沟帮猛追，边追边打枪，密如爆豆的子弹嗖嗖飞来，把沟帮一侧的积雪打得噗噗飞溅。跑着跑着，前边的沟帮突然变低，而后边的黑影穷追不放。

第十一章

越威大喊:"周营长,上堤,快。"说话间,越威他们冲出沟底,沿着那条矮堤跑了一阵,前边闪出一片芦苇丛,他们想都没想,一头就扎了进去。

出了芦苇丛,前边是一座大山,中间有一条茅草小道。越威把怀里的女孩用力往上托了托,转身低喊:"周营长,咱们上山。"上了山,在树林里又钻了一阵,前边闪出一座古刹,庙门紧闭,看那样子已年久失修,门上的漆都脱落了。周兴汉一把将庙门推开,里边长满了草和大树。

越威抱着女孩沿着甬道发足往里跑,绕过一个大石头,到了后边的大雄宝殿。里边香火已断,墙壁上到处是蜘蛛网,更显得残破寂寥。周兴汉用袖口抹了大石条上的灰土,又找了一些干草铺了,越威把女孩轻轻放了上去,可低头的刹那,他惊呆了,摘下帽子,他发现那女孩竟是上次他在车站救下的云萱。云萱腿上的伤口还在流血,经过这通折腾,她的体力已经严重不支,小手冰凉,脸色苍白,人也越发显得凄美。

越威说:"周营长,赶紧找找,看有没有什么可以止血的东西,快。"

三个人把整个大殿翻了个底朝天,周兴汉在一个神龛下边找到一个石盒,打开一看是个墨盒,而里边的墨早干了,结成了硬块。他有些懊恼地想扔掉,却被越威挡住了。

越威捡起一个石块,在衣服上搓了搓,开始用力地将墨块一点点捣碎,边捣边喊:"赶紧去外边弄些积雪来。"

周兴汉不明就里,不一会儿就用瓦片盛着些积雪跑了进来。

越威用手的温度将积雪暖化,滴进墨盒里,吩咐周兴汉:"好了,赶紧把她的裤腿挽起来。"

万青峰把云萱的裤脚挽了起来,越威很小心地把那些研好的墨涂在她的伤口上,然后,又拎起自己上衣的下摆用牙一咬,撕下了一块,给她包扎起来。慢慢的,血总算止住了。

周兴汉冲越威挑起大拇指:"越连长,真有你的,石墨也能止血。"

越威如释重负地瘫坐在地上,笑了笑。

云萱睡着了,越威脱了自己的上衣给她盖上,然后跟万青峰说:"枪借我用下。"

万青峰不明就里，把枪给了他。越威拎着枪走出山门，不多时，竟穿着一件绸缎褂回来了，怀里还揣着一包东西，全是吃的。

周兴汉很是吃惊，说："在哪儿弄的？"

越威说："跟下边村里一个老财主借的。"

后来云萱醒了，喊渴，越威喂了她一些水，她又吃了点东西，气色明显好了很多。

周兴汉在外边拾了很多干柴，用火点了，大殿里渐渐变得暖和起来。围着火堆，四个人交谈起来。

越威问万青峰："怎么回事？大半夜的，那些人为什么追你们？"

万青峰也不隐瞒，一五一十把情况说了。

万青峰说："昨天晚上，我们去码头接收电台，结果被宪兵队给发现了。"

"电台？"越威一愣。

万青峰点点头，然后又跟越威他们介绍云萱。越威这才知道云萱竟是新四军，并担任民运部长。

第十二章

眼瞅着就要过年了。

耧耙山地区由于九连兄弟们的驻守,老百姓的日子过得倒也平安无事。日子就这么一天一天地过着,越威却一刻也没停止过为师长昭雪的念头,派人四处打探那个孙老板的下落。

腊月初九那天,耧耙山突然来了一个人,竟是郑之建。他的出现引得越威和九连的人又惊又喜。越威叫人摆下宴席,大家一直喝到深夜,郑之建才把此行的目的讲了。

郑之建告诉越威,自打上次分手后,他辗转到了武汉,跟上级取得联系后,被安排到兵工厂。可没过多久,又突然接到调令,被派到国军71师做上校参谋。71师的师长叫马大炮,这个马大炮军阀出身,典型的机会主义者,抗战前,他是谁得势了就投靠谁,有点小聪明,却缺乏大智慧,对郑之建这样留学归来的科技人才也没表现出多大的兴趣和爱惜。既然是上级派到他身边做参谋的,他也只好接受。这个月初,71师接到命令,进入沂水地区,开展敌后游击。马大炮到了沂水之后,第一件事就是收编地方武装。这次郑之建来到耧耙山就是找越威谈九连改编的事。结果没等郑之建说完,九连的兄弟们就不干了,开始七嘴八舌地骂娘,说,这个改编,谁他娘的愿意接受谁接受,反正九连是不接受。兄弟们的义愤填膺弄得郑之建有点下不来台。

越威放下酒碗,示意兄弟们安静,然后对郑之建说:"郑兄,你别介意,兄弟们有情绪,不是针对你。上峰在对待我们师长这件事上,的确把兄弟们的心给伤着了。在把我们师长这件事弄个水落石出之前,杀敌报国,九连不会含糊,但你要我带着兄弟们这么快就稀里糊涂地接受改编,恕我直言,真的做不到。"

郑之建听越威语气坚决,叹了口气,说:"那好吧,越连长,既然话说到这儿了，人各有志，我尊重你和九连的选择，我今晚就动身回去跟马师长复命。"说着，就要起身，却被越威一把拉住了。

越威说："郑兄，既然来了，你不能这么着急忙慌地走。"

越威的举动，把郑之建惊得一愣，说："越连长，莫非你要扣留我？"

越威笑了起来，说："郑兄，你多虑了，我不是扣留你，是请你，请你多留些日子，帮我做件事。"

"什么事？"

越威说："我想请你留在耧耙山发挥你的特长，帮我生产些武器。"

郑之建一愣，说："越连长，造武器谈何容易，这玩意是个技术活，首要的条件就是得有人才，你手里有这方面的人才？"

"有。"

郑之建又是一愣，"怎么可能？"

越威笑了笑，说："不瞒你说，那天送你走后，我就后悔了，因为回到耧耙山的当天，马三跟我说了一个消息，说在曲阳镇有他几个朋友，这些人原来在国民党部队的器械所当工人，可后来国军跑了，而这些人不愿离开家乡，于是就留在了当地，种地之余，经常用土办法私造枪支，然后卖给当地的一些富户和地主老财看家护院。于是，我就亲自登门拜访，把这些人给请到了耧耙山。"说着，拉了一侧的陈小七等人跟郑之建一一介绍道："就是这几个兄弟，个个心灵手巧，一学就会，一点就透，我相信，只要你愿意教，他们几个不久就会变成兵工专家。"

郑之建看了看陈小七几个人，说："这几个小伙子，长得的确挺机灵。可问题是，光有人还不行，还得有家伙啊。巧妇难为无米之炊，现在咱们手里没有造武器必备的生产资料啊！"

"有。"

"在哪儿？"

"太晚了，先睡觉，明天就有确切的信儿。"

第二天，黄昏时分。下山负责打探消息的马三风尘仆仆地回来了，带来了一个令兄弟们振奋的消息。马三说，桃花山东南方向三十里处有一个叫苏马坪的地方，镇上有一个枪械所，原是国民党保安团的修理所，后来国军跑了，日本人就接管了。枪械所不大，可麻雀虽小，五脏俱全，什么车床、铣床、刨床、钻床、冲床，应有尽有。马三说，据可靠消息，里边还有几台电动机，全是大马力的。

越威扭脸问郑之建："郑兄，如果把苏马坪这些东西全扛回来，你还需要啥？"

郑之建激动得脸都红了，说："这些东西要弄过来，那还说啥呢，全齐了，我马上就可以开工啊！"

可马三接下来的话又给大家心头蒙上了一层阴影。

马三说："正是因为这个枪械所东西太多，太重要了，所以警卫森严，外人一律不准入内，里边的工人上班，全部由当兵的看管着。"

越威想了想，说："没事，明天咱俩再下趟山，我亲自去看下，再做打算。"

孰料想，第二天天还没亮，一个意外的情况就出现了。越威刚起床，大贵却带着一个中年男人走了进来，那人皮肤黝黑，个头不高，很瘦，一副当地百姓的打扮。

越威说："咋回事？"

大贵说："连长，这人刚追着一头牲口跑到山下来了，我怀疑他是小鬼子派来的奸细，就把他押了过来。"

看得出那中年男人很紧张，情绪很激动，说话的语速很快，说的是当地话，越威半懂不懂的。

越威说："老乡，你说慢点，说慢点，都是自己人，你别害怕。"

中年男人的情绪渐渐稳定下来，越威也终于听懂了，那中年男人说他是山下李家庄的村民，昨天下午，几个日本兵到了他们村，找村长，要他们派出劳力，自带车辆和牲口，到苏马坪去。

"到哪儿？"听到苏马坪三个字，所有人的耳朵一下支楞起来。

"苏马坪。"中年男人重复了一遍。

越威说："去那儿干啥？"

中年男人说："村长说，日本人要让我们去曲阳镇一个钢铁厂拉器材，然后运回苏马坪枪械所，但这头牲口是我家唯一值钱的东西，也是全家人活命的依靠。我害怕到时如果把它赶到日本人那儿会被没收或杀掉，那样，我一家老小就没法过日子了，所以，想趁着天亮之前，把牲口赶到山里藏起来，没想到走到半路，牲口受了惊吓，挣脱缰绳跑掉了。我一路追赶，就到了桃花山。"说着说着，那中年男人呜呜地哭了起来，说，"几位爷，我真不是故意的。请几位爷放我一条生路吧。"说着，就要给越威下跪。

越威却一把将他托住，说："别别别，这个使不得。"

真是说者无心，听者有意，越威看了看铺在桌子上的那张大比例尺地图，由曲阳到苏马坪，途中要经过一个叫太山庙的地方，一个大胆而冒险的计划很快就在越威头脑里形成了，于是问那中年男人："鬼子让他们几时动身？"

中年男人说："下午一点，统一由日本兵带领从村里出发。"

越威转身对大贵说："马上叫兄弟们集合。"

大贵一愣，问："干吗啊，连长？"

越威压低了声音，在大贵耳边如此这般说了一遍，听越威说完，大贵兴奋得直拍巴掌，说："连长，这一招简直是绝了。"

日上三竿，队伍集合完毕，由马三领着跑步奔袭太山庙，而越威带着郑之建、大贵他们由那中年人领着，抄一条近道，去了李家庄，直接找到了村长的家里，一问，来要人的日本兵还没到。

越威把此次来的用意跟村长简单交代了一番。

村长开始有些犹豫。

越威说："保家卫国的大道理我就不跟你讲了，就一句话，这件事，你只管放心去做，只要你能把日本人领到太山庙，你的任务就算完成了，到时一打起来，你带着人赶紧逃命，接下来的事跟你们半点关系没有，即使到时日本人算账，也算不到你们头上。我都跟你保证到这个份儿上了，你要再磨叽，就说不过去了。"

村长思考了一会儿，最终还是答应了，并且还提供了一个意外的信息：他的侄儿是个厨师，这几天被征调到苏马坪给日本人做饭去了，如果有需要，可以找他帮忙。

第十二章

越威说:"太好了,时间紧急,赶紧准备。"

不多时,十几个年青的村民被召集起来,还有十几头牲口和车辆。

越威又跟村长交代:"还得麻烦你准备两车蔬菜和粮食。"

村长说:"要这些干啥?"

越威说:"到时有用,赶紧准备吧。"说着,一摆手,大贵拎着一个钱袋子过来了。

越威说:"不让老乡们吃亏,这些钱算是补偿吧。"

天近中午,一切收拾停当,几个来要人的日本兵到了。村长心里紧张得要命,可又不敢声张,还是努力地作出一副平静的样子,强打精神应付几个日本兵,摆上了好酒好菜,一队人开始大喝起来。酒足饭饱,越威他们在几个日本兵的带领下就赶着牲口浩浩荡荡地向曲阳镇走去。就在越威他们出发的同时,马三带着其他兄弟悄无声息地在太山庙埋伏下来。

下午三点,越威他们拉着器材出现在太山庙。出发前,越威已交代过马三,到时动起手,千万别开枪,用刀捅,太山庙离苏马坪太近了,万一有枪声,惊动了苏马坪的鬼子,那就麻烦了。

越威他们越来越近,马三带着兄弟们借着蒿草丛的掩护,开始悄无声息地往大路上移动。双方几乎要照面的瞬间,一声呼喊,就扑了上去,和越威他们里应外合,打不多时,几个日本兵就被干掉了。按照预先的安排,李村长带着其他村民如鸟兽散,弃车而逃。

越威指挥着兄弟们将所有的枪塞进装蔬菜和粮食的车里藏好,然后马不停蹄地往苏马坪赶。苏马坪坐落在一个大山脚下,那个枪械所临河而建,河的对岸还有个造船厂,因为此时长沙会战打得正酣,枪械所的工人被要求白天黑夜连轴干。越威他们赶着马车要进去的时候,被把门的日本兵给拦住了。那日本兵指了指车上的东西,越威拿出一张盖着红章的纸条,那是他从一个日本兵身上搜到的,是到曲阳镇接货的凭证。那兵看了一眼,一挥手,就把一伙人放了进去。

一个日本兵前头带路,沿着一条铺满碎石的土路一直往里走,越威发现,里边在动工,那些干活的人都是从附近征来的村民,像是在建水库,紧挨山脚处,一个偌大的深坑已经挖好了,一些村民蹲在坑边上凿石头,水库的一面已经用方石砌好。在那些荷枪实弹的日本兵的监视下，所有人都在埋头干活，铁器击打石头的声响此起彼伏。

越威牵着牲口走在前头，一脸的平静，利用余光四下里快速地扫视着。他发现工地的东南角有几间临时搭建的简易房，上边的窗户里还呼呼地往外冒着白烟，那应该是厨房。厨房的一侧是一个木制的瞭望台，有三四米高，顶部还挂着吊灯，一个日本兵端着枪，在来回晃荡。与厨房一路之隔，是一个小石头房子，前边还搭着一个帐篷，里边有几个日本兵在聊天。石头房的一侧，是一个塔楼，高度几乎与瞭望台平齐，一个黑洞洞的机枪的枪口从掩体后边杵了出来。

沿着通道往左一拐，前边出现的几排平房，像是车间，里边机器轰鸣。越威他们被喊停，在一个翻译的指挥下，开始将车上的机器往房间里搬。结果，刚一卸完，一个日本兵就来了，跟那翻译嘀咕了几句，翻译"嗨"了一声，然后转身冲着越威几个人说："你们几个暂时不要走了。"

众人不解，"为啥啊？"

"不为啥，这两天皇军赶活，人手紧张。"

黑娃、郑之建赶着那两车蔬菜粮食往伙房找村长的侄儿去了，越威冲着余下的众人使了使眼色，示意大家都别慌，见机行事。很快大家都被分派了活儿：马三几个每人发了一个大铁锤，砸那些大石头；越威他们每两人一组，分了一辆独轮车，负责推石头，将马三他们砸碎的石头通过一个木桥推到深坑的另一边，再交由另一批人去砌。因为年月久了，那木桥已经斑驳不堪，木板跟木板间都裂缝了，人走上去，吱吱呀呀的，叫人心惊肉跳。越威他们刚到，就看见两个干活的年青人一不留神，连车带人就从桥上摔了下去，当场摔得血肉模糊，瞬间又被日本人拉走，是死是活，不得而知。

马三他们抡着大铁锤正在砸石头，越威推着独轮车走了过来，机警地四下瞅了瞅，发现没人，便压低声跟几个人交代："看到东南角那个塔楼没有？"

几个人点头。

越威说："得先把那挺机枪给弄掉。"

马三说："那么高，又那么远，咋过去啊？"

第十二章

越威说:"我来想办法,一旦有情况,你们就见机行事,切记,动起手来,一定要快。"

所有人都点头,然后又若无其事地抡锤干了起来。

越威和大贵两个人推着装满石头的独轮车费力地上了木桥,大贵握着车把,越威撅着屁股在一侧推,很快到了桥中央,两个人速度慢了下来。大贵看了看越威,越威冲他使眼色,可大贵脸上泛着犹豫之色,他那意思,一时真不忍心下手,可越威的神情极其严肃,于是大贵将心一横,故意将车把一晃,车轮就卡进了裂缝里,独轮车一歪,一块石头就滚了下来,越威早有防备,一个趔趄,石头虽没砸中脚面,却将小腿擦破,血立时就涌了出来。越威马上蹲在了地上,杀猪般地大叫。

大贵一脸的意外和无辜,冲上去抱住越威,"哎,哎,怎么了,对不住,对不住,伤哪儿啊?这么严重啊,呀呀,出血了,出血了,快来人啊!"

马三他们听到喊声,就朝桥上跑来,一看越威砸伤了,一群人开始夸张地大叫,越威又使了一个眼色,众人会意,抬了他立时朝着小石头房冲了过去,边冲边喊:"有人受伤了,赶紧救命啊!"

塔楼上负责警戒的机枪手立时大骇,可等发现是有人受伤了,便放松了警惕。帐篷里,一个日本军医煞有介事地打开了药箱。大贵、马三几个人趁乱,一抹身进了厨房,郑之建、黑娃和李村长的侄儿已经在里边等候多时,三下五除二,将大米袋捅破,各种长短武器就露了出来,几个人抱了枪就往外冲,隔着老远就喊上了:"连长,接枪。"喊着,数不清的枪支被抛了过来。

一时间,风云突变,几个鬼子军官稍一愣怔,越威几个人已经闪电般出手,对方还没明白到底是怎么回事,已经被放翻在地。越威纵身弹起,半空中接了枪,冲着大贵大喊:"先干掉鬼子的机枪手。"喊着已举了枪,瞄准瞭望台的那个日本兵,一扣扳机,"砰"的一声,子弹脱膛而出,产生的强大动量将那日本兵隔着栏杆直接打飞出去。

大贵带着马三几个人往塔楼冲,然而,还未冲到塔根处,"哒哒哒",上边的机枪响了,密如爆豆的子弹铺天盖地扫了过来。马三躲得有些慢,脚踝被子弹擦着了,血立时把裤管浸湿了一片。

前进的路被堵了,鬼子居高临下,机枪疯狂地扫射,数不清的子弹形成了一道密不透风的屏障,那道屏障一时成了无法逾越的死亡之线。大贵他们趴在一片碎石堆里,被瓢泼似的子弹压得根本抬不起头。

时间一分一秒地过去,战斗却陷入了僵局,这样耗下去,后果将不堪设想。越威急得抓狂,豆大的汗珠顺着他的脸颊直淌,可眼前的情势是,无论如何,想从正面冲上塔楼已不可能了。情急之中,他四下一瞅,发现那个小石头房是塔楼上机枪的射击死角,只要能到那石头房,事情就会有转机。再看,厨房的一侧是个土堆,而厨房和小石头房仅一路之隔,那个宽度,以他的能力,跳过去应该问题不大。这种情势下,行与不行,都得一拼了。想到这儿,越威迅速将枪弄好,拔出匕首在嘴里咬了,就势一滚,到了一棵歪脖子大柳树下,快速观察了一下四周,见没有异常,一个急冲,到了土堆上,一纵身,人就到了厨房顶上,抱了枪,弯着腰,发足前冲,跑动中,单脚发力,一提丹田,呼地一下,人就到了对面的小石头房顶上。又是一阵急速前冲,再起跳,半空中,抓了塔楼的木柱,双手交替,噌噌几下人就到了塔顶。两个日本兵正一门心思地对付正下方的进攻,没想到竟有人从后边摸了上来。一个日本兵发现了异常,刚一转身,越威手里的匕首已经捅出,跟着用力一拧,那日本兵疼得立时面部扭曲。越威将匕首往后一抽,一条血线就被带了出来。日本兵双手捂了腹部,被越威一脚踹了下去。另一个日本兵短暂的慌乱之后,抓了刺刀照着越威就捅。塔顶的空间太小,而一交手,越威发现,这个日本兵却不简单,一招一式,尽攻人的下三路,稍有不慎,就会被对方刺中。打了几个回合,越威竟没占到什么便宜,相反,那日本兵却越战越勇,招数也越来越凶狠刁钻。说话间,对方的刺刀又捅了过来,越威下意识侧身,刺刀挂着风擦着他的腮帮就捅了过去,惊得越威出了一身冷汗。一招走偏,日本兵并不气馁,抽刀,第二招跟着又到,收放之间,快如闪电,速度惊人。这次越威身子一歪,想往后躲,可马上发现不可能了。他的身后就是塔楼的一根柱子。退无可退,情急之下,越威一把搂了柱子,一纵身,跳出塔外,人一下腾空,踩空的瞬间,越威手腕发力,身子在半空中突地来了一个三百六十度的飞转,左腿一曲,膝盖就顶了过来。这招突如其来,那日本兵再想躲,晚了,下巴上重重地挨了一下,整个人被顶得双

第十二章

脚立时离地,四肢大张,平着就飞了出去。

机枪一被打掉,下边的大贵等人精神立时大振,大喊一声,就扑了上去。没了优势火力的支撑,余下的那些日本兵原有的战斗意志顿时受挫,开始边战边退,很快被逼退到水库的一角,但丝毫没有放弃抵抗的意思。毕竟这是一队由武士道精神武装起来的职业军人,退无可退,到了绝路,这种情况下,这些日本兵体内的那份冷酷和凶狠就充分显现出来,端着刺刀,与越威他们抵死相抗。

一场惨烈的战斗持续了半个小时之久,才宣告结束。越威他们收了家伙,转身冲进车间,在郑之建的指挥下,把那些什么车床、铣床、刨床、钻床、冲床,还有一些枪支弹药,一股脑地全抬了出来,足足装了满满几车,然后不敢有片刻停留,冲出枪械所,过了河,沿着镇外的那条官道,一路飞奔,不多时,便消失在大山深处。

第十三章

　　腊月二十三这天,三里寨有庙会。七里八乡的男女老少都来赶集。街道上人声鼎沸,各色小商小贩、卖艺杂耍应有尽有。

　　越威带着马三在拥挤的人群中穿行,下了那座石拱桥,转身进了一家铁匠铺。王广运带着他的两个徒弟正在忙碌,看越威二人进来,马上冲着两个徒弟一摆手,停了手里的活,把越威、马三迎进了里屋。三个人围着一张桌子静静地喝了一会儿茶,后边的那扇木门突然响起了敲门声。

　　王广运放下茶碗,冲越威低语:"来了。"说着,起身开门。

　　木门一开,进来一个穿着灰布长衫、戴着礼帽的中年男人。

　　王广运跟越威介绍来人,说:"越连长,这就是凤阳镇'昌顺'商行的吴老板。"

　　听到王广运介绍来人是凤阳镇"昌顺"商行的吴老板,越威顿感意外。三天前,王广运托人给越威捎信说,初五这天到镇上来一趟,有要事商量,会给他引荐一个重要的人。越威没想到王广运说的这个人竟是吴老板。越威清楚地记得,几个月前,周兴汉曾建议他到凤阳镇找吴老板,或许可以打探点有关那个孙老板的消息。结果一去才发现,这个吴老板被日本宪兵队的给抓走了。再后来,又出了一系列的事情,所以,也没顾上再去打探这个吴老板的下文,太详细的情况不得而知。可跟吴老板接下来的谈话中,越威的一些疑惑开始慢慢打消。

　　吴老板说,几个月前他的确被日本人给抓去了,可日本人抓他也只是觉得他有通共嫌疑,但没有确实证据,加之后来有周兴汉等人的帮助,疏通了关系,日本人就把他给放了出来。越威问吴老板和周兴汉是什么关系,吴老板很机智地笑了笑,说:"朋友,关系很好的朋友。"越威又试探性地问吴老板,是否认

第十三章

识沂水城春秋书店一个姓孙的老板。

吴老板愣了一下,有点警惕地看越威,说:"越连长打探他干啥?"

越威把事情的来龙去脉说了一遍。

吴老板说:"我跟这个孙老板的确有一面之缘,可那次他们几个人被营救出来之后,只是在我的商行里稍停了片刻,不多时,就被前来护送的人给接走了。至于后来再具体的详情就不知道了。"

吴老板的话不免让越威有些失望,他顿了顿说:"不知吴老板今天约我来有什么事情要谈?"

吴老板说:"想和越连长做笔生意。"

"什么生意?"

吴老板说:"想从越连长你这儿买些枪支弹药。"

越威听罢,不由一愣。他没想到吴老板约他来,竟是谈这样的事情。

那天,抢了苏马坪的枪械所之后,越威带着兄弟们回到耧耙山,连夜召开会议,研究厂房选址的事情。越威知道,苏马坪的枪械所一被劫,日本人肯定会马上派人暗中调查,这些抢来的设备如果放在耧耙山,肯定容易暴露。可讨论来讨论去,一直讨论到后半夜,谁也没拿出个好的方案,后来还是马三站了起来。

马三告诉越威,在跑船之前,他给一个姓张的财主放牛,所以,对这方圆几十里的地形很熟。他跟越威推荐了一个地方,叫狼牙洞,位于沂水西北部赤峪沟西端的大山里,距耧耙山有二十多公里。

情势紧迫,越威决定由马三带路,连夜去狼牙洞,到了一看,发现那里群峰矗立,陡崖千仞,地势果然险峻。马三领着越威几个人沿着一条崎岖不平的茅草小路,从山的背部爬了上去,到了顶上,越威发现北边的山崖峭壁上有个天然大石洞。

马三说,这个就是当地人所说的狼牙洞。有一回他上山采药,天降大雨,为躲雨,就找到了这里。

越威望了望山下,借着月色,可以看见洞南有一片山谷,平坦却隐蔽,四面环山,与外界只有一条羊肠小道相通。沿着这条山谷小道出东口有一条狭长的山涧,蜿蜒曲折,纵深千米,两侧高峰对峙,从洞底仰视,只见一线青天。

在一线天的入口处，有条瀑布，垂直而下，形成了一条地表河，波涛汹涌，奔腾不息。以越威的军事经验，他知道，如果在这条河上建座吊桥，那将是一道"一夫当关，万夫莫开"的天然屏障。万一有了意外情况，将吊桥一收，路断崖阻，纵是天兵天将，也难攻入。想到这儿，越威兴奋地一拍大腿，说："就这儿了。"主意一定，所有兄弟都被动员起来，由郑之建指挥着连夜干活。

三天后，一个简易厂房就落成了。

接下来的日子里，在马三的引领下，郑之建以探宝的目光四处搜寻发展兵工生产所需的各种资源。他发现沂水地区是产棉大区，而这种棉花是火炸药中硝化棉的原料，同时，沂水地区，尤其是挨着铁路附近的村民，几乎家家都有炼焦炼铁的作坊设备，而这些都是制造火药最好的原料，可以私下里跟这些村民进行交易。

郑之建在发挥他国外学习的先进知识的同时，还虚心向陈小七几个人请教。陈小七告诉郑之建，当地还盛产硝，这些硝和盐一样，都是在地底下生成的，随着水汽蒸发，出现在地面。近水而土层薄的地方形成盐，靠山而土层厚的地方形成硝。尤其是耧耙山这一带，一过了中秋节，即使是在屋里，隔天扫地都能扫出少量的粗硝。把这些粗硝积攒起来，放进缸里，用水浸一夜，捞去浮渣，然后放到锅里加水煎煮，直到硝完全溶解并充分浓缩时，再倒入瓷盆里晾，过一晚上，便析出硝石的结晶，浮在上面的就叫芒硝，芒长的叫马牙硝，而沉在下面含杂质较多的叫朴硝，要除去杂质把它提纯，还需要加水再煮。煮的时候，扔进去几根萝卜，煮熟后，再倒到盆里，澄一晚，便能析出雪白的结晶，这叫做盆硝。用这些提炼好的硝制造火药，少量的可以放在新瓦片上焙干，多的就要放在土锅中焙。焙干后，立即取出研成粉末。但千万记住不能用铁碾在石臼里研磨硝，因为铁和石摩擦最容易起火花，就会把硝末引爆。在郑之建的建议下，越威带着九连的兄弟们四下出击，还收集到了大批国军撤走时散失在耧耙山地区的军火器材，同时，还在乔装打扮后，潜入沂水城，搞到一些电影的胶片。郑之建告诉越威，这些胶片经他特制的药水一蘸，马上就能变成弹药。就这样，在土洋办法两结合下，不久，一批枪支弹药就出炉了。

越威没想到，这个吴老板怎么就知道他手头有枪支弹药的。

吴老板说："越连长，想必你也听说了，眼下八路军动员了一百多个团向日军发起反攻，这次反攻声势浩大，硕果累累，可老话说，杀敌一万，自损三千，八路军在打击日军的嚣张气焰的同时，自身也付出了巨大的代价。不瞒你说，周营长带着他的一个营已经奉命开到黄河以北，协助兄弟部队作战去了。眼下无论新四军还是八路军，最为紧迫的困难是枪支弹药奇缺。所以，我这次来，就是想和越连长商谈这件事的，想从越连长你这儿购买些枪支弹药。"

越威说："吴老板，说实话，这段时间，我手头的枪支弹药有些富余，可毕竟是太少了，即便给了新四军，也是杯水车薪，我真的为这事感到惭愧。"

吴老板说："越连长，蒋委员长说得好，战局一开，地无南北，人无老幼，举国抗战，有钱出钱，有枪出枪，只要人人能贡献自己的一份力量，集腋成裘，日本鬼子就一定会陷入人民战争的汪洋大海之中。"

看吴老板说得慷慨激昂，越威说："吴老板，别管是国民党的部队，还是共产党的部队，只要是敢打鬼子，敢浴血疆场，保家卫国，我越威都敬重，话都说到这个份儿上了，我一分钱不要，有多有少，全捐给新四军了。"

吴老板笑了，说："越连长的心意，我真的替新四军领了，可我也是奉命行事，共产党办事最讲公买公卖，所谓亲兄弟还得明算账呢。何况，你那儿还有一个连的兄弟要养活呢，他们也不能靠喝西北风过日子不是。越连长，别客气，你还是说个价钱吧。"

越威想了想，"既然这样，那好吧，我就要个本钱。有了这个本钱，我以后再生产新的枪支弹药，再跟新四军继续合作。"

就这样，双方一直谈到太阳偏西，谈好了价钱，约好了三天后交货的地点，最后握手言别。

半个月后的一个黄昏，一个自称小六子的年轻人突然出现在耧耙山，给九连带来一个石破天惊的消息。小六子通知越威，赶紧带着九连的兄弟转移，鬼子马上就要来"围剿"了。

越威这才知道那个吴老板叛变了。

吴老板是在和越威他们交接货的第三天被捕的。越威和吴老板约好的交货地点是一个叫韭菜沟的小山村，紧挨着大贵河。按照事前约定，双方不见面，越威他们把货用船运到后，用枯草埋好，就乘船快速离开。那天一大早，薄雾弥漫，光线不是很好。直到下午，太阳偏西，薄雾才散去。吴老板带人找到那些枪支弹药，马上装船，可不巧的是被一个人给看到了，而这个人就是马占彪。那天马占彪带船刚从扬州送货回来，正在码头上歇脚吃饭，冷不丁地就看到堤坝下的树林里有人影晃动，于是，推了碗，便不动声色地摸了上去，趴在一块大岩石后边偷偷观察。因为长期跑船，方圆几十里的小店小铺的人差不多全认识，他一眼便认出吴老板，定眼再看，倒吸了一口冷气。他发现吴老板带人扒开那些枯草后，下边露出来的竟是枪支。马占彪在道上混了这么多年，人脉极广。几个月前，吴老板被宪兵队抓去的事，他很快就听说了。他得知日本人抓吴老板的理由是怀疑他通共，可苦于没有掌握确切证据，后来只得把吴老板给放了。但马占彪心里明镜似的，他相信无风不起浪，这个吴老板肯定跟共产党有来往，因为他曾经有意无意地打探过，吴老板开的那家叫昌顺的店铺几乎一年到头没生意可做，也就是说根本不赚钱，不赚钱还硬撑，这里边一定有问题。现在看来，他马占彪的猜测是对的。为了不打草惊蛇，马占彪趴在岩石后边一动不动，直到吴老板他们把货装了船离开，他才返身回到码头，招呼着手下开船。第二天一大早，马占彪便跟云铁山撒个谎，请了假，进了沂水城，找到了吉田光一的司令部，结果被站岗的日本兵给挡在了外边，不让进去。马占彪正郁闷之际，遇上了他的一个叫肖子亮的老朋友。肖子亮现在在皇协军任职，是个小队长。马占彪把肖子亮拉到酒馆，把来意说了，请肖子亮带他见吉田光一。肖子亮说，估计你现在见不了吉田，前几天有个女的谎称有重要情报，混进了司令部，结果朝着吉田连开了两枪，不过，这个吉田的确有两下子，躲过一枪，第二枪打在胳膊上，差点没把命搭进去，现在整个司联队司令部已加强了警戒，一般人根本不让进去。马占彪说，可我真的有重要的情报跟吉田说。

肖子亮说："啥重要情报，不能说给我吗？我可以代你向吉田转达，有什么条件，你尽管跟我说。"

马占彪沉吟了一番，说："我的条件也不高，希望吉田能帮我坐上顺义帮第一把交椅。"

肖子亮一愣，说："这条件还不算高？你狗日的心可够野的，不过，你有这想法也能够理解，你这小子哪儿是那种甘居人下的人啊。好吧，我帮你。"

第十三章

有了肖子亮的承诺，马占彪就把事情讲了，结果听得肖子亮眼睛大睁，说："这可是个发大财的好机会啊，事成了，咱兄弟俩都受益，我这就跟吉田报告去。"

就这样，吉田光一马上派人把吴老板抓了过来，连夜突审。一番酷刑过后，吴老板扛不住，叛变了。

吉田光一很兴奋，亲自赶了过来，摆下宴席，请吴老板喝酒。正喝着酒，陈守本却风风火火地赶了过来。抓捕吴老板时，陈守本正卧病在床，没有参加，可天黑的时候，突然接到消息，说吴老板被抓了，这下他再也躺不住了，硬撑着下床，赶到司令部。等陈守本赶到的时候，吴老板正跟吉田光一吐露机密。

吴老板说："那些枪支弹药是我从耧耙山购买的。"

吉田光一说："耧耙山的负责人叫什么名字？"

"越威。"

吉田光一又问："交货之后，你怎么处理？"

吴老板说："我会把货转交给新四军。"

"新四军的负责人叫什么名字。"

吴老板说："叫……"结果，下边的话还没说出口，就听见噌的一声，伴着清脆的枪响，吴老板眉心开花，一头栽倒在桌子上，没了气息。

这一幕发生得太过突然，场面立时大乱。

吉田光一却表现得异常冷静，他闻声回头，却发现陈守本站在门口，而这一枪正是他开的。

吉田光一不会知道，陈守本其实早在几年前就加入了共产党。他在日军内部卧底，就是负责搜集重要情报，而当他听说吴老板被捕时，再想把这一消息传递出去，显然已来不及了，于是，他只得孤身前往。如果吴老板真的叛变了，那陈守本只得先把他除掉再说，否则后果不堪设想。结果，等他油烧火燎地赶到时，果真听到吴老板正向吉田泄密，于是就果断地扣响了扳机。而吉田职业军人的冷酷和镇静那一刻也彰显出来，下意识地掏出枪，指向了陈守本。陈守本转身刚跑几步，吉田手里的枪响了，子弹正打中陈守本的后脑勺。陈守本挣扎几下，一头栽倒在地。陪陈守本一起来的是他的一个叫小六子的手下，里边枪声一响，外边的小六子就预感到了事情不妙，等吉田等人走后，小六子赶紧进入房中，发现陈守本倒在了血泊里，人已经不行了。陈守本用尽最后力气交代小六子赶紧去耧耙山通知九连的兄弟们转移。

生死一线，小六子只得忍痛趁乱混出司令部，一路狂奔，赶往耧耙山给九连报信。哪曾想，小六子的话刚讲完，村口就响起了枪声，所有人都一愣。

越威啪的一下从腰里拽出短枪，说："狗日的来得好快，兄弟们，准备战斗。"

就这样，接下来，敌我双方展开激战。

正打得热火朝天之时，打村西突然冲来一队人，突破日军的火线，闯了进来，竟是大贵他们。这段时间，大贵带着一队兄弟驻守狼牙洞，负责保卫工作，可不曾想，原本以为隐蔽的易守难攻的狼牙洞，在吉田光一强大的情报网下，变得不再神秘。于是，吉田光一亲自率队围攻耧耙山的同时，兵分两路，由他的心腹带领军队突袭狼牙洞。这段时间由于华北的八路军发起的强大攻势，沂水地区的日军在气势上明显地收敛了很多，于是，这一地区也出现了少有的平静，这样的平静也使九连的兄弟们心理上产生了麻痹大意。日军突然出现的时候，大贵带着兄弟们还在吃晚饭，发现有鬼子攻上来了，马上推了碗，带着兄弟们仓促应战，其结果可想而知。一番激战之后，实在是顶不住了，最后只得放弃了狼牙洞向耧耙山跑找越威他们会合。

越威将身紧紧贴在磨盘后，悄悄探出头，他发现两个鬼子抱着枪，弓着腰，一点点摸了上来，在离他只有几米远时，越威突然打出一个长点射，左边的一个鬼子应声倒下，余下的另一个鬼子却很机灵地滚到一段土墙后边，举枪就射，一发子弹贴着越威的耳朵就飞了过去。就在越威愣神的刹那，"嗵！""嗵！"鬼子的掷弹筒响了，两发炮弹一左一右落在碾盘上，炸得碎石纷纷落下，越威知道，这个位置已经不安全了，再不变换位置，第二批炮弹落下来，小命就难保了。于是就势一滚，闪到一堵残垣后边。

大贵带着几个人冲了上来，气喘吁吁地爬到越威身边，说："连长，狼牙洞丢了，怪我太大意，我没想到狗日的小鬼子会搞突然袭击，你枪毙我吧。"

越威说："东西丢就丢了吧，这个时候，保命最要紧，兄弟们都没事吧。"

"都没事。"

第十四章

越威说:"人没事就好,郑参谋人呢?"

大贵说:"我和郑参谋分成两组,各自为战,分散突围的,估计这会儿他……"正说着,村后边突然枪声大作,越威闻声回头,发现是郑之建带着几个兄弟突围过来,刚要喊"别过来",突然一发炮弹就落了下来,郑之建和几个兄弟被当场炸倒。恰在这时,一伙鬼子越过一条干沟扑了上来,越威噌啷一下从背上拔出大刀,带人跟那队鬼子展开肉搏,一通厮杀,鬼子死的死伤的伤,退了下去。

越威的左胳膊受了伤,血汩汩直流,卫生员跑上来给他包扎。

越威说:"别管我,我没事,郑参谋怎么样?"

卫生员说:"腹部中弹,伤很重。"

而此时的吉田光一已经带人占领了大半个村子。

九连所有的兄弟,连伙房的炊事员都抱着一挺歪把子机枪在扫射,尽管如此,却依然抵挡不住日军的强大攻势,包围圈也在一点点缩小,情况变得万分紧急,兄弟们的眼睛全盯向了越威。

越威站在寒风里,使劲地拍了拍脑袋,努力让自己清醒。一番紧张的思考之后,越威终于下达了战斗命令:"大贵,你带机枪掩护,马三,你带人背上郑参谋,余下的全体上刺刀,准备强行突围,冲出去以后,向八角山集结,兄弟们,生死存亡,在此一举了,冲啊!"

"哒哒哒",全连所有的轻机枪都打响了。

在越威的带领下,兄弟们呐喊着向前方做了一次悲壮的攻击,顷刻,由冲锋枪组成的交叉火力构成了一道密集弹幕。又有七八个战士栽倒了,余下的战士又被火力压在地上。生死一线,大贵火了,将上衣一抡,光着膀子提着用绑腿布捆好的集束手榴弹,蹿出矮墙。这一幕把所有人都惊呆了,越威伸手要抓他,可一把抓空了,只听大贵大吼一声:"小鬼子,我操你姥姥……"喊着,身体就地转了一圈,集束手榴弹被他甩了出去,伴着一声山崩地裂的巨响,数十名鬼子被炸飞,包围圈瞬间被撕开了一个口子,越威大吼一声,带着余下的兄弟冲出了村子。

第十四章

　　八角山在沂水城东北方向，绵延十余里。正是深冬，天寒地冻，越威带着九连的兄弟在山里转了很久，终于找到一处洼地。于是大家坐下来休息，拿出随身携带的干粮，就着冷水，胡乱地吃了几口，身上总算有了点力气。越威布置了岗哨，要其他的兄弟赶紧眯一会。

　　越威哪儿知道，吉田光一这次是铁了心要把九连赶尽杀绝，他派出的密探已把九连临时歇脚的地点摸清楚了。吉田光一迅速派兵开进八角山，并且在悄无声息中已经将九连再次包围。

　　一阵寒风吹来，越威打了个冷战，醒来时发现东方泛白，可在睁眼的刹那，他突然感觉到了异常。他身侧的大贵刚要发声，越威冲大贵打了个手势，示意他不要出声的同时，一只手下意识就拽出枪，在大腿上一磕，机头张开。马三等人也醒了，皆低语问道："怎么了，连长？"

　　越威轻轻嘘了一声："别说话。"

　　大家又是一愣，都用余光四下打量。不看则已，一看所有人都不由得屏住了呼吸——四周的草丛里有无数枪口正对着他们。

　　越威刚要下达战斗命令，不远处的山坡上却突然有人开口说话了，是一个汉奸翻译。

　　翻译说："越连长，吉田联队长有话要和你说。"

　　越威没有回话。

　　翻译说："越连长，你们已经被包围了，识相的，就乖乖地投降。吉田联队长说了，他对越连长的大名早有耳闻。吉田君平生最好交友，尤其喜欢跟英雄做朋友，吉田联队长念你是名真正的军人，是个英雄，现在你们虽然已被包围，但他保证绝不打黑枪，吉田君希望越连长替九连这么多兄弟的前途和性命考虑，

第十四章

放下武器,弃暗投明,加入到皇军队伍中来,为建立大东亚共荣圈尽一份力。越连长是个聪明人,相信何去何从,自有掂量,如果拒不合作,只要吉田君一声令下,你和你的整个九连顷刻间就会被打成筛子。"

马三听出来了,这人是肖子亮,顿时气不打一处来,跺脚大骂:"肖子亮,你狗日的还记得我吗?"

肖子亮笑道:"是马三兄弟。"

马三说:"你狗日的看来眼睛还没瞎。记得三年前,咱们一起跑船,你因为偷了一包烟,被一群人揍,是我出手救了你。"

肖子亮被噎了一下,旋即笑道:"马三,一码归一码,过去是过去,现在是现在。"

马三冷笑道:"现在看来,你还是那个屌样,有奶便是娘,你放着人不做,做狗,带着日本人打自己人,你的良心叫狗吃了?"肖子亮被马三骂得脸上挂不住了,刚要说话,吉田光一却开口了,叽里呱啦地跟肖子亮说了一通,肖子亮"嗨"了一声,转身说:"越连长,吉田联队长说了,太多废话不说了,今天这种形势下,以你的聪明才智,应该知道何去何从。如果你放着合作不走,非要一意孤行的话,你和你的九连纵然是金刚之身,又怎能抵住皇军的乱枪扫射呢?不要废话,按吉田君的命令,我现在开始数数了,数到三,不缴械,就开枪了。一……"

整个山顶像是被吓着了,死一般的寂静。

"二……"肖子亮又喊。

仍然没有回音,仍然是死一般的寂静。

肖子亮看出来了,今天越威是豁出去了,就是被乱枪打死,他也决心不会投降了,于是看吉田光一。吉田光一铁青着脸,不言语,肖子亮的手举了起来,然而,没等他的"三"字喊出口,"哒哒哒",后边突然枪声大作,几个鬼子惨叫着栽倒。

肖子亮吓得一怔,转身一看,不知道什么时候,后边竟杀上来一队人马,正是周兴汉、云萱他们。

周兴汉接到吉田光一带人包围越威的消息时,天已黑下来了。

095

周兴汉是前天晚上带着一营的兄弟回来的，半个月前，一营奉命开到黄河以北，协助兄弟部队发起对日大反攻，取得很大的成绩，但也付出了沉重的代价。预期的目标实现以后，马上奉命撤回黄河南岸的根据地进行补充休整。结果刚回来一天，吃晚饭的时候，通信兵带着一个肩上扛着褡裢的老头风风火火地跑进了营部。

周兴汉一看，来人他认识，老头叫田宝财。田宝财平时帮人看风水，以算卦为生。后来周兴汉做通了他的工作，让他以算卦为名打入沂水城，专门搜集情报。没想到这么晚了，田宝财却突然造访，肯定有大事。果不其然，田宝财喝了一口水，说："周营长，出大事了，今天我在城里遇上一个老相识，正好在肖子亮手下当差，他非缠着我给他算上一卦。我问他咋了，他说马上要出城打仗了，我就诈唬他，打什么仗得说清楚，不然算不准，结果他就全告诉我了，说吉田光一要带人去围剿耧耙山。"

周兴汉一听就急了，这是秃子头上的虱子——明摆着，吉田光一这是奔着越威他们的九连去了。经过这么久的相处和合作，周兴汉觉得越威这人不错，这个时候，于情于理，他都不能袖手旁观。于是马上集合了部队，往耧耙山赶。结果到了地方一看，战斗已经结束，越威带着他的九连已经突围出去。周兴汉放心不下，马上派人四处侦察，不久就收到了消息，说九连进了八角山，而吉田光一的部队尾随追击，双方已经打起来了。周兴汉马上下达命令，部队轻装上阵，长途奔袭八角山，营救九连。

接下来，双方就是一阵激烈的枪战，整个八角山被打得像炸了锅。

越威朝着肖子亮抬手就是一枪，一枪爆头，肖子亮的脑袋当场开花，一头栽倒，与此同时，越威下达命令："兄弟们，冲出去！"一声令下，九连的兄弟们朝着东南角风一般杀了上去。铺天盖地的子弹嗖嗖飞来，越威就地一滚，到了一块大石头后边。

两个小鬼子端着枪小心翼翼地摸了上来，近在咫尺，石头后边的越威弹簧一般突地弹起，朝着两个鬼子扑了上去。三个人倒地的同时，一道寒光划过，一个鬼子的咽喉挨了一刀，血滋出半尺多高；另一个刚要挣扎，一侧的大贵从地上抓了一块碎石，眼一闭砸了下去，正中那鬼子的脑门，血喷了越威一脸。

第十四章

鬼子头一歪，死在草丛里。

越威抹了一把脸，催促道："快跑。"

众人发足前冲。

云萱朝着一个鬼子打了一枪，转脸冲着越威大喊："越威，这边，往这边跑。"

越威等人到了一道山梁下边，山梁很陡，因为紧张，马三脚下一滑，摔倒了。越威一把托了他的屁股，猛地向上一举，马三连滚带爬到了坡上。越威后退两步，一个急冲，噌地一下就蹿了上去。然而，刚一站好，后边的子弹就跟了过来。越威不敢有丝毫停留，弓着腰，一通蛇形奔跑，跟着一滚，到了云萱跟前。云萱又惊又喜，问道："越威，你没事吧？"

越威说："没事。"

周兴汉立时大喊："兄弟们，撤！撤！"

一营的战士们开始掩护着九连边打边撤。

吉田光一气得跺脚大骂："八格牙鲁！"一举腰刀，喝令日伪军追击。

越威他们冲下山坡，朝着田野冲去。可刚跑出没多远，左侧的一片树林里突然杀过来一队人，那是由吉田光一的心腹率领的另一队日本兵。他们按照吉田光一的命令，抄近路堵住了越威他们的去路。

周兴汉大喊："一班长，一班长。"

"到。"一班长答道。

周兴汉吩咐道："你带人殿后，其他人朝西冲。"然而，队伍没跑出多远，吉田光一带着一队人马从另一侧杀了上来。

越威看出来了，这回吉田光一是动真格的了，于是说道："周营长，让兄弟们别扎堆，分散突围！"

周兴汉点头，说："也好，兄弟们，分头突围，冲出后在江家店集合。"

周兴汉带着一队人朝左，越威带着云萱一队朝右，开始分散突围。沿着田埂跑了一阵，前边闪出一条河，河面不宽，河水结了冰。情势紧急，一队人纷纷跳了下去。越威几步跨过河面，刚要上岸，就听身后咔嚓一声，跟着传来一声惊叫。越威下意识地回头，发现是云萱。她脚下的冰突然断裂，人一下摔倒了。越威转身跑过去,刚把云萱抱起,下边的冰又咔嚓一声,这次彻底破了,越威扑腾一下掉了下去,幸亏那河水并不深,没到腰际。在掉下去的瞬间,越威就势把云萱向前一推,她就滑到了河岸边上。越威大喊:"黑娃,照顾云萱。"

黑娃和马三刚把云萱给架了起来,而后边的追兵眼瞅着就到了。越威双手撑着冰面,一攒劲,就蹿了出来,跟着在冰面上一滚,人就到了河岸上。后边的子弹噗噗地就跟了过来。后边的鬼子立时分开,从两侧踩着冰凌冲过河面,继续追。

越威说:"这样下去不是办法,咱们还得分开跑。大贵、马三你们几个往左跑,我带云萱他们朝右,快。"

一队人立时分开。

前边是一道山梁,越威拉着云萱刚要朝山梁上冲,腿上却挨了一枪。他当时就感觉脚下一软,险些栽倒。云萱一怔:"你怎么了?"

越威还没来得及说话,一抬眼,发现一个鬼子举了枪,瞄准了云萱。越威大叫着"小心",与此同时,将云萱一把搂在怀里,身子跟着一转,"噔"的一声枪响,一颗子弹就擦伤了他的后背,血突地一下就出来了。

云萱惊叫:"越威。"

越威强忍着剧痛,一推云萱,说:"我没事,快跑。"两个人跟跟跄跄地冲上山梁,结果没跑出两步,再看,傻眼了:前边竟是一个断崖,崖下铺着积雪。天色昏暗,一时间也搞不清那断崖到底有多深。可在那种情势下,已容不得两人多想了。越威心一横,抱着云萱就滚了下去。滚下去的过程中,越威的脑袋突然被什么狠狠地撞了一下,当时感觉眼前一黑,人就昏了过去。幸亏崖下是厚厚的积雪,云萱虽然被摔得浑身疼痛,人却没有什么大碍。她挣扎着站了起来,发现越威躺在离她很远的地方一动不动,心里咯噔一下,跑过去,一把抱住他。

越威双目紧闭,已经人事不省。

云萱抱着越威,连摇带晃地叫道:"越威,你怎么样?你别吓我好吗?你醒醒啊!"

越威依然没有动静,冰天雪地的,这样下去,越威即使不会因为失血过多

第十四章

而死，也会被活活冻死。

云萱焦急地四下瞅了瞅，发现不远处有一个草垛，于是用了全身的力气，一点点地把越威拖到了那草垛旁，快速在草垛里掏了一个窝，把越威拖了进去。云萱用随身带着的一点止血药敷在越威的伤口上，又把衣服的下摆撕了一块，快速给他包扎好。过了好久，越威突然有了知觉，嘴里发出微弱的声音。云萱终于听清楚了，他是在说冷。

云萱犹豫了一下，然后缓缓解开了自己的上衣，把越威搂在了怀里。等到马三、大贵他们找来的时候，天色已经放亮了。大家七手八脚地抬着奄奄一息的越威一路急驰跑回葫芦山。周兴汉马上派人把镇上的济世堂的王先生给请来了，一通折腾，越威总算保住了性命。从王先生的语气里，云萱听出来了，幸亏有她昨晚上给越威取暖，否则这人就没救了。王先生开了些药，交代云萱，定时给他吃药，静养一段时间人就会康复。大家一直悬着的心这才算落了下来。

第十五章

凤阳镇庙会，集市上，人山人海的，各种叫卖声此起彼伏。

一队日本兵扛着三八大盖沿着码头来回晃荡。

马三手里拎着半斤驴肉从一家驴肉店笑眯眯地走了出来，可一抬头，眼睛似乎叫什么给刺了一下，定睛再瞅，发现街对面一个偏僻的小巷里，一个戴着斗笠的中年汉子迎面走来。马三心里一紧，感觉这人好生面熟，眉毛一拧，突然想起来，此人正是那天在江头铺遇上的那个声称是马占彪姑父的人。马三不由得心中嘀咕："他怎么在这儿？"看那中年人神色紧张，像是有什么重要的事。

马三不敢声张，缩在一棵柳树后边。

中年人步速很快，刚到了巷口，在他的面前突然闪出一个人。那人背着身，马三看不清他的面目，仅从那背影可以判断出来，此人极像马占彪。两个人一打照面，那人冲中年人不动声色地打了一个手势，二人便一前一后，疾步朝一家客栈走去。两个人的举止神秘兮兮的，搞得马三心里七上八下：既然是亲戚，干吗这么鬼鬼祟祟的？于是，马三挤过人群，跟了上去。

马三终于看清楚了，那人果然是马占彪。在走进那家客栈的瞬间，马占彪警觉地四下瞅了瞅。马三立时将身子一转，躲在了一个卖干货的小摊前。马占彪两个人进去了，马三再次迅速跟上。等马占彪两个人进了二楼一个房间，马三蹑手蹑脚地摸到了窗下。屋里传出了马占彪的声音。

马占彪压着声音说："老石，再帮我做件事。"

老石说："上次你让我装你姑父，答应给我两块大洋，结果弄到现在，一个子儿也没见着。"

马占彪说："当时事情急，一时腾不出手给你现钱，我现在补上，给你五块光大洋。"说着，"咣当"一下，将五块大洋摆在桌子上。

第十五章

老石见钱眼开，拿起大洋，装进了口袋里，抬头看马占彪，低声问道："占彪，你实话实说，丁富贵的死是不是你干的？"

马三听得心头一紧，不由得将头又朝窗户上贴了贴。

马占彪没有回答，嘴角处挤出一丝笑。

老石说："你小子挺狠的。哪天你不会也对我下手吧？"

马占彪脸色立时严肃起来，说："老石，这么久的兄弟，你信不过我？"

老石反唇相讥道："马三跟你不也是一起玩得挺铁的兄弟吗？你不照样联合丁富贵收拾了他们？"

马三听到这儿，倒吸了一口冷气。

马占彪说："老石，这事你说到我这儿算是个完，再不能让第三个人知道。"

老石说："你用不着吓唬我，是非轻重，我心里有谱。大不了，像丁富贵一样，瞅个机会，你把我也做了。"

马占彪冷笑一声，说："你跟丁富贵不一样，我弄他，是他狗日的太黑了，每次帮他做完事，都是他拿大头，我帮他出生入死，可到头来总是只能捞渣喝，还得对他感恩戴德的。都他娘的爹生娘养一场，凭什么我就得看他脸色行事。老石，你放心，我马占彪也是有情有义的人，等哪天我发达了，我保证你跟着我吃香的喝辣的，舒舒坦坦地过完下半辈子。"

老石说："这些都是后话，等你发达的那天再说吧，先说眼下，你说，有什么事要我帮忙？"

马占彪说："记得你以前跟我说过，沂水镇稽缉科的科长鲁之干是你亲戚？"

老石说："早出五服了，多少年不联系了。自从跟了日本人，这小子鸟枪换炮，发达了，成天介眼睛朝上翻，我跟他几乎说不上话。"

马占彪说："这都没事，只要沾着亲戚就好办，钱不是问题，需要多少，我出多少，你今夜里就去找他。"说着，马占彪从怀里掏出一个红包，打开一看，是一根黄灿灿的金条，惊得老石半天合不上嘴。

马占彪说："老石，你将这东西转交给鲁之干，约他今晚上跟我见个面，我有事跟他商量。见面地点还是这家客栈。"

老石怔怔地看着那根金条，没有说话。

马占彪说:"老石,都是兄弟,我信得过你,你可千万别让我失望啊。"

老石说:"你还怕我跑了?"

马占彪笑了笑,说:"没那意思,我知道你老石知道轻重。好了,走吧。注意点安全,别让人看见。"

马三旋即转身,一个箭步到了拐角处,一闪,躲到了墙壁后边。

马占彪打开门,左右瞅了瞅,发现没有异常,冲老石一摆手:"走吧!"

马三看二人慢慢走远,才蹑手蹑脚地下楼,出了集镇,飞奔回去给越威报信。

越威这段时间一直住在一营的驻地葫芦山养伤。由于云萱的精心照料,他的伤情恢复得很快。越威正在擦枪,这段时间由于受伤,好久没有摸枪,今天出了太阳,天气很好,他正蹲在窗下用油细心地擦枪。马三上气不接下气地跑来,一把拽了越威,说:"连长,连长,出事了,出事了。"

越威说:"出什么事了?"

马三把越威拉到一个没人的地方,将在集市上看到、听到的一切原原本本地说了一遍。

越威一怔,问:"你确定没错?"

马三说:"哎呀,都这个点了,我会说这谎吗?"

越威立时感到了事情的严重性,他现在细细地回味几个月前的那次劫日本人货船的事,越发感觉这个马占彪一定做了手脚。当时,事情紧迫,他只是感到有些蹊跷,没有过多地去考虑,后来又接二连三发生了一些事,他就把这件事给忘了。现在细细推敲,看来这个马占彪的确不是个好人。再联想到这段时间顺义帮要举行选举,前天,云铁山托人给越威捎信说,这个月的初八,顺义帮要举行大选,同时也是他云铁山的六十大寿,希望越威能出席。周兴汉也接到了请帖。越威起初不想去,但周兴汉说:"得去,咱们初来乍到,得跟这些地方上的势力搞好关系,否则,以后很难立足。何况,云铁山又是云萱的父亲,于情于理,这个活动咱们得参加,到时我陪你去。"

联想到这一系列事情,越威预感到事情很复杂,于是压低了声音跟马三交代:"你马上去通知大贵,要他带人暗中盯上这个老石。下手不要太早,以免打

第十五章

草惊蛇，但不能让他跑了，无论如何把他给我捆来。"

马三还想再说什么，越威说："旁的别再多问，余下的事我来安排，去吧！"

转眼到了第三天，顺义帮的选举大会在江浙会馆如期召开。越威和周兴汉应邀如期而至。

戏楼上摆了一溜桌子，云铁山稳坐中间。越威和周兴汉挨着云铁山就座。台下的桌子上放着两个大瓷盆，一侧是两袋黄豆和绿豆。

大会开始。

云铁山说："今天把各位召集来，有件重要的事要公布，我这个帮主当了这么多年，没有给顺义帮带来多大的名气和声望，可日子过得还算可以，这一切都跟各位兄弟的鼎力支持是分不开的。然而最是人间留不住，朱颜辞镜花辞树。人生百年，转眼，我就老了，这是自然规律，没什么可说的。可我老了，顺义帮没有老，顺义帮的事业不能老，所谓长江后浪推前浪，一代新人换旧人，顺义帮帮主得有人补上。我的意思是就从马占彪和谷传文两个人当中挑选，请大家来，就是想听听各位的意见，都是自家兄弟，不必拘束，各抒己见，感觉谁合适这个位置就直接说出来。"

接下来，主事人宣布了投票规则：支持谷传文的，取绿豆，放在左侧的大盆；支持马占彪的抓黄豆，放右侧的大盆。每个人只准投一个，整个选举过程有人负责监视，作弊者取消选举资格。

大会一直进行到中午。结果报上来了，主事人站在台中央，大声宣布选举结果：谷传文胜出。

然而，话音未落，下边一直坐着的马占彪却突地站了起来，说："我有话要说。"

所有人都一愣，皆将目光转了过来。

主事人不知如何是好，看了看云铁山。

云铁山依然四平八稳地坐着，点点头，说："请讲。"

马占彪说："我对这样的结果不服气，凭什么他谷传文就比我更胜任帮主这个位置。这绿豆、黄豆的算个屁，都捂着心窝子说话，来了这么多人，真正了解我和谷传文的有几个？他们还不是看师傅你的脸色行事。在我和谷传文之间，

103

你明明偏向着谷传文，傻子都看出来这一点。"

云铁山脸色铁青，一拍扶手，说："马占彪，你他娘的满嘴跑火车，胡咧咧什么，我作为师傅，一碗水从来端平，对所有人一视同仁，是你自己技不如人，不从自身找问题，反倒信口雌黄，抱怨别人。"

马占彪不以为然，哈哈一笑，说："都他娘的不是傻子，别揣着明白装糊涂，偏不偏向，你自个儿心里清楚。我马占彪跟了你这么久，尽心尽力为帮会做事，换来了什么？你作为一帮之主，这样对我，心安理得吗？"

云铁山呼地一下站了起来，怒发冲冠，说："马占彪，你小子真是很会演戏啊，明明干着吃里扒外的勾当，还他娘的一副一身正气的狗模样。"

马占彪并不示弱，说："云铁山，念在咱们师徒一场的情分上，我最后再叫你一声师傅，你不要血口喷人，谁吃里扒外，拿出证据来。"

越威站了起来，喊道："马三，上来吧。"

马三从后边走了出来，红着脸说："马占彪，你自个说说，昨天你在庙会干了什么事？"

马占彪一愣，说："马三，你跟踪我？"

马三说："都是光屁股玩大的兄弟，没想到你狗日的这么狠，为了一点钱财，你竟对自己兄弟痛下杀手，我他娘的真的看错你了。"

马占彪依然嘴硬，骂道："马三，你在胡说什么？什么庙会？什么对兄弟下手？我他娘的不是那种人。"

越威说："看来今天不拿出铁证，你准备死抗到底了。好吧，大贵，把人带上来。"大贵几个人押着老石，拖死狗似的将他弄到台上。

马占彪看见老石，身子不由得颤了一下。他知道，一切全暴露了，再死抗也没啥意思了。丁是双眉一拧，眼里露出了杀气。

云铁山说："马占彪，你现在还有什么说的？"

马占彪没有言语，手却悄悄地伸进了腰里。

云铁山说："吃里扒外，陷害兄弟，勾结日本人，按帮规当死，弟兄们，动手。"

马占彪冷冷一笑，说："老东西，可惜你没机会了。"骂着，呼地一下，已

104

第十五章

将那把左轮手枪从腰里拽了出来,抬手就打。

越威惊得大叫:"小心。"喊着,一个前扑,将云铁山扑倒在地,子弹擦着两个人的头皮飞了过去。

云铁山惊出一身冷汗,大声命令道:"老七,带人摁了这个狗日的。"

老七带着几个人刚要往前冲,被马占彪抬手几枪,撂倒在地。

越威一个鲤鱼打挺,飞身从戏楼上跳下,高声大喊:"大贵,赶紧关门。"

大贵几个人醒过神,发足往门口冲,刚要关门,可晚了,会馆外边,黑压压的日本兵潮水般冲了上来。

昨晚上,鲁之干接受了老石的金条,连夜带着马占彪见了吉田光一,三个人合计到半夜。吉田光一承诺只要马占彪跟他合作,他将出兵,帮助马占彪干掉云铁山,从此以后由马占彪来执掌顺义帮,与皇军共同治理沂水地区。所以,就在顺义帮开会的过程中,吉田光一带人悄无声息地将会馆层层包围,他与马占彪约定,以枪声为号,只要里边马占彪的枪声一响,他将带人冲进去将云铁山、越威他们一网打尽。

大贵几个人还没把门关上,大队的日本兵已涌了进来。

"哒哒哒",一阵乱枪,又有几个顺义帮的兄弟惨叫着栽倒,大贵左膀被子弹打着了,血立时把衣服染红了一片。

这一幕来得太过突然,连云铁山都有些措手不及,惊诧着起身,然而,就在他起身的刹那,马占彪又一次举起了枪,这一枪打中了云铁山的心窝,云铁山疼得一努腮帮,前后晃了几晃。

越威转身,惊得大叫"小心"的同时,飞身上了台子,一把抱了云铁山。云铁山脸色苍白,喘着粗气,欲言又止。

马占彪手里的枪再次举起,枪口对准了越威的后心。"嘡"的一声,子弹喷膛而出。陈大勇冲到越威身后,替他挡住了那颗子弹,子弹穿了陈大勇的左胸,带出一条长长的血线,大勇惨叫着倒地。

醒过神的越威歇斯底里地大叫:"大勇。"跑过去一把将他抱起。

陈大勇嘴角鲜血突突直流,脸色苍白,气若游丝,说:"连长,我不行了,不用管我,赶紧带云师傅他们跑吧,快。"说着慢慢地闭上了眼睛。

此时的大门口，大批的小鬼子已经涌入，跟顺义帮的兄弟们混战一处。越威抹了一把眼泪，将陈大勇轻轻地放在地上，冲着台下大喊："大贵，保护云师傅，冲出去。"喊着，背起地上的云铁山冲下了戏台。

大贵带着几个兄弟拧成一股，在前边拼死冲杀，闯出一条血路，越威背着云铁山疯了一般往外跑。

场面太混乱了，马占彪费了好大的力气拨拉着眼前晃动的人群，但枪口终于还是不能锁定越威，于是气急败坏地推倒几个缠在一起拧打的小鬼子，冲到一个石台上，冲天放了几枪，高声大喊："所有顺义帮的兄弟都给我听着，现在你们已经被层层包围，识相的就放弃这种徒劳的反抗，我会在吉田光一太君跟前替各位美言，只要兄弟们听我指挥，我保证，跟着我在场的诸位以后的日子里有享不尽的荣华富贵。否则，只有死路一条。"

此言一出，果然奏效，真有一部分人放弃了抵抗。

越威他们越发显得势单力薄，大贵带着九连的兄弟殿后，死死地挡住蜂拥而至的小鬼子，一阵血战，退至门口，刚要跨过门槛，"哒哒哒"，一枪乱枪，又有几个兄弟栽倒在地。

越威背着云铁山已经冲出会馆，回首再看院内，已是尸横遍地，血流成河，可那一刻情势紧迫，已容不得他再多想，于是牙一咬心一横，带着大贵几个人沿着青石板路发足狂奔。

而后边的马占彪和吉田光一带着人穷追不舍，边追边打枪。奔跑中，又有一些兄弟被子弹击中，接二连三地倒地。等终于跑出镇口，越威左右看了看，发现身边只剩下周兴汉、马三、大贵几个人了。出了镇，一口气又跑出十几里山路，抬眼一看，前边闪出一道山梁，正犹豫间，山坡上冲出一队人马，定睛再看，竟是一营的战士们。越威背着云铁山，一咬牙就冲上了山坡，在一营战士们的掩护下，边打边撤，最后终于摆脱了小鬼子的追杀。

回到葫芦山，天色已暗了下来。周兴汉马上叫人请来了济世堂的王先生，可等查看了云铁山的伤情之后，王先生直摇头。显然，云铁山因为失血过多，人已经快不行了，脸色蜡黄，气若游丝。一侧的云萱抱着云铁山哭得死去活来。越威心中焦急，却又不知如何劝她。

第十五章

云铁山的嘴角突然嚅动。越威一把抓了他的手:"云师傅,你怎么样?"

云铁山用尽最后一点力气,说:"越威,我怕是不行了。"他说话的语调微弱无力,听起来有点发飘。

听了这话,越威的泪水掉了下来,说:"云师傅,你不会有事的。我们把王先生请来了,他会医好你的。"

云铁山吃力地说道:"人活百岁也难逃一死,我已活了大半辈子,也没什么好留恋的了,唯一放心不下的就是我的女儿云萱。越威,临走前,我有件事想拜托你,希望你答应我,好吗?"

眼瞅着云铁山的呼吸一点点变弱,越威点头道:"云师傅,有什么事你说吧,我答应你。"

云铁山哆嗦着拉了云萱的手交给越威,说:"我这辈子在打打杀杀中度过,最对不起的是云萱和她母亲。她母亲走得早,这么多年,忙于生意,对云萱我也没尽到一个父亲的责任,我心里有愧啊!越威,我死了之后,就把云萱托付给你了,希望你替我好好照顾她,好吗?"

越威一时语塞,他不知道如何回答云铁山。云铁山开始剧烈地咳嗽,跟着大口大口地吐血。看着云铁山那几近哀求的眼神,越威实在于心不忍了,便点头道:"云师傅,我答应你。"

云铁山会心地笑了,跟着,手一松,头一歪,没了气息。

第十六章

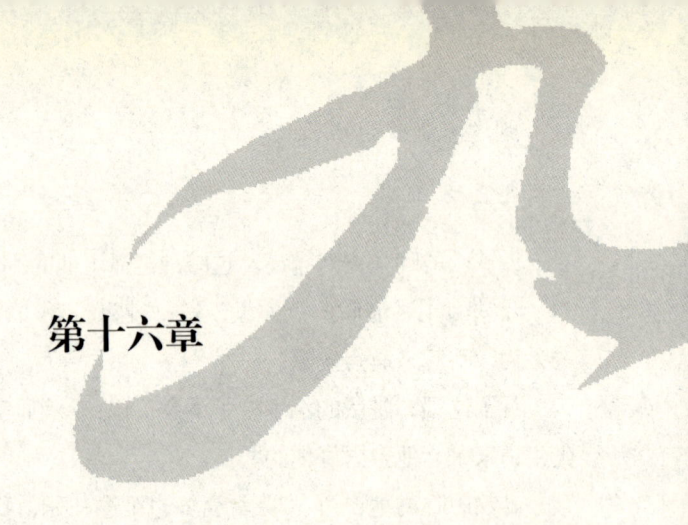

越威终于再次打探到那个孙老板的下落，消息是万青峰带来的。那天晚上，因为天冷，越威都睡了，周兴汉带着万青峰匆匆赶来，跟越威说出一个激动人心的消息。

万青峰说："孙老板有下落了。"

听了这话，越威噌地一下就从床上跳了下来。

万青峰说，前段时间，越威托他帮忙打探孙老板的消息，他又托汉口的朋友帮忙，功夫不负有心人，今天下午，汉口的那个朋友带来口信：孙老板人现在就在汉口。

事不宜迟，越威天没亮就带着马三起程了，火速往汉口赶。因为下雪，越威他们的船在路上耽搁了一些行程，到达汉口码头的时候，已是下午。越威带着马三，上了岸，叫了黄包车，直奔祥和里街道老六茶馆。这是出发前，万青峰告诉越威到汉口后，与他的朋友联系的地点，可等越威和马三赶到茶馆才发现，茶馆大门紧闭，二人不由得心里一紧。茶馆的对面是个小酒馆，一路颠簸，二人早已是人困马乏，饥肠辘辘，越威说："先吃点东西再说。"

肩膀上搭着毛巾的酒保将饭菜上好，刚要转身，被越威喊住了。越威压低声音问酒保："兄弟，对面的老六茶馆今天为什么没开张啊？"

酒保一愣，打量了一下越威，说："爷，您外地来的吧？"

越威点头。

酒保四下看了看，俯在越威耳边低语："昨天，也就是这个时候，突然来了一队宪兵把茶馆给围了个水泄不通，要抓茶馆的陈掌柜，结果双方就发生了激烈的枪战。陈掌柜这人好样的，拒不投降，看看最后实在是突围不出去了，便饮弹自杀了。日本人就把他的尸体拉走了。"

第十六章

这话听得越威、马三两人暗吃一惊，忙问："拉哪儿了？"

酒保摇摇头，说道："具体拉哪儿，那就不晓得了。"

话音未落，忽听得窗外"嘡嘡嘡"一阵枪响，所有人都一愣。

越威闻声扭脸看窗外，不远处的十字路口突地冲出一队宪兵，在追一个人，边追边打枪，而前边那人的身手却极其敏捷，冲下那座石拱桥的瞬间，转身朝左跑，一个箭步，就蹿上了一堵院墙，速度快得惊人，倏地一下人就没了。这突如其来的一幕把酒馆里吃饭的人都看傻了。

越威也不由得暗自佩服那人的身手，虽没有看清对面的面目，但那背影却似乎在哪儿见过，具体在哪儿，一时却又想不起来，顿时心中疑窦顿生，于是拉了马三，冲出酒馆，追了上去。前边那人穿墙过院，好一阵疾跑，终于把后边的日本兵给甩掉了，然后，身形一闪，进了一条胡同，到了一个小院前，推开门，刚要进去，越威和马三却从对面走了过来。那人脸上的神情不由一紧，刚要掏枪，可再定眼一瞧，惊讶代替了紧张，他认出来了，不由得脱口叫了一声："越威。"听到对方喊自己的名字，越威愣怔的瞬间，也看清楚了，那人竟是罗鸿恩。

这场意外的相遇，令双方都感到惊喜。罗鸿恩机警地四下瞅了瞅，发现没异常，便将越威、马三拉进了房间。简单的寒暄之后，切入正题。

罗鸿恩说："你们怎么来汉口啊？"

越威也不隐瞒，把实情讲了。

罗鸿恩说："老六茶馆的陈掌柜的确牺牲了，我今天之所以被宪兵追杀，就是因为陈掌柜牺牲后，我奉命替他完成一项重要的任务。"

马三插话道："什么任务？"

罗鸿恩："具体什么任务，不方便说，但我可以跟你们透露一点，那就是这个任务负责跟我接头的人就是孙老板，他明天就要带着情报乘船离开汉口，去延安开会。"

越威一下来了精神，说："罗兄，孙老板明天在哪儿乘船，几时动身，希望你告知，我必须找到他，真的，这事关系我们师长的荣誉和清白，也关系到我们师几千兄弟的荣誉和清白。"

罗鸿恩沉吟了一下，说："明天晚上八点，风铃渡码头。"

大街上热闹非凡，流光溢彩。越威带着马三，两个人无心欣赏夜景，匆匆赶路。不一会儿，到了一个广场，广场一角有幢大楼，霓虹闪烁，大楼的入口上方写着几个大字：大富豪电影院。门口贴着影片《马路天使》的大海报。看电影的人很多，男男女女的，排了很长的队。

　　影戏院，越威以前见过，却一直没有进去过，虽然对这玩意也好奇，可心里装着事，于是拉着马三步速不减，一心赶路。马三的眼睛却不住地往影戏院瞟，边走边跟越威低语："哎，连长，你看那个女孩多漂亮，嘿，连长，她老盯着你看呢，真的。"

　　越威不耐烦了，说："废什么话，赶紧走。"

　　马三说："哎，连长，连长，你看你看，有个家伙朝那女孩子贴上去了，我看这家伙不像好人哪！"

　　马三说的没错，就在越威拉着他赶路的当口，一个头戴鸭舌帽的年轻人鬼鬼祟祟朝着排队的人群走了过来，结果到了一个女孩身侧，猛地一撞，夺了她手里一个坤包，撒腿就跑。那女孩身体纤弱，经此一撞，惊叫着歪倒。

　　听到女孩子的惊叫，越威不由闻声回头，发现那女孩已倒在了石阶上。女孩看上去年纪不大，估摸也就十八九岁的模样，穿着件月白色的小短褂，灰色的百褶裙，橘色的灯光更给她那白皙清瘦的脸蛋增加了几分凄美。本来就弱不禁风，这一摔，那副痛苦的表情更是叫人怜惜，再看那抢包的年轻人接连又撞了几个行人之后，眨眼已跑出很远。见此情景，越威根本顾不上多想，箭一般就朝那年轻人追了上去，"噌噌"连着跳过几个栅栏，眨眼工夫，截了那年轻人的去路。那年轻人还没有回过神，已被越威放翻在地，随着几声哨响，冲过来几个巡捕房的警察，连推带搡把那年轻人给押走了。

　　女孩清澈的眼睛目不转睛地盯着越威，重复着两个字：谢谢，谢谢。然后就是不停地鞠躬，弄得越威都有些不好意思了。

　　越威将包还给那女孩，说："没伤着吧？"

　　女孩瞪着无辜的大眼睛冲着越威摇头，那模样，可爱单纯，惹人怜惜，把一侧的马三迷得神魂颠倒，目不转睛地盯着那女孩子看。这时，剧院顶上的大钟响了，越威抬头，发现时间已经是七点半，心里不由一紧，拉了马三，转身朝着码头发足狂奔。可到了码头，发现还是晚了，孙老板乘坐的那艘客轮已经起锚。

站在江边，越威和马三两人急得捶胸顿足，却也无济于事，客轮渐行渐远。然而，就在越威、马三心急如焚之际，突然听得远处传来轰鸣声，抬头一看，夜空中，一架飞机由东南方向急速飞来，不一会儿，已飞抵孙老板乘坐的那艘客轮上方。飞机在空中盘旋了一圈之后，机头突然下压，一个俯冲，机腹大开的同时，几枚炸弹如母鸡下蛋般从天而降，伴着几声震耳欲聋的爆炸声，客轮立时黑烟滚滚，大火冲天，整个江面被映得通红一片，各种撕心裂肺的惨叫声不绝于耳。

这意外的一幕把越威、马三惊得目瞪口呆。过了好久，火光散去，江面上又恢复了原有的平静。终于醒过神的越威才意识到，那个他长久以来一直苦苦找寻的孙老板已经随着这艘被炸毁的客轮沉入江底，而随着孙老板的离去，所有为师长沉冤昭雪的线索也都将被彻底斩断了。

回到客栈，夜色已深，越威、马三两个人围桌而坐，一脸惆怅。

马三说："连长，接下来咋弄啊？"

越威懊恼地叹了一口气，说："先睡觉。"然而，两个人刚一躺下，"噌噌噌"，外边却突然传来一阵清脆的枪响。正是夜深人静之时，枪声听起来格外刺耳。

越威和马三打了个激灵，就醒了，睁眼的刹那，一骨碌从床上爬起，马三要点灯，被越威一把摁住了。二人蹑手蹑脚地摸到窗前，外面，雪住天晴，月亮出来了。借着月色，发现街道上由远及近跑来一个人，眨眼工夫已到了客栈门口，而后边有一队黑压压的日本兵在追，边追边射击。被追的那人到了客栈外边，飞身上墙，沿着墙根疾驰一阵后，沿着木梯子就上了二楼，说话间，已到了越威他们的窗前，抵近，借着月光，越威一下认出来了，那人竟是郑之建。四目相对的刹那，显然，郑之建也认出了越威，脸上露出诧异之色。刚要说话，却被越威一把抓住，隔窗拽了进来。三人蹲在窗下，屏气凝神，听了一阵，直到那队日本兵沿着胡同跑远，三人才长出一口气。

郑之建平了平呼吸，看着越威和马三："怎么是你俩啊？"

马三说："我们正想问你呢？怎么是你啊？"

那次从楼耙山突围后，郑之建腹部受伤，幸亏由越威拼死相救，到了新四军一营的驻地。周兴汉又请来郎中为他治病,幸亏救治及时,半个月后得以康复。因为狼牙洞被毁,那个简易的兵工厂也没办法再继续开下去了,郑之建就提出回去。越威也不好勉强,就由大贵带人护送郑之建回到了71师,一别多日,没想到,今晚上竟在这儿碰上了。

在跟郑之建接下来的聊天中,越威才了解事情的来龙去脉。

郑之建说,他回到71师的第七天,被一个电话叫到了军部,张军长亲自找他谈话,安排他去汉口执行一项高度机密却又极其危险的任务:搜集日本人计划在今年夏季发动攻势的重要情报。军长说,这项任务艰巨而危险,我们第一批派出的侦察人员已经不幸遇难。考虑到郑之建有出国深造的背景,经过慎重考虑后,才决定派他去执行这项任务。张军长问他有没有什么要求。郑之建知道,这个时候,军长找到他,行不行,这任务他都得接了。于是说没什么要求。接下来张军长就亲自向他交代到了汉口后,要注意的那些事项及联系人。就这样,郑之建几天后就赶赴汉口,按照预定,他到汉口后要去一个叫朱记的酱菜馆找一个叫朱老板的人,由朱老板负责给他做一套假的身份证明,他要伪装成一个造船的工匠。可不曾想,就在他跟朱老板接头的当口,身份暴露了,为了掩护郑之建脱险,朱老板也牺牲在乱枪之中。

越威说:"还有没有第二套方案?"

郑之建摇头。

"有没有时间限制?"

"有,三天为限。如果三天搞不到这份情报,我们的所有拒敌布置和措施都会延迟,如果那样后果不堪设想。"

第二天,起了床,吃过东西,越威、郑之建、马三三个人在街上溜达了一个上午,一无所获,中午时分,三人进了一家餐馆。吃着饭,透过窗户,越威看见街中央的古楼前搭了个台子,很多人正忙着插旗扯布。

越威叫了堂倌,问道:"那边干吗呢?"

堂倌说:"爷,明儿咱这儿庙会,那是戏台,钱二爷请的。"

越威说:"钱二爷谁啊?"

堂倌一愣,道:"爷,外边来的吧?"

第十六章

越威点头。

堂倌说:"呀,提起钱二爷,汉口城谁人不知,谁人不晓。"

越威兴起,道:"说来听听。"

堂倌四下瞅了瞅,然后俯在越威耳边低语:"这个钱二爷,大名叫钱万钟,日本人没来之前,在道上混的,手下人马上千,日本人来了之后,他就投了日本人,做了皇协军头头,人称钱司令。平日里威风得很哪!"

有客人要酒,堂倌应着声,跑了。

喝着酒,越威听邻桌的几个人也在谈论明天唱戏的事,就支了耳朵听。

其中一个说:"听说钱万钟请来这戏班子是给他未来的丈母娘贺寿的?"

另一个说:"是!钱万钟前段时间看上了西关王婆的闺女,这女人长得那叫一个骚情,人送绰号'赛西施',把钱万钟迷得晕三倒四的。"

又一个低声说道:"嘿,哥几个,听说这王婆女儿还没成婚,已经叫钱万钟给日了啊!"

几个人感到意外,道:"你咋知道的?"

"东街张家水果店负责送货的水哥亲口跟我说的,王婆母女经常叫他送水果。次数多了,钱万钟跟王婆女儿的事就被水哥发现了。水哥还说,这姓钱的哥们每个月逢十、十五,就会来王婆家过夜,好几回,都被水哥碰上了。"

说者无心,听者有意。越威掐指一算,今天正好是五月初十,于是马上叫堂倌结账,三人快步走出酒馆,一路打听,不一会儿就到了张家水果店。一个年轻的伙计在门口招揽生意,正是水哥。水哥看越威三人走来,于是迎了上去:"爷,买水果?"

越威点头,说:"不过得麻烦你送我家里去。"

水哥一口答应,水果称好,挎起柳条筐跟着三人就走。

七拐八绕,眼瞅着出了城,水哥有点警惕起来,问:"爷,府上在哪儿呢?"

"到了。"

水哥四下一看,眼前是片废墟,周围全是一人多高的荒草,再看越威,已经从裤腰带里掏出了枪。

水哥吓得浑身哆嗦,扑腾就跪下了,说,"爷,长这么大,我可是光做好事，没做过坏事啊！"

越威说："咱现在做的就是件好事。"

水哥说："啥？"

越威说："钱万钟你知道吗？"

"知道。"

"西关王婆呢？"

水哥一愣："你找她做啥？"

"甭废话。"

水哥知道，这个时候，他敢说半个不字，脑袋就得开花，只得点头。就这样，七拐八绕，到了西关，进了一个小巷子，沿着青石板路朝里走了一段。在水哥的指引下，找到了王婆的院门。

越威从腰里拿出几个铜板，算是报酬，塞给了水哥，并警告说："这事不能再传给其他人知道，要是走漏了风声，我弄死你！"

水哥战战兢兢地接了钱，转身跑了。

三个人在附近找了家茶馆，一直挨到天黑，隔着窗户，看见一辆汽车开来，在王婆家的门前停下。车门一开，下来那人正是钱万钟，穿着皇协军的服装，后边跟着卫兵，显然威风八面。

门被拉开，钱万钟走了进去。

越威三个人在茶馆一直坐到半夜，看看时间差不多了，出了茶馆，朝着王婆家走去，到了之后，飞身上墙。蹲在墙根处，越威快速地观察了一番，发现东西两头的厢房里的灯还亮着，西厢房还传出吵闹声，听得出是钱万钟的几个卫兵在推牌九，东厢房里窗户上有两个人影在晃动，很明显是钱万钟和王婆的女儿。

越威冲郑之建、马三二人挥了挥手，按照事先约定，三人分头行动。郑之建、马三摸到西厢房负责解决那几个卫兵，刚到台阶处，门突然开了，郑之建和马三立时闪到台柱后边，一个卫兵打着哈欠出来，拐到屋后解手，刚解开裤子，就被马三给搋住了，一拳打晕了过去。之后，马三跟郑之建一前一后走进了房间。里边的几个卫兵正赌得起劲，谁也没抬头注意二人，等终于回过神时，

第十六章

所有的枪支已经被马三抱到了门外。几个家伙刚想反抗，郑之建手里的枪就抬了起来，说："想活命，就别出声，否则，一枪一个。"

几个卫兵立时哑了。

越威这边已经到东厢房门口，郑之建和马三的动作虽然迅速而安静，可钱万钟似乎嗅到了什么，屋里的灯竟突地灭了。越威不再迟疑，箭步前冲，一脚将门踹开。钱万钟刀尖上滚了这么多年，果然不是吃素的，见有人冲进来，马上在床上一滚，翻身就抓了床头的小木柜，朝着越威砸了过去。

越威下意识地将身一侧，木柜哐哧一下把门后的花瓶砸个粉碎。这当儿，钱万钟一伸手抓了枕下的短枪，抬手就打。越威单脚起跳，一个边腿就踢了过来，这一招快如闪电，正踹在钱万忠的腮帮上。钱万忠一声惨叫，从床上栽了下去，刚要起身，越威的枪已顶着他的脑门。

越威说："你要再动，我一扣扳机，你这脑袋就成爆玉花了。"

钱万忠脸吓得都成猪肝了，瞪着越威问："爷们，咱们远日有怨？"

"没有。"

"近日有仇？"

"没有。"

"那素昧平生，干吗对咱下狠手？"

越威说："有件事需要你帮忙。"

"请说。"

"三天后，日本人在汉口有一个重要会议要开，你可知道？"

钱万钟犹豫了一下。

越威抖了抖手里的枪，说："钱司令，我听说你以前是在道上混的，还算有点血性，你不会糊涂到心甘情愿为日本人卖命的份儿上吧！"

钱万钟说："是有一个重要的会议要开，皇协军协助安保工作，我已安排我的一个副官全权负责。"

"什么会议？"

"具体内容我不清楚，但我知道明天有一个日本人的高级官员要来，在他随身携带的一个公文包里，有一份机密文件。"

"所经路线？"

钱万钟说："一时说不清楚。"

"那就画出来。"越威在抽屉里翻出纸和笔，推到钱万钟跟前。

钱万钟知道，这时候他已没有别的选择，于是用笔画出了路线图。

越威将路线图收起，这时郑之建和马三已将那几个卫兵押到了院子里，越威吩咐马三将几个卫兵的衣服给脱下，双方替换了衣服，然后又一一捆了，押上车。半小时后，车开进一座山下，上了山，又在荒草丛中钻了一阵，前边闪出一座古刹，几个卫兵和王婆及她的女儿被推进古刹里，用一根又长又粗的绳子捆在一起，然后绑在石柱上。

越威说："钱司令，得委屈你跟我们走一趟。"

钱万钟看了一眼王婆他们几个："他们呢？"

越威说："时间到了，我会放你来救他们。"说完，几个人押着钱万钟关上古刹门，下了山，开车走了，此时，外边天色已亮。

半个小时后，汽车进了城，到了一个关卡，被拦下，两个伪军端着枪走了过来。越威不动声色地用衣服下边的枪顶了顶钱万钟的腰，低声交代："放自然点。"

车窗摇下。伪军认出了钱万钟，马上敬礼："钱司令好。"

钱万钟不耐烦地骂了一句："废什么他妈话啊，赶紧放行。"

伪军们不敢怠慢，慌忙将鹿砦拉开。汽车在城里又七拐八绕地开了一阵，到了一个十字路口，一拐，进了一个胡同，然后停下。

越威拿出那份钱万钟画的路线图，指了指上边的一个位置，推给钱万钟看。

钱万钟说："这就是金融街，是今天参加会议的日本人的车队必经之地。"话音未落，楼顶的钟声响起，十点钟了。伴着钟声，前方不远的街道拐角处闪出一支车队。越威几个人隔着车窗，不动声色地看着对面的车队越来越近。

几辆三轮摩托和卡车开过，后边跟着驶出一辆黑色轿车。

钱万钟压低声音道："那个日本的高级官员乘坐的就是这辆车。"

钱万钟说的没错，此时的黑色轿车里坐着一个中年人，一身笔挺的黑色西装，留着仁丹胡，戴着一副金丝边的眼镜，此人正是刚刚从天津接受了密令前

第十六章

往汉口布置作战方案的日军特高科科长左藤一郎。左藤的脸一路紧绷着,他的一只胳膊下夹着一个黑色的公文包,另一只胳膊不停地抬起,看着时间,显得有些心急。

而此时的越威目不转睛地盯着左藤乘坐的那辆黑色轿车越来越近,突然,他的手猛地下压,"冲上去"。

郑之建猛地一踩油门,汽车犹如一匹脱缰的野马,轰鸣着就冲了上去。这一幕发生得太过突然,惊得负责给左藤开车的那个司机目瞪口呆,等他终于缓过神,猛打方向盘,想要躲开的时候,已经晚了,越威他们的那辆汽车直接就撞了上去,就这样,一场人为制造的交通事故不可避免地发生了,左藤乘坐的那辆黑色轿车直接就被撞飞,在地上连着翻了好几个滚,被路边的一个石块挡住,车体被撞得极度变形。左藤和司机当场倒在被撞扁的汽车里,鲜血直流,昏迷不醒。一时间,场面大乱,那些负责保卫的日伪兵纷纷跳下车,端着枪冲上来,开始七手八脚地把左藤和司机从车里往外拽,而越威、郑之建、马三只是受了轻伤,并无大碍。三人趁乱钻出汽车,混迹在人群中,挤到那辆被撞翻的黑色轿车边。越威一伸手,就抓到被左藤遗留在座位上的那只黑色公文包,当时那场面混乱不堪,也没人注意到他的举动,救护车来了,左藤和司机被送往医院。场面依然混乱,人声嘈杂,拿到了那个公文包之后,越威冲郑之建、马三使了一个眼色,三人便又趁乱迅速挤出人群,转身进了一条胡同,然后发足狂奔。

第十七章

越威决定带着九连暂时接受71师的改编。

那天，越威带着马三、郑之建三人制造车祸趁乱抢到装有情报的黑色公文包后，连夜出城，赶回71师。得知上峰要的情报已搞到，马大炮很高兴，设宴款待越威他们，一直喝到后半夜，等众人陆续散去，郑之建问越威接下来有何打算。

越威说孙老板这一牺牲，现在真的不知道接下来如何走了。自打凤凰山突围后，这么多天来，为了能给师长及那些在战场上牺牲的兄弟讨个说法，还他们以清白，苦苦找寻这个孙老板，等历尽千辛万苦，眼瞅着就要找到的时候，孙老板却牺牲了。

郑之建说："越威，说实话，认识这么久了，我真的很佩服你的性格和为人，所以今晚上咱兄弟俩就推心置腹地聊一回。我心里怎么想的就怎么说了，你别介意。我还是那句话，既然现在情况已经这样，不如暂时接受改编，来71师吧。说实话，越威，我对你，对九连兄弟们的抗战决心和热情从来没有任何怀疑，可毕竟抗日这种事情不是哪个人、哪个小的团体就能单独完成的事儿，何况你和九连的兄弟这么漂着真的不是个办法。加入了71师，再怎么着，起码背后也有个强大的组织和靠山，否则，你和九连就像一条在茫茫大海里航行的船一般，这样下去，何时是个头，到哪儿又是个岸？我的看法是，即使71师到时不能给你和九连提供明确的方向，可怎么着也是一个暂时的避风港湾。那样的话，咱们兄弟也好齐肩并战，为眼下的抗战大业出点绵薄之力。"

听罢郑之建的话，越威沉默了很久，最后，抬起头说："郑兄，这件事你让我再考虑考虑，至少，我得回去跟兄弟们商量一下。"

就这样，第二天，越威回到葫芦山，跟兄弟们讨论了很久，大家的一致意

第十七章

见是听越威的，只要越威决定了，那兄弟们就指哪儿打哪儿，无条件服从。

当天晚上，越威又找到周兴汉，把想法谈了。周兴汉对越威的选择当然充满了惋惜，可还是笑了笑，表示理解、尊重越威的决定。

周兴汉说："越威，说实话，我是真的想把你留在新四军，通过这么久的接触，我觉得咱兄弟俩认识真的是缘分，性格相投不说，更重要的是，我一直坚信，如果咱兄弟俩能联手，理应能做出更大的事来。可话又说回来，人各有志，既然你选择了去71师，我尊重你和九连兄弟的决定，不过，如果你什么时候感觉在那边受了委屈，想回来了，就回来，新四军的大门永远向你和九连敞开着。"正说着，云萱推门走了进来，大家都知趣地起身离开，为俩人的单独相处提供空间。隔着油灯，云萱和越威就那样坐着对望了一会儿，云萱开口了。

云萱说："真的决定要走吗？"

越威点点头，说："云萱，说实话，我这么做，你不会怪我吧？"

云萱摇摇头，说："留在新四军也好，还是去71师也罢，别管留在哪儿，只要你决定了，我都支持你，但无论到了哪儿，有件事你一定要答应我好吗？"

越威点点头。

云萱说："你一定要答应我，不管什么时候，你都要好好保重自己。"此时，夜色已深，月挂中天，如水的月光透过窗棂照在云萱的脸上，使云萱那张好看的脸蛋越发迷人，一双如秋水般的眼睛在月色下闪着晶莹的光泽，她的模样令人怜惜，她的要求令人不忍拒绝。

越威点了点头，说："我答应你，你也一样，一定要好好保重自己。"

就这样，第二天天一亮，越威就带着九连离开了葫芦山，加入了71师。实事求是地说，最初的一段日子里，马大炮对越威和九连还算慷慨热情，命军需处给越威他们配发了新衣新被，还更换了新的装备。然而，时间一长，越威就发现这个马大炮作为一个国军师长其实做人极不厚道，心胸狭窄不说，还是个彻头彻尾的反共专家，放着日本人不打，专门安排他手下的部队跟新四军对着干，制造摩擦，并且还大发国难财，私底下跟上海一些外国人经营的公司做生意。再后来，越威发现跟马大炮来往密切的那些生意人当中，有一个叫田芳的女商人。越威第一次见到田芳，是马大炮安排他带领九连押运一批货到扬州，在扬州负责接货的就是田芳。田芳二十多岁，人长得很漂亮，气质也很好，只是口音有些古怪，听起来像福建、广东那一带的人，可细听又不大像。那天，卸了货之后，她亲自招待越威，她告诉越威，她的祖籍是广东的，她在南洋读的书，回国后，就帮着父亲打理生意。推杯换盏中，越威发现田芳看他的眼神不大对劲，火辣辣的，撩人心扉。看得出来，那晚田芳的兴致很高，言谈举止中透着暧昧的味道，越威对她却发自内心地有种抵触。按理说，面对这么一个漂亮又风情万种的女孩，所有的男人都会心动，可越威内心却隐隐感觉这个田芳有点不大对劲，可具体哪儿不对劲，一时半会，他也说不出来，于是只得强撑着应酬。第二天，天一亮，越威他们要返航的时候，田芳却突然提出搭他们的船一起回沂水，她告诉越威说去沂水有些生意要打理。越威也没有细想，就让田芳搭载他们船一同回了沂水。

半个月后的某个黄昏，碧螺春茶馆的刘老板突然来找越威，他给越威带来了周兴汉的口信，要越威马上到茶馆见面，有急事商议。等越威赶到茶馆的时候，周兴汉已经在等着了，简单的寒暄之后，切入正题。

周兴汉拿出一张照片给越威，说："越威，你认识照片中这个女人吗？"

越威接过照片看了一眼，发现照片上那人竟是田芳，不由一愣，说："认识，这个女的叫田芳，是个商人，跟马大炮私下里有生意上的往来。"

周兴汉摇摇头，说："不，她不叫田芳，她叫井田惠子，是个日本间谍，受日军特高科的直接领导。这段时间，我们很多军队和地方干部都惨遭杀害，而幕后的罪魁祸首就是这个井田惠子。"

听了周兴汉这话，越威心头一紧，说："有证据吗？"

"有。"周兴汉说，"这个井田惠子在沂水城拉拢了一个叫杨小天的年轻人，充当她的耳目。杨小天的父亲杨德明是一名老地下党员，我们保卫科的人侦察到杨小天和井田惠子有来往，就动员杨德明协助缉拿井田惠子，结果因为计划得不够周密，还是让她跑掉了。现在打草惊蛇，这个井田惠子就不容易上钩了，行踪更为诡秘。我们动用了极大的人力、物力搜查这个井田惠子，都一无所获。可就在前几天，内线突然传来消息，说马大炮和这个井田惠子私下有生意往来，所以，我就想到你，看能不能协助我们干掉这个井田惠子，否则，新四军和地方的干部还会遭受更大的损失。"

越威点点头,说:"义不容辞。"

周兴汉说:"那好,你现在就马上回去,出来得太久怕引起马大炮的怀疑,有什么情况咱们及时联系,接头地点不变,还在这个酒馆。"

三天后,越威突然被马大炮的电话召到办公室。越威走进去的时候,马大炮正在看一份电报,听到有敲门声,马大炮立刻将那份电报锁进了保险柜里,然后,若无其事地跟越威打招呼。问了几句无关痛痒的话之后,马大炮突然话锋一转,说:"越威,有件事我思前想后,感觉还是由你去办比较好。"

越威说:"什么事?"

马大炮说:"押送一批货。后天晚上十点钟,你把这批货送到沂水城南码头,到时田芳小姐会带人来跟你接头,没问题吧?"

越威听到田芳的名字时,心头不由一紧,可还是马上镇静下来,很爽快地答应,说:"没问题,您放心吧,我一定安全地将货送到。"完了,又问马大炮:"还有什么要吩咐的吗?如果没有,我先回去准备了。"

越威答应得如此干脆,弄得马大炮都有些愣怔了,说:"你不问问我让你送的是什么货吗?"

越威说:"不用,既然是师长的命令,作为部下,我只管执行就是。"

马大炮听了这话,哈哈大笑,说:"越威,你知道我最喜欢你小子哪点吗?"

越威回应着笑了笑,说:"请师长明示。"

马大炮说:"我就喜欢你小子这份厚道劲儿,执行能力强,还能以最快的速度领悟上峰的意图。"笑着,站起身,拍了拍越威的肩膀说,"好好干,我看好你。"

回到房间,越威躺在床上辗转反侧,越想越不对劲,索性穿了衣服,悄无声息地摸到了后院的货仓。货仓的哨兵正好是黑娃跟一班的一个兄弟。这么晚了,黑娃见是越威,有些吃惊。

黑娃说:"连长,你怎么这么晚了还没睡,来货仓干啥?"

越威压低声音,说:"把货仓打开,动作轻点,注意别弄出动静。"

黑娃不再说话,掏出钥匙,将大门打开。越威用手电筒开始小心地查看那些货箱,所有的货箱上边都注有标号。越威走到其中一个货箱前,用一根铁钎插进货箱的缝隙处，用力一别，货箱被撬开，露出一层厚厚的油纸。越威将那层油纸撕开，借着灯光，他发现下边装着的竟是金灿灿的满满一箱子弹。

看到这一情景，黑娃惊得不由嘴巴大张，"连长，这……"

越威心里一下全明白了，伸出手指冲黑娃嘘了一声，低语道："不要声张，更不要对任何人说起这件事，赶紧将箱子恢复到原来样子。"然后，又俯在黑娃耳边如此这般地交代了一番。

黑娃不住地点头。交代完毕，越威又扫了一眼货仓，便转身离开。回到房间，越威叫马三连夜去了葫芦山，通知周兴汉明晚七点在碧螺春酒馆见面，说有重要的事情商量。

第二天，天刚一擦黑，周兴汉就到了酒馆。

二人一见面，越威直奔主题，把马大炮叫他三天后跟井田惠子交货，以及昨天夜里在货仓见到的情况一一跟周兴汉说了。

周兴汉气得一拳头砸在桌子上，说："这个马大炮表面上做出积极抗战的样子，其实私下里勾结日本人，狼狈为奸，共同对付新四军。名为国军师长，实则为民族败类，可恨至极。"骂完了，又问越威："你有什么想法？"

越威说："我已答应马大炮明晚帮他送货，这也是除掉井田惠子的大好机会。"

周兴汉很激动，握了越威的手，说："越威，我代表新四军及地方政府谢谢你，如果这次能除掉这个井田惠子，你真的是为新四军及地方政府除掉了一个心头大患。"

越威说："周营长别这么说，抗战除奸是每个中国人的责任，我也是做了件分内之事。"

接下来，周兴汉又跟越威交代了一些细节，俩人便握手告别。

三天后。

沂水城南码头，夜里，十点钟。

越威、郑之建带着九连的兄弟押着货准时出现在码头上，在一个有些残破空旷的货仓里，井田惠子已经带着人在等。双方简单的寒暄之后，开始交接。井田惠子一挥手，她两个手下抬着木箱走上来，开始验货。可等到将木箱打开，

第十七章

发现里边除了一些枯草之外，却空空如也。

井田惠子大骇，责问越威："越连长，这到底是怎么回事？"

越威的脸上也挂着意外的神情，说："我不知道，我只是奉命押货，至于其他事情，我一概不知。"

井田惠子说："越连长，认识这么久了，咱们明人不做暗事，有什么事就直说了吧。"

越威冷笑道："好一个明人不做暗事，你是明人吗？"

井田惠子说："我当然是。"

"你做暗事了吗？"

"当然没有。"

越威笑道："井田惠子小姐，都这个时候了，咱们就别再演戏了。"

井田惠子大惊道："你，什么意思？"

"没什么意思，我要替所有的中国人除掉你。"说着，越威已拔出短枪。

井田惠子冷哼一声道："休想。"说着，井田惠子握着枪，一直掩在背后的左手突然举起，伴着"啪"的一声脆响，子弹脱膛而出。

越威下意识地一躲。借此间隙，井田惠子的手下迅速组成一道人墙将她围在当中，护着她冲下楼道。与此同时，九连的兄弟和对方展开激战。

混战中，越威直接从二楼跳下，堵住了井田惠子的去路，二人展开对决。井田惠子果然身手不凡，打了几个回合，瞅准间隙，卖了个破绽，转身就跑。越威又一次抬起手里的短枪，再看井田惠子已经到了拐角处，眼瞅着就不见了。越威一扣扳机，枪响了，子弹呼啸而出，打中了井田惠子的后脑勺。子弹产生的强大动能将井田惠子撞得一个趔趄，摇晃了几下，终于不支，扑腾一头栽倒。

码头上，枪声一响，附近的日本兵立时闻风而动，赶来救援。

郑之建催促越威带着兄弟们快走，他负责殿后。越威不肯，劝郑之建一起撤。

郑之建说："不行，井田惠子这一死，马大炮肯定不会放过你和九连，你和九连不能再回71师了，赶紧另寻出路。可我不行，不单单因为马大炮是我三叔，更重要的是，留在71师，还有很多事情等着我去做。你带着兄弟们先走吧，但走之前，你帮我个忙。"

越威看郑之建语气坚决，说："什么忙？"

郑之建说："照我胳膊上开一枪。"

越威一愣，不肯下手。

郑之建说："快，别犹豫了，快开枪，我挨了一枪，见了马大炮就有了搪塞的理由，到时就可以把所有的过错推到你和九连身上，马大炮就会放过我。快开枪，这一枪开了，是为我好。"

越威依然不肯。

郑之建火了，说："越威，你他妈的再不开枪，一会儿日本人围上来，咱们就得死一堆，一个也别想活着出去。"趁越威犹豫之际，郑之建突然冲上来抓了越威的枪，照着自己的胳膊开了一枪。

众人大惊。

郑之建忍着剧痛，冲越威他们大喊："快走。"而此时，外边的日本兵已越来越近，情势变得万分危急，越威只得被迫下令："走！"

结果，越威带着九连的兄弟们刚冲出货仓，就跟日本兵撞上了，不由分说，双方展开激战。打了一阵，那些日本兵凭着有利地形，组成一道密集的火力网，把越威他们死死地压在一堵断墙后，动弹不得。一时间，九连突围无望。然而，就在双方相持不下之时，那些日本兵的后面突然响起了激烈的枪声，跟着，日本兵的队伍大乱。

越威他们正疑惑之际，一队人马在将日本兵的防线撕开了一个口子之后冲了上来。越威从断墙后边探出脑袋，定睛一看，发现竟是周兴汉和一营的战士们。越威和九连的兄弟们立时精神大振，大喊一声，冲了上去。就这样，越威带着九连的兄弟们和周兴汉的一营里应外合，一通厮杀，终于杀出一条血路，冲出日本兵的包围圈，一路狂奔着撤往葫芦山。

第十八章

　　马大炮得知井田惠子被越威干掉的消息后，暴跳如雷，遂派人四处搜查越威及九连，结果一连搜了半个多月，连越威和九连的影子也没找着。马大炮越想越窝火，他在官场上混了这么多年，什么人没见过，他自诩是江湖老手，深谙权术，没想到，就是他这么一个老谋深算的一师之长竟被越威这个毛头小子给涮了，这个气如何咽得下？这个面子如何能丢得起？这个仇非报不可。然而，就在马大炮准备兴师动众大肆搜捕越威之时，吉田光一的心腹却突然造访，给马大炮传达了吉田光一的战略构想。

　　吉田光一认为，沂水地区共产党新四军的势力发展迅速，不能再任其蔓延，必须联起手遏制新四军这一势头，制定出切实可行的措施和方案。吉田光一要求马大炮务必将联手防共这件事情提到日程上来，当成头等大事来办，而其他的事暂时放放。

　　马大炮考虑再三，决定接受吉田光一的意见。一是吉田光一作为驻沂水的日军联队长，他的确得罪不起，二是他也的确感觉到了新四军的威胁，所以，就把搜捕九连的事暂时压下了。

　　那天，吃过晚饭，周兴汉让通讯员把越威叫到了营部。越威以为周兴汉又是旧话重提，劝他参加新四军。上次码头突围之后，越威接受周兴汉的建议，带着兄弟们就留在了葫芦山，后来，为了避开马大炮的搜捕，周兴汉建议越威带着九连暂住在一个小岛上，也好休整一下。那个小岛是新四军的地盘，隐蔽且安全，吃住都由新四军方面来提供，这期间，周兴汉找越威谈了几次，每次都很委婉地跟越威提到九连的去向问题。虽然周兴汉没明说，但越威心里当然明白周兴汉的意思，周兴汉同时还动员云萱做越威的工作，希望九连能留在新四军。

　　经历了这么多事情，尤其是通过71师师长马大炮和新四军的对比，一个以抗战为名，大发国难财，与日本人狼狈为奸；一个缺吃少穿，却一心抗日，越威心中的天平开始倾斜。他也想好了，等九连休整好了，挑个日子，他和周兴汉好好聊一聊改编这件事。今天晚上，越威以为周兴汉找他又是旧话重提，劝他留在新四军的事，结果到了营部，越威发现自己猜错了。

周兴汉说："越威，现在有件十万火急的事，我希望你能帮我。"

越威说："周营长，有什么用得着我的地方，尽管吩咐。"

周兴汉递给越威一本书，越威接过来一看，是本名叫《论持久战》的小册子，有些不解，疑惑地看周兴汉。

周兴汉说："读过这本书吗？"

越威摇了摇头，说："没有，怎么了？"

周兴汉说："这是毛主席写的一本书，在书中，他把抗日战争分为三个阶段：第一个阶段是战略防御阶段，第二个阶段是战略相持阶段，第三个阶段是战略反攻阶段。而眼下的中日形势已进入了战略相持阶段的关键时刻。这个阶段，日本的末日之象日渐明显，但凡事都有两面性，越是没落的东西，越是会垂死挣扎。现在的日本也是这样，越是到了这个阶段，日军就更加变本加厉地加大对我国的侵略力度，最明显的表现就是反复扫荡我解放区，压缩解放区的地盘，实行三光政策，对我根据地进行封锁蚕食。尤其是前段时间，由于我们对敌人的作战计划重视不够，致使军队和地方政府损失极大，为此，上级下达了最新指示，必须尽快掌握沂水地区日军的作战计划，把我军的损失降到最低，掌握对敌斗争的主动权。"

越威听得有点绕，说："周营长，具体什么事，你直接说。"

周兴汉说："几天前，我们打入敌人内部的同志传来情报说，吉田光一为打击沂水地区的新四军，暗中拉拢国军71师师长马大炮，二人狼狈为奸，签订了联手反共的秘密协定，平日里互有密电往来。有情报显示，近期二人会联起手来采取行动对付新四军，但苦于没有掌握直接证据，我们现在还不能作出明确的判断。如果不能获得准确的情报，新四军恐怕会遭受巨大的损失。所以，上级首长指示，务必尽快弄到日军在沂水地区的作战计划及其方案部署，这一任务就交给我们一营，这件事，我想来想去，只能找你帮忙了。"

第十八章

越威沉默了一会儿，说："周营长，说实话，这件事办起来的确很难，但我还是愿意干，因为于情于理，我都没有理由拒绝。只是你手头还有没有更详细的资料？"

周兴汉说："据打入日军内部的同志传出的情报，要想弄到日军的作战计划确非易事，因为吉田光一将所有的密电都锁在机要室的保险柜里，只有吉田光一本人和他的机要秘书才知道保险柜的密码，一般人根本无法靠近，更无从知晓那些密电的内容，可我们这位打入日军内部的同志这几天因为身份暴露，不幸牺牲了，这给我们弄到日军的作战计划和资料更增加了难度，我实在也是没辙了，才找你来，看看你有没有什么办法。"

越威望着窗外，沉默了好一会儿，才开口道："有，也是唯一的办法。"

周兴汉的眼睛立时睁大，说："什么办法？"

越威说："偷，但必须得找到一个精通开锁技巧的天才。"听了越威这话，周兴汉不由再次犯起了难，这么短时间内，他上哪儿找一个会开锁的天才啊！屋里的气氛又一次变得沉重起来。就在大家陷入沉思之际，马三突然一拍桌子，站了起来。

马三说："有了。"

马三的突然之举，吓了大家一跳。

大贵说："你狗日的别总这么诈诈唬唬的行吗，什么有了？"

马三说："我突然想到一个人。"

所有人异口同声道："谁？"

马三说："我早些年的一个哥们，人送外号'百变神偷'。"

大贵说："有那么邪乎吗？"

马三说："当然，再难开的锁，几秒钟就能搞定，偷遍沂水城，却从未失过手。"

周兴汉说："叫什么名字？"

"罗连胜。"

"他人现在住哪儿？"

"大王集。"

越威一拍桌子，说："马上找他去。"就这样，越威几个人在马三的带领下连夜去了大王集，结果到了一问才知道，罗连胜几天前被抓走了。再打听，抓他的人竟是新四军保卫股的股长万青峰。

周兴汉马上去找万青峰。

万青峰都睡了，被周兴汉又喊了起来。

万青峰说："什么事啊，你不能明天再说。"

周兴汉说："你们前几天是不是抓了一个叫罗连胜的人。"

万青峰一愣，说："是啊，你怎么知道的？"

周兴汉说："怎么知道的你就别问了，罗连胜人呢？"

万青峰说："在监狱里关着呢。"

周兴汉说："马上把人带来，我有急事找他。"

就这样，不一会，罗连胜被两个战士押了过来，一见马三，罗连胜惊得大叫："三哥，你怎么在这儿啊？"

马三说："别废话，今天找你来有件事。"然后，跟他介绍越威众人。

罗连胜说："三哥，你们找我啥事啊？"

马三说："先说你，你为啥被抓进来的？"

罗连胜叹了口气，说："三哥，都是兄弟，我就不隐瞒你了。前段时间，我相中了在镇上女子中学教书的一个女孩，可女孩不大愿意，就躲着不见我，为了能追到她，我就死缠着人家不放。几天前，我到镇上赶集，看见这女孩在一家玉器店里相中一个玉镯，可她看了半天又放了回去，没有买就走了。我就进去问店老板为啥她没买啊，老板说，那女孩嫌贵。我问了老板那玉镯的价格，的确很贵，而我手头一时没那么多钱，可又想把玉镯买下送给那女孩。没办法了，就想弄点钱来，三哥，你也知道，我没其他的本事，就会偷。那天集上人很多，我盯上了一个男的，看他那样子像个商人，派头很足，我发现他的口袋里有块金表，就尾随上去，下手了。偷到那金表后，我转身要走，可刚走了几步，才发现那金表上有个长绳，心里就咯噔一下，就知道遇上反扒高手了。跟着那商人就到了我跟前。想必你也知道了，这人就是新四军第三军分区保卫股的股长万青峰。就这样，那天我是偷鸡不成，反蚀把米，栽到了万股长的手里。"

越威看了看罗连胜，发现这哥们挺好玩的，人长得不错，眼睛很亮，显得很精明，但并不是那种让人看了会讨厌的贼眉鼠眼的人，这种人如果能好好引导，一定会有大用，于是说："你想不想出来重新做人？"

罗连胜立时抬起头，说："想。"

越威说："既然想，我就放你出来，可放你出来之前，你得帮我做件事，事要办成了，我就放你。我不但放你，还帮你撮合，让你跟喜欢的那个女孩成婚，但话又说回来，事如果办不成，对不起，不但不能放你，还得罪加一等，要是那样，估计你在里边得待个三年五载了。"

罗连胜来了兴趣，说："好，好，你需要我帮你做什么事，我答应你。"

越威于是把事情说了一遍，结果，罗连胜听完，竟连个磕巴都没打，当场就答应了。说："越连长，我不吹牛逼，到时你只要能把我带进去，再难的锁我都不会超过一分钟。"

越威说："根据情报，吉田光一机要室的哨兵巡逻的规律是每转一圈大约需要十五分钟，也就是说，你必须在十分钟内打开保险柜，并且把所有需要的情报和资料用相机拍下来，否则，所有的计划就会前功尽弃。"

罗连胜说："越连长，大话说多了没用，你就看我行动吧。"

就这样，做通了罗连胜的思想工作之后，越威带着马三、罗连胜，三人立时动身进城。

临行前，周兴汉交给越威一份文件，说："到了沂水，不管能不能弄到情报，一定要把这份文件交给沂水城西关鸿祥木器厂的经理周二哥的手里，切记，切记。"

沂水城日军联队司令部坐落在沂水东关，一河之隔，就是沂水城最繁华的商业街，河上有座石拱桥，叫月亮桥，在这座桥上，每天都会蹲着一溜干零活的人，这些人都是些会手艺的泥瓦匠，专门为城里的一些居民干些修葺房子、挖挖排水沟之类的活。越威三个人就蹲在这些人中间，在三个人跟前，放着干活的工具，罗连胜和马三像模像样地吆喝着，跟那些前来找人干活的雇主们打着招呼，而越威却用余光打量着河对岸的日军联队司令部，只见大门口戒备森严，一般的闲人根本无法接近，距离大门老远就被荷枪实弹的哨兵吆喝着给撵开。

眨眼工夫，已是太阳落山，眼瞅着这一天就要过去了，越威三人却一无所获，看着其他的人开始收拾工具，陆续地离开，罗连胜低语道："越连长，要不咱们也收摊吧。"

越威抬头看了看天，点了点头，可就在三人收拾东西准备离开的当口，突然打桥头上走来一个女孩。

那女孩看到越威，不由惊叫道："怎么是你？"

越威闻声抬头，发现眼前站着一个穿着和服的女孩，女孩明眸皓齿，笑意盈盈，越威感觉女孩似曾相识，却一时又想不起在哪儿见过，于是怔了一下。

女孩的脸上挂着惊喜之色，跟越威四目相对的瞬间，说："真的是你！"看越威发愣，女孩提醒道："还记得吗？几个月前，在汉口，电影院。"

越威恍然大悟，他想起来了，眼前这女孩竟是那次去汉口找孙老板时在大富豪电影院救的那个女孩，令越威更为意外的是，她竟是个日本人。

女孩子告诉越威，她的名字叫光子，上次匆忙，忘了问越威的名字。越威顿了一下，跟她说自己叫向强。光子告诉越威自己刚来沂水不久，这几天雨水多，她住的房间有点漏雨，想找人修一下，没想到竟会在这儿碰上了越威。光子还问越威愿不愿意帮她修理房顶。

马三冲越威使眼色，那意思是赶紧答应下来。越威顿了顿，冲光子点了点头。

就这样，越威三个人在光子的带领下走进了一个大院，马三找了个梯子爬上去，查看了下房顶，发现活儿并不复杂，于是，三人就像模像样地干了起来了，不久就弄好了。为了犒劳越威三人，光子亲自下厨弄了一桌子的酒菜，可正吃着，外边响起鸣笛声，光子连忙起身说："我哥哥回来了。"

马三说："你哥哥是干啥的？"

光子说："我哥哥是驻沂水的联队长，他叫吉田光一。"

听了这话，三人不由吃了一惊。

光子说："你们先吃着，我去接他。"说着，起身离开。不一会儿，光子带着一个看上去很年轻的军官走了进来。越威知道，这个人不消说，就是吉田光

第十八章

一了。坦白地说，吉田光一并不像大多数日本兵那样身材短小，其貌不扬，相反，他身材高大，看上去极其精神干练，举手投足间透着股职业军人特有的冷静和果敢，明眼人都知道，这种特殊的气质绝对不是装出来或者能模仿出来的，而是从骨子里透出来的。

光子跟吉田光一介绍越威等三个人，然后，拉了越威，用日语跟吉田光一说道："哥哥，他就是我跟你说起的那位在汉口救过我的人，他叫向强。"

吉田光一盯着越威看了一阵，突然很爽朗地笑道："向强君，谢谢你。"说着，就跟越威握手。在握手的刹那，越威感到吉田的手在暗中运劲，很明显对方是在试探自己，于是越威故意示之以弱。吉田光一眼中的那份警惕不见了。

接下来的谈话中，越威发现这个吉田光一简直就是个中国通，讲得一口流利的汉语不说，聊起中国的文化也是滔滔不绝。可聊着聊着，吉田光一突然话锋一转，说："向强君的正式职业是什么？"

越威说："以前跑船，后来学的泥瓦匠，眼下光景不好，靠着这点手艺四处混饭。"

光子对吉田光一说："哥哥，你在沂水认识的人多，能不能帮向强找些活来？"

吉田光一顿了一下，没有说话。

光子说："向强是我的救命恩人，他现在来了沂水做活，你是我的哥哥，救过妹妹的人，也就是哥哥的恩人，哥哥就应该知恩图报，帮帮向强啊！"

光子的一番话说得吉田光一不知如何应答。

光子抱着吉田光一的胳膊开始撒娇，说："哥哥，你就帮帮向强吧！你不是很崇拜中国文化吗？中国文化里不是最讲究礼尚往来吗？"

吉田光一一向视自己的妹妹为掌上明珠，面对光子的请求，他实在无法拒绝，想了想，于是说："我办公室的墙壁有些脱落，想找人裱糊一下，向强君是否有兴趣接下这一活计？"

越威说："可以，我是个泥瓦匠，就是靠干这种活吃饭的。"

吉田光一说："那好，明天你就到司令部三楼我的办公室来找我。"

就这样，第二天，越威带着马三和罗连胜如约而至。吉田光一正坐在办公桌前忙活着，桌子上放着一些等待处理的文件。越威一眼就发现其中一份文件的左上角赫然标着类似"特别作战计划，绝密"的日文字样。

吉田光一见三人来了，随手将那些文件锁进了身后的密码保险柜里。越威三个人放下工具包，围着房间看了一遍，然后，越威告诉吉田光一："最多两天，就能彻底把活儿干完，让这个办公室焕然一新。"接下来，就开始干活，转眼到了天黑时分，吉田光一对三人的手艺很满意。

第二天，越威三人又来，却被挡在大楼的外边。

马三说："我们三个是给吉田联队长干活的，为什么不让进？"

卫兵说："联队长有紧急任务到武汉开会去了。"

罗连胜说："那吉田联队长啥时候回来？"

卫兵说："不清楚，等通知吧。联队长来了以后，你们再进去继续装修。"

越威知道，这是个千载难逢的好机会。如果这个时候不趁机混进去，真等到吉田光一回来，那再下手就真的没戏了，于是眼珠子一转，计上心来，冲马三使了使眼色，马三会意，就和那哨兵吵了起来。

马三说："那不行，我们昨天已答应吉田联队长了，说好的两天完工，说出的话泼出去的水，咱们不能言而无信啊。说什么你今天也得让我们进去，我们就是干活的泥瓦匠，吉田联队长在不在的咋了，不影响我们干活啊。"

可两个卫兵却虎着脸，将枪横在跟前，死死地把三人挡住，不让进去。正吵着，光子却从二楼走了下来，看到越威三人，就笑着跑了过来打招呼，问越威发生了什么事情。越威趁机跟光子把事情解释了一遍。

越威说："我都跟吉田联队长作了保证，两天内完工，如果今天完不成，这不是让我说话不算数，失信于吉田联队长吗？"

光子听罢，便转身用日语跟卫兵交代了几句。卫兵马上冲光子"嗨"了一声，收了枪，向后退了一步，不再阻挡，把越威三个人放了进去。

接下来的事情就比较顺利了，越威和马三在干活之余，负责给罗连胜放风。罗连胜果然身手不凡，在短短几分钟的时间内就将保险柜打开，并且将里边的一些绝密情报用相机拍下，所有的动作忙而不乱，几乎是一气呵成。等越威看到走廊一头巡逻的哨兵走来，给罗连胜发信号时，罗连胜已经将现场恢复完毕，拎着瓦刀若无其事地开始往墙上抹泥。

第十八章

太阳落山的时候,三人果然将吉田光一的办公室墙壁裱糊完毕,然后收拾了东西,从容地离开司令部大楼。出了大楼,马三、罗连胜对越威说:"连长,反正东西到手了,咱们赶紧连夜出城,跑吧,省得夜长梦多啊!"

越威却说:"这样不妥,一定要等吉田光一回来,我还得正儿八经地跟他要咱们的工钱,这样才不会引起他的怀疑。"

第三天,傍晚时分,吉田光一回来了,看到自己的办公室焕然一新,很是高兴,叫人如数发给越威他们工钱。光子还要请越威他们留下来吃晚饭,却被越威拒绝了。

越威说:"不能打扰了。光子小姐这几天的盛情款待,已经令我们受宠若惊了,再说,我们明天还得接其他活呢。"

光子也不便再挽留,双方告别。

三人过了河,沿着那条商业街走了一阵,到了一个拐角处,越威跟马三、罗连胜交代道:"你俩带着东西赶紧回葫芦山。"

马三、罗连胜俩人一愣,说:"你呢?"

越威说:"我还有点事要办。"

三人分手后,越威转身进了一条胡同,一路打听,半个小时后,找到了那家鸿祥木器厂。越威走进去的时候,一个戴着眼镜的中年男人正俯在桌子上打算盘结账。

越威说:"我找周二哥。"

那中年男人说:"我就是,你是哪位?"

越威说:"我是胡先生派来谈生意的。"

中年男人警觉地四下瞅了瞅,低声说:"二楼说话。"

两个人到了二楼。中年男人挪开一个落满灰尘的柜子,后边是个墙洞,冲越威一招手,二人钻了里去。进去以后,越威发现里边是个空间很逼仄的小房间。

中年男人给越威倒了茶,越威从怀里取出文件。中年男人从抽屉里取得药水,在信上一抹,然后举到灯下,纸上立时显出字迹来。看罢,中年男人立时将信给烧了,然后跟越威说:"小兄弟,这封信对我们接下来恢复前段时间被鬼

133

子破坏的党组织极其重要。我代表沂水地方政府谢谢你。"说着，中年男人用力地握了握越威的手，说："回去以后，代我向胡先生问好。"

越威点点头，说："那我走了。"

中年人慢慢掀开窗帘的一角，朝下边看了看，大街上并没异常，于是冲越威点了点头，叮嘱道："路上小心。"

走出木器厂，夜色已深，街道上冷冷清清的，行人很少。到了一个三岔路口，越威左拐，进了一个胡同，然而，刚走了几步，"啪"的一声，身后突然传来清脆的枪响，跟着就听到杂沓的脚步声由远及近传来。

第十九章

　　正值夜深人静，枪声显得格外刺耳。

　　越威不由一怔，旋即将身体一闪，躲到墙后，定睛再看，打胡同口跑来一高一矮两个黑影。两个黑影边跑边回头放枪，而二人身后十几米外，一队日本兵在嗷嗷叫唤着追赶。

　　激烈的对射过程中，跑在后边的高个黑影突然被一颗子弹打中，踉踉跄跄跑了几步，终于不支，扑腾一声栽倒在地，倒地后，依然举枪射击，掩护矮个黑影撤退。

　　矮个黑影发现高个黑影中枪，便转身去地上扶他。高个黑影却将一个包裹交给矮个黑影后，催促道："快走。"

　　矮个黑影怔了怔，终于下了决心，接过包裹，转身又跑，可刚跑出几步，随着"嗖"的一声，矮个黑影一个趔趄，险些栽倒。这时候墙后的越威已与对方相距不远，借着微弱的灯光，越威一眼便认出来了，那黑影竟是曼妮，心里立时一紧，顾不得多想，便冲了上去，一把将曼妮抱起，身形一闪，拐进了另一条胡同，发足狂奔。七拐八绕，跑了一阵，到了一家客栈前，这时的越威已累得上气不接下气，驻足左右看了看，发现没有别的路可走，只得单手抱着曼妮，腾出另一只手拍打客栈的门环。

　　不一会儿，客栈门开了，一个老头从门后探出头来，一看越威抱着个女的，那女的还受了伤，老头不禁大骇。

　　越威说："你是老板？"

　　老头点点头。

　　越威说："你不用害怕，我朋友受了伤，实在是走不动了，只能在你这儿暂避一下。"说着，摸出身上所有的钱一股脑全给了老板。

135

老板吓得有点哆嗦，说："小兄弟，这不是钱的事啊，万一有人来搜查怎么办？"

越威说："只能请老板多帮忙了。实在不行，到时我来应付。你放心，不管出了什么事，到时我会一个人扛着，决不会连累你。"

老板看了看越威塞给他的那些钱，叹了口气，说："好吧。"然后，将二人带到二楼一个房间。

越威将曼妮放在床上，马上为她包扎伤口，幸好只是子弹擦伤，虽然伤口较深，却也没有大碍。可刚收拾完，就听到楼下的砸门声。老板不敢怠慢，哆嗦着下楼，刚把门打开，一队日伪兵就冲了进来。领队的是个光头，手里端着一把盒子炮。

光头说："刚才是不是有人跑了进来？"

老板说："没有啊，出啥事了？"

光头说："少废话，这个时候你可别跟我打马虎眼，万一查出来有人跑进来，可是掉脑袋的事。"说着，扫了一眼院子，下令道："给我搜。"

那些日伪兵就四下散开，开始挨屋搜查。听到屋外的楼梯声响，越威刚要起身，床上的曼妮却突然一把将他抱住了。

曼妮的这一突然之举弄得越威不由一怔，这当口，光头已带着人到了门口。

老板马上冲了上来，打圆场说："老总老总，这是我儿子和儿媳的房间。"

光头一脸的不信，问道："真的假的？"

"真的真的，这个我没必要骗您，刚结的婚，都是自己人，咱就不搜查了，行吗？"

光头将信将疑，哼了一声："不行。"说着，便抬手将门推开。可门被推开的刹那，所有人都被眼前的情景给惊呆了。此时的曼妮已将自己的上衣脱了个精光，发出呢喃的声音，正抱着越威在床上翻滚。见门突然被推开，曼妮尖叫一声，扯过被子遮上。光头看着眼前的情景，一时有些走神。就在光头迷怔的瞬间，老板已抓了他的手，跟着袖头一动，几块银圆就滑到了光头的手里。

老板说："我都说了是自己人，刚结婚，年轻人，不知道爱惜身体，一天到晚的折腾。"

| 第十九章 |

醒过神的光头立时哈哈大笑，扭脸跟老板道歉："年轻人嘛，理解理解，不好意思，不好意思。"说着，啪的一声，在一个伪兵的后脑勺上打了一巴掌，骂道："你狗日的看够了吗？啊？！"骂着，将门给关上，冲身后挥了挥手，带着一队人下楼走了。又过了一会，外边终于安静下来，曼妮和越威这才穿好衣服坐了起来。刚才发生的一幕令二人都感到不好意思，红着脸，对坐了一阵，曼妮开口说话了。

曼妮说："你怎么来沂水了？"

越威说："帮朋友捎点东西。你呢，不是在汉口吗？什么时候来的沂水？"

曼妮说："有段时间了。"

"还做茶叶生意？"

曼妮不置可否地点点头。

二人又聊了一会，窗外发白，天色接近拂晓。

越威说："先睡会吧，天亮了我出去给你再买些药，看你这伤势，估计得在这儿休息几天，否则现在这样出去了，会被人发现。"

曼妮点点头，停了一会，说："越威，我请你帮个忙好吗？"

"你说。"

曼妮俯身将包裹从床下拉了出来，说："明天上午九点，你带着这个包裹，到城南一个叫罗记的粮行，将它交给这个粮行的老板，好吗？"

越威看了看那包裹，点了点头，说："好。"

第二天，越威按照曼妮的交代，起了床，就去了城南的罗记粮行，将那包裹交给了粮行的老板。回来后，并不多言，曼妮不说，他也绝口不问包裹的事情。就这样，一连三天，在越威的照料下，曼妮的伤口几乎痊愈了，那天，吃了晚饭，二人进行了一次促膝长谈。

曼妮说："你为什么不问我让你送的那包裹里装的什么呢？"

越威说："你既然不想说，我问了也没用。"

曼妮说："你真的相信我是做茶叶生意的？"

越威说："说实话吗？"

"当然，难道都这个时候了，你还跟我隔心啊？"

"不信。"

"凭什么不信？"

"不知道，凭感觉吧。"

"从什么时候开始不信的？"

"从第一次遇上你。"

曼妮愣住了。

越威说："还记得咱们在客栈的第一次见面吗？"

"记得。"曼妮点头。

越威说："第二天帮你押货途中，我无意中发现了那些装茶叶的麻袋里有拆散的枪支，后来，我有事去凤阳镇，结果在夜里救了一个女孩，那女孩当时蒙着面，我看不清她的脸，但从她那双眼睛里，我就断定那个女孩是你，而那晚，一个南京来的官员被刺杀，我就更加坚信这一切不是巧合，而是有所关联。"

曼妮说："这么说，你从一开始就注意我的身份？"

"对。"越威点头。

"你觉得我应该是做什么的？"

越威说："不知道，但绝不是做茶叶生意的那么简单。"

曼妮说："你知道，那天我让你给罗记粮行送的什么东西吗？"

"不知道。"

"电台。"

越威不由一愣。

曼妮沉默了一会，又抬起头问越威："你想知道我的真实身份吗？"

越威笑了笑，说："想，但如果你不说，我不会问。"

曼妮说："越威，在我告诉你我的真实身份之前，你能先告诉我你的历史吗？你和你的九连从哪里来？为什么会到了沂水？"

越威点点头，说："好吧，既然都说到这儿了，我也不想隐瞒你什么。"于是，将事情的来龙去脉跟曼妮说了一遍。

曼妮听得很专注，等越威把事情讲完，突然问道："你师长是不是叫田炳业？"

| 第十九章 |

这话问得越威不由一惊："你怎么知道？"

曼妮说："因为我也是军人。"

越威又是一愣。

曼妮说："你知道军统特遣队吗？"

"你是特工？"曼妮的话令越威吃了一惊。

曼妮点点头。

越威脸上透着疑惑之色，说："为什么要对我公开你的身份？"

"因为我信任你。"

"凭什么信任我？"

曼妮说："凭直觉，更凭你救了我。"

越威沉默了。

曼妮说："越威，虽然我从事的职业需要我冷静理性，可我这人一直相信缘分，我觉得跟你从相遇到相识，经历了这么多事情，我想我们这就叫缘分。通过这么久的相处，我觉得你人很好，坚强、能干、执着、讲情义。面对你这样一个正直的人，如果我再掩着藏着，我的良心真的不安了。我是军统的人，我现在对你公开身份，已是违反纪律，按军规我是要受到惩罚的。但我还是愿意跟你说实话，因为我不想让自己的良心不安。"

说实话，听到曼妮是军统特工的那一刻，越威以为耳朵出了毛病。

越威说："你怎么加入的这个部门？"

曼妮说："说来话长，其他人出于何种动机加入军统，我不敢妄下判断，但我自己真的是怀着一颗滚烫的心参加进来的。可经过这几年的所见所闻，我发现自己当初的想法真的太单纯太幼稚了，把本身很残酷的现实想象得过于罗曼蒂克。投身抗战的这几年里，我亲眼目睹了国军内部一些腐败丑陋的现象，我内心深处真的很痛苦，我甚至有时会怀疑加入军统这一选择是不是从一开始就错了。一次次陷入迷惑，陷入彷徨。"

越威对曼妮的内心痛苦一时不知如何安慰，沉默了一会，说："这么说我师长的事情你是有所耳闻了？"

曼妮点头，说："你们师参加凤凰山阻击战时，我作为特遣队队员，被派到

139

你们军部任职。阻击战打响之初，我截获日军一份情报，情报上说，日军将派一个特战队偷袭71师军部。"

越威说："71师！师长是不是马大炮？"

"对，马大炮从来就是个钻营小人，凡事总是先考虑自己，军阀习气极重，拥兵自保。他得知日军特战队要袭击他师部的情报之后，为了保存自己，竟不战而退，而由于他的擅自撤退，致使整个集团军的防线左侧出现了一个豁口。可军部当时为了稳住军心，把这件事压了下来，依然电令你们师坚守阵地，与敌决战。后来，负责右侧防务的65师也被日军击溃。这个时候如果你们师再坚持下去，后果只有一个，那就是腹背受敌。说实话，田炳业师长是我爸当年的一个老部下，我一直叫他田叔叔。我不忍心看着田师长和他手下的几千名兄弟就这样成为炮灰，于是就发了一封密电给他，让他撤退。可这个时候军部却连下了三道命令，让你们师死战不能后退。这个节骨眼儿上，田师长如果退兵，就是战场违命，抗令不遵。可他如果让兄弟们死守不退，就会全军覆没，所以，田师长一时间进退失据。最后，思考再三，他决计亲自带一个团迎敌，而下令其他部队撤出阵地，他的用意是希望能给九师留个种子。就这样，厮杀到最后，阻击战以失败而告终。面对这样一个结果，军部组织了调查组，追查责任，可没有人来承担这个责任。马大炮恶人先告状，花重金买通了关系，后来上峰便作出了令人痛心的决定，用田师长来当替罪羊，以临阵脱逃的罪名将他送上了军事法庭。"

听完了曼妮的讲述，越威顿时气得连呼吸都变得困难，一拳头砸在桌子上，破口大骂道："这样的军队，我追随它何用？！"

曼妮也表达了相同的感受，两个人越说，心与心拉得越近。后来，越威告诉曼妮，血债血还，要刺杀马大炮。曼妮却劝他："君子报仇，十年不晚，眼下马大炮占尽优势，你却人单形孤，与之明斗，无疑是以卵击石，你替田叔叔报仇的心情我能理解，但要冷静，来日方长，要等待时机。"

半个月后，沂水的日军开始对新四军驻地发起代号为"猎鹰"的大扫荡。

由于越威他们提前窃取了吉田光一的作战计划，使得新四军在接下来的反扫荡中占据了主动权。为此，新四军制定了"翻边战术"，在战斗中灵活机动地

第十九章

牵着日军的鼻子跑。鬼子往往费了很大劲儿占领一个地方后，进去一看，发现却是一个空城，可还没等他们缓过神，屁股后边却起了火，被新四军包了饺子，圈着打，苦不堪言。名为扫荡，实则是处处被动挨打，打到后来，日军实在吃不消了，于是为期一个月的扫荡不到半个月就草草收场了。沂水地区的敌我双方又出现了暂时平静的局面。而这段时间，越威作出了一个重大决定，他决定带着九连留在新四军，接受改编。

周兴汉对越威的这个决定当然是求之不得。越威跟周兴汉提出一个条件，那就是，改编后保留九连的编制。

周兴汉说："只要你和兄弟们愿意参加新四军，别说保留九连的编制，我这个营长让给你小子当，我都没意见。"

就这样，三天后，一营召开誓师大会，越威带领九连的兄弟们正式加入新四军。

第二十章

五月的某天晚上。

越威都睡了，通信员却突然跑来告诉他说："周连长叫你马上去连部一趟，有几个人等着。"

越威马上穿了衣服，跟着通信员去了营部。到了一看，屋里坐着几个人，而坐在中间的一个人，越威不认识，看上去，那人年龄较大，手里拿着个礼帽，面皮较白，显得很干净，看起来不像个地道的农民。

周兴汉向越威介绍那人，说："这是邱家村的保长张有才同志。"然后，又转身跟张有才说："这就是越威。"

越威和张有才两人握了握手，简短的寒暄之后，切入正题。

张有才说："情况是这样的，前段时间，日本人为稳固沂水地区的政权，招募了一些汉奸在沂水受训，受训完了，这些汉奸队被派回到各乡各区成立汉奸队，专门负责抓丁拉夫，修筑炮楼，派款纳捐，弄得当地的老百姓苦不堪言。咱们的地下党员石胜喜区长带领群众抗捐，跟汉奸队长孟大旺闹翻了。后来，孟大旺知道我跟石胜喜是要好的朋友，就找到我，说他在镇上的酒楼摆了宴席，希望由我出面，请石胜喜赴宴，想把之前不愉快的事化解掉。当时，我以为他说的是真心话，毕竟以后日子长着呢，肯定有很多东西说不定得用他，所以就答应了。结果谁料到，这狗日的竟摆的鸿门宴，喝着喝着，石胜喜和孟大旺两个人话不投机，又呛了起来。孟大旺一把将碗摔了，后边早埋伏好的汉奸们冲出来要摁石胜喜，石胜喜抡起板凳就反抗，可好汉难敌四手，打了一阵，最后还是被绑了。没想到，孟大旺这狗日怕夜长梦多，连夜就将石胜喜活埋了。这事怪我，我有罪，都是我太大意，把我胜喜兄弟给害了，我没想到孟大旺竟这么毒。"说着，张有才鼻子一酸，老泪横流。

第二十章

听完张有才的述说，越威看着周兴汉，说："营长，这事你怎么看？"

周兴汉指了指左手侧一直坐着没说话的一个中年人，那人三十多岁。周兴汉介绍说："这是军分区的徐参谋。"

徐参谋说："伍司令的意思是，针对敌人的这种凶残手段，必须以牙还牙，给予强硬的还击，彻底处决掉，而这个任务就由一营来完成。"

会一直开到后半夜，方才散去。

周兴汉把越威留了下来，交代说："越威，伍司令把锄奸这事交给我，我就把它交给你负责了。如果这件事办漂亮了，也是让我在司令员面前长脸的机会，希望你能帮帮我。"

越威说："有时间限制吗？"

周兴汉说："越快越好，你用什么方法和手段，我不管，我只看结果。"

三天后，派出去打探消息的马三给越威带来了一个喜讯。

马三说："这个孟大旺是个赌棍，日本人来之前，因为赌博，家里穷得就剩四面墙了，老婆也跑了。日本人来了之后，他摇身一变成了汉奸队长，可好赌博的毛病却一点没改，最近他常带着两个手下去陈家庄村东头一个西瓜摊那里打牌。"

第二天下午，经过一番精心的乔装打扮之后，越威带着马三、大贵就出发了。越威身着对襟绸短褂，下边一条灯笼裤，黑鞋白袜，看上去穿得极体面，像个富家少爷。大贵和马三两个人就在后边跟着保驾护航，而三个人的腰里都掖着手枪。

那是个西瓜市场，西侧的树荫下，摆着一溜桌子，很多人叼着烟，光着膀子在打牌。中间位置，有张桌子，一个胖子坐北朝南，眯着眼摸了一张牌，在手里扣了扣，啪的一下拍在了桌子上，脱口喊道："我刚说什么来着？要什么来什么，自摸，胡了。"

马三在越威耳边低语："这人就是孟大旺。"

越威怕下手太仓促会惊动孟大旺，于是走到邻近的瓜摊前，跟老板要了一个西瓜。装着一副漫不经心的样子，边吃西瓜，边看孟大旺打牌。

孟大旺扣了一张七万，留下，捏了一个三条要打。

143

越威开口道:"这张不能打,打了就远了。"又指指一张五万,说:"打这张,就是听牌了啊!"

孟大旺听了越威的话,打了五万,结果下家马上推牌,说:"胡了。"

孟大旺这下急了,抬头看越威,说:"他妈的,你们是不是一伙的,联手坑我?"骂着,就拽出腰里的盒子炮。

风云突变的刹那,越威已经变戏法似的拽出了手枪,枪口正抵在孟大旺的腰心,低声警告道:"别动。"

孟大旺被这突如其来的一幕吓蒙了,嘴巴大张,一时不知道说什么是好,脑门上汗流如注。

孟大旺的两个手下终于缓过神,刚要掏枪,大贵和马三两个人已经扣动了扳机,"噔噔"两枪,两个手下歪倒在地。枪声一响,整个西瓜摊一下炸了锅了。

越威用枪一抵孟大旺,说:"跟我走。"

就这样,三个人趁乱押着孟大旺离开了陈家庄。前边是一片田野,东南角不远处是一片芦苇丛。几个人刚下了一座桥,孟大旺瞅准机会,猛地挣脱了越威的手,发足朝那片芦苇丛跑了过去。而此时,后边的庄里枪声大作,不消说,那是孟大旺的汉奸队追上来了。再想追孟大旺看来是来不及了,越威甩手就是一枪,枪响人倒,孟大旺双腿一瘫,扑地而亡。三个人沿着田埂一溜烟地跑,不一会儿便没了踪影。

孟大旺被枪杀的消息不胫而走,一传十,十传百,传着传着就传成神话了,说什么弄死孟大旺的那人是个神枪手,能百步穿杨,指哪儿打哪儿,说打你门牙,不打你下巴。这话传到茶花山的时候,茶花山的土匪头子孟三庆气得一拳砸在了桌子上,破口大骂:"我日他妈的啥鸡巴神枪手,疤癞三。"

疤癞三跑了上来,"大当家的。"

孟三庆说:"查到什么了?"

疤癞三说:"我把整个陈家庄挨家挨户都盘问过了,可都说那天没发现什么可疑的人过来,更没人知道那个神枪手的模样。"

孟三庆气得一脚踹了桌子,怒气冲冲地说:"全他娘的饭桶,什么神枪手,这你也信,算逑了,不用再查,老子今儿要大开杀戒,不但要这个神枪手替我

第二十章

三叔偿命，还得要全陈家庄的老百姓给我叔陪葬。"

疤癞三吓得一愣，道："大当家的，这样弄，是不是太狠了？"

孟三庆不屑地一挥手，说："我叔人就死在陈家庄，这事跟陈家庄脱不了干系，既然都不愿意说出谁是凶手，那就一起赔葬好了。"

疤癞三还想再说什么，被孟三庆打断了："旁的话不用说，就这么干，通知下去，叫兄弟们准备家伙，今晚就动手。"

是夜，孟三庆带着他的手下血洗陈家庄，妇孺老小，全村几百口人，无一幸免，悉数被杀。这一噩耗传到九连，兄弟们伤心不已。

越威对周兴汉说："营长，这事怪我大意了，竟给陈家庄全村老小带来灭顶之灾，血债还得血还，无论如何我得找孟三庆把这笔账讨回来，否则，我心里没法安生。一想起那几百口的冤魂，我心里像针扎似的痛，不把孟三庆绳之以法，我活着就是个罪人。"

话虽这么说，可事实上真正想捉住孟三庆并非易事。

茶花山在当地是出了名的凶险，绵延百里，古木参天，有一条路上去，四下里漫漫皆是乱草。上山的通道的入口处建有坚固的工事，两挺重机枪形成交叉火力网，死死地封锁着隘口。一营的兄弟们连攻数次，皆没成功。

越威跟周兴汉说："不能再这么硬攻了，这样下去，咱们的损失太大，得想办法智取。"

周兴汉说："关键是怎么智取？"

越威说："只要打掉了隘口那个碉堡，孟三庆的整个火防线就会被打乱，仗就好打了。"

周兴汉说："问题就在这儿，攻不上去，隔得太远，扔手榴弹够不着，即便够着了，手榴弹的威力太小了，对那碉堡也构不成摧毁性打击，你说这可咋办！"

越威问一侧的陈小七，说："小七，你在炸药这方面是行家，你有什么想法？"

陈小七说："要炸掉那碉堡，炸药不是问题，我今天晚上就可以配出来，可就是如何才能上去呢？"

大贵说："我仔细看过了，孟三庆把他的火力主要布防在山的正面，其他三面，尤其是山的东面几乎没有人把守，咱可以从东面爬上去。"

陈小七说："这我也发现了，可山的东面是悬崖峭壁，单人徒手根本上不去。"

马三说："我有办法，小的时候，我天天跟我爷爷上山采药，比这陡峭的悬崖我都爬过，茶花山算个蛋，小七，我带你上去。"

越威说："还有个事得注意，那个碉堡建在斜坡上，即便把炸药弄上去了，接下来的事也很难弄，炸药怎么放？这都得考虑好。"

陈小七说："这都没事，交给我，你就放心妥了，连长。"

晚饭都没顾得吃，一直忙活半夜，陈小七开了门走了出来，怀里抱着一个毯子，一只手里拎着一个用木棍绑扎的三脚架。

众人都不解，问陈小七："毯子里裹的啥？"

陈小七说："神炮。"

这时马三肩上扛着一捆绳子，手里拿着一根带铁钩的竹竿也走了进来。

大贵说："这个带钩的竹竿做啥用的？"

马三说："保密。"

两个小时后，越威他们悄悄地在茶花山脚下的草丛里埋伏下来。而此时的陈小七和马三两个人也无声无息地摸到了东面的崖壁下。那晚天空挂着月亮，月色很好，水一般倾泻下来，把整个世界弄得像蒙了一层轻纱，朦朦胧胧的。马三猫着腰，蹑手蹑脚地走到石壁下，将竹竿一举，将端头的那个铁钩挂在了一棵长在崖缝里的小树的树杈上，抓了那竹竿的瞬间，一提丹田，噌噌几下就爬了上去。

陈小七屏着呼吸，抬起头，目不转睛地盯着。

马三将身体贴住那棵小树之后，又将竹竿举起，将铁钩挂在了上边的另一棵小树的树杈上。就这样，借着一棵又一棵小树的交替，不一会儿，他已到了山顶，趴在一块大石头后边四下看了看，发现没有异常，迅速将肩上的那捆绳子展开，一头抓在手里，另一头甩手就丢了下来。

下边的陈小七一手抱了炸药三脚架，一手抓了绳子，轻轻一抖。上边的马三开始往上拉。不一会儿，陈小七也到了山顶，两个人警觉地四下瞅了瞅，陈

第二十章

小七一指西南侧，低声道："走！"

山下，埋伏在草丛里的兄弟们，一个个心都提到了嗓子眼了，眼珠子一动不动地盯着山上。

大贵在越威耳边低语："咋这么久没动静，不会出啥意外吧！"

越威说："都别急，再等等。"

而此时的陈小七、马三两个人已经逼近了碉堡后边。碉堡就建在一块巨石上，后边是一个斜坡，长年累月的风吹雨淋，那石面光滑无比，人徒手根本上不去。陈小七小心翼翼地将炸药绑在三脚架上，然后举着那根木棍一点点往前送，马三在下边双手紧紧地拖着他的双脚。碉堡的后边，半腰处有个一尺见方的小孔，送着送着，陈小七才蓦地发现坏了，低骂道："马三，这下坏了，木棍有点短啊！"

下边的马三看不见上边的情况，压着嗓子问："够不着那孔？"

陈小七说："将将够着，但送不进去，长度不够。"

马三说："那咋弄？"

陈小七说："真不行，就这么举着，点吧！"

马三吓了一跳，说："靠，那不把咱俩一块炸死了？"

陈小七说："别磨叽了，按我说的做，我有分寸，快点。"

马三心里极没底，可还是哆哆嗦嗦地点了导线。

碉堡里，两个土匪似乎感觉到了异常，刚要喊，晚了，导线已经燃尽，在爆炸的瞬间，陈小七大喊："马三快滚。"

马三手一松，陈小七就跌了下去。与此同时，身后"嗵"的一声巨响，冲天的火光升起，碉堡顷刻间化为乌有。

爆炸声里，陈小七和马三顺着斜坡的草丛一路滚了下去。山下，看到碉堡被炸的瞬间，周兴汉从草丛里霍地站起，将枪一举，叫道："弟兄们，给我冲！"

草丛里，兄弟们一声呼喊，纷纷起身，抱了枪向山上开始发起冲锋。

没了碉堡做掩护，土匪们一时间变成了乌合之众，根本不堪一击，越威带着人如虎入羊群一般一路前冲，直捣孟三庆的老窝。然而，等到战斗结束，清点人头之时，才发现根本没有孟三庆的人影。

越威火了，说："给我搜，就是挖地三尺，也得把狗日的找出来。"结果，兄弟们几乎把孟三庆的老窝给翻个底朝天，也没有找到，最后在一口干了的水井里找到了一个土匪，那人自称是孟三庆的军师，据这个军师交代，孟三庆已经通过暗道逃跑了。

众人马上按军师指引的那条暗道追赶，直追到暗道的出口，抬眼一瞅，是一片荒地，空空如也，早没了孟三庆的影子。再后来，经过多方打探，从张有才那里得知，孟三庆投靠了马占彪。

越威对张有才说："你转告马占彪，让他把这个孟三庆交出来，否则，我老账新账会跟他一块儿算。"

结果，马占彪听说后，冷冷一笑，对张有才说："你回复越威，就说他要有能耐就自己来把人抢走，人抢走了，算他本事。"

九连的兄弟们听了这话，一个个气得直跺脚。越威甚至找到了周兴汉，说他想好了，决定接受马占彪的挑战。周兴汉拍了拍越威的肩膀，然后，转身看着院子里请战的兄弟们，安慰大家说："都冷静点，大家的心情我可以理解，可眼下还不是跟马占彪针尖对麦芒硬打硬拼的时候，毕竟他的后盾是日本人，越是这个时候，咱们越得学会克制，不能上了他的当，他这是在使用激将法，老话说得好，'闭眼难见三春景，出水才看两腿泥'。兄弟们，放心吧，来日方长，这一笔一笔的账都记着呢，咱跟马占彪一定有清算的那天。"

可就在越威寻找机会收拾马占彪的当口，九连出了点意外，一班刚招的几个新兵半夜时分跑了，周围的旮旮旯旯找遍了，也没发现他们的身影。

第二十一章

　　周兴汉大动肝火,自己营里的兵跑了,找了半天找不到,这可是天大的事,超过期限不向上报,上级问罪下来,他这个小营长官职不保不说,还有可能受到军法处置。时间一点一点过去,周兴汉实在熬不住了,说:"真不行,就上报吧。"

　　越威说:"营长,能不能别急着报。"

　　周兴汉说:"这他娘的都过了规定的期限了,万一找不到,到时上边怪下来,这个雷谁顶?你顶还是我顶?"

　　越威说:"我顶!"

　　周兴汉说:"你顶个屁,这是多大的事啊,别说你,我都顶不住。"

　　越威说:"营长,算我求你了,再给我半天,无论如何我把这几个人给你弄过来,就给我半天,好不好?"

　　周兴汉实在没咒念了,咳了一声,说:"段六这几个狗日的,真他娘的不让我省心啊,等找到,我非踢这几个兔崽子的鸟蛋不行。"

　　越威出了门,把陈小七找了过来,把他带到村西的小河边,说:"小七,你把我当连长吗?"

　　陈小七说:"我不但把你当连长,我还把你当哥,亲哥。"

　　越威说:"那好,段六等几个新兵是你引荐过来的,当初你跟我说过,他们是你以前的朋友,肯定出不了差错,可现在呢?"

　　陈小七说:"连长,这事,我真的感觉打心眼里对不起你。我也没想到段六会带人跑,这个王八蛋!原来在镇上一起'跑街'时,他挺讲究的一个人啊!"

　　"跑街?"

"哦，就是负责帮粮行讨账，有时候附近的居民到粮行买粮，不必马上付现款，欠款的多了，尤其是一些人一时半会不还，粮行就专门组织一批负责讨账的人，这批人被称为'跑街'，再后来，他就加入了顺义帮。"

越威说："顺义帮，这么说，他以前是云铁山的手下？"

"对。"

越威说："七，你没跟他们几个一块跑，这让我很欣慰。"

陈小七说："连长，我陈小七不是无情无义之人，你把我当亲兄弟看，我绝不会做对不起你的事。这几个王八蛋偷摸着跑了，事前真没跟我说，要是说了，我一定阻止他们。"

越威说："七，都是兄弟，我就不跟你绕弯了，你跟我掏个底，以你对这几个人的了解，你说他们能去哪儿？在哪儿能找到他们呢？"

陈小七低头想了一会，说："我要没猜错，这个时候正是饭点，这几个人很可能就在镇上的'醉八仙'喝着呢！当初跑街那会，经常在那儿吃吃喝喝。"

越威说："那妥了，我现在就过去，这事你暂时跟谁都不要提起。"

陈小七一愣，说："连长，我跟你一块去。"

越威说："不用，我一个人去。"

结果等越威赶到"醉八仙"的时候，发现段六几个人果然在二楼的一个房间里喝着呢。

段六看到越威的那一刻，一下子愣住了，嘴里的一块鸡肉也不嚼了。

越威说："六，我只问你一句，作为新四军，不请示不报告，你们几个私自跑这儿喝酒，你自己说，这事做得对不对？"

段六猛地一下咽了鸡肉，说："连长，既然你这么问了，我就跟你说实话吧。打今儿起我们几个就不在九连干了，太苦了，一天到晚，没酒没肉不说，还一大堆的规矩，兄弟们实在受不了。我们几个想好了，喝完这顿酒就奔向新的前程了！"

越威说："什么新的前程？"

段六说："我们都商量好了，拿着手里的这些家伙，上山当土匪去，自立门户，到时大口喝酒大块吃肉，自由自在，风流快活，再也不在新四军受那份洋罪了。"

越威说:"六儿,你是不是喝多了?"

段六说:"连长,我没喝多,我清醒着呢,我想好了,不但我们走,既然你找来了,那就跟我们一块走吧。"

越威一愣,说:"一块走?"

段六说:"对,连长,你别怪兄弟对你不敬,你要不走,我们就把你捆起来带走。"

越威说:"为什么要捎上我呢?"

段六说:"连长,因为你是个好人,你是我们的好连长,我们离不开你。"

一听这话,越威心里当时就是一酸,眼泪差点没掉下来,说:"六啊,到这个时候,你还把我当连长看,我感觉咱兄弟真没白白认识一场,可我不能答应你。你们是新兵,入伍不久,自由惯了,我不怪你,可我不能原谅自己,作为一连之长,我连自己的兄弟都没带好,还他娘的口口声声打鬼子、闹革命,我还革他娘个蛋啊。好了,六,废话咱不说了,就几句话:一、你要还认我这个连长,就跟我回去,我保证在营长面前替你们美言,天大的事,我来担着;二、你们可以上山当土匪去,但得先过我这一关,出这个门之前,你们得把我弄死,否则,你们出不去。"说着,越威啪的一下拽出了腰里的盒子炮,往桌子上一磕,说:"六,要不这样也行,如果你们执意要上山当土匪,那我也没办法,不为难你们,也不劳烦你们,我自己动手,成全兄弟几个。"说着,越威举起了枪,枪口顶住了自己的脑袋。

越威的举动大大超出了段六几个人的意料,吓得段六一下子扔了手里的鸡腿,冲过去一把搂住越威,大喊:"连长,连长,你千万别这样,我求你了,我求你了,这事怪我,怪我喝多了。连长,我们几个错了,我给你跪下来认错了,我给你跪下了还不行吗?"说着,扑腾一下,真给越威跪下了。

余下的几个新兵也跟着跪了,说:"连长,连长,我们错了,我们改了,求你了,你把枪放下吧!"

越威的泪再也忍不住了,顺着脸颊哗哗直流,说:"你们都起来,如果还把我当连长,现在就跟我回去。"

段六几个人于是抽了抽鼻子，二话没说，跟着越威走出了酒楼。

回到营里，越威直接去找周兴汉。周兴汉刚打完电话，他告诉越威，电话是伍司令打来的，伍司令要求周兴汉务必在最短时间内除掉马占彪这个心头大患，给部队和地方减少损失。

周兴汉说完，又问越威："如果这个任务，我交给你，你有什么想法？"

越威说："我没什么想法，只有一个要求，那就是，你得放手让我干。参加新四军这么久，我发现规矩的确比国军部队多多了，这些规矩说实话的确很好，可也有它不好的地方，就是容易束缚住人的手脚。"

周兴汉笑了，说："这就是新四军区别于其他部队的地方，不过你小子既然说了，我答应你，但你也得答应我，注意把握分寸。"

越威出了营部，就把段六给找了过来。

越威说："六，你以前在顺义帮待过？"

段六点点头。

越威说："你怎么看待现在的顺义帮？"

段六说："顺义帮虽然被马占彪操控，投靠了日本人，其实内部矛盾很大，很多人当初是受了马占彪的胁迫和蒙骗才投靠日本人的，可毕竟都是中国人，这部分人良心未泯，实际上根本不愿替日本人卖命。"

越威说："六，我现在有个任务交给你。"

段六说："什么任务，连长？"

越威说："我想让你打进顺义帮，如果你能打进去，一定要利用一切机会做好顺义帮这部分兄弟的工作，争取到时咱们里应外合，把马占彪给收拾了，有没有困难？"

段六沉默了一会，说："没有，当初马占彪带顺义帮投靠日本人时，我虽然没有跟他过去，可也没有跟他闹翻。他问我有啥打算，我说我准备去汉口投奔我三哥寻些活路，自那以后，我跟他再没见过面。现在我找他，我就说，在外边混得不好，投靠他想让他赏碗饭吃。"

越威说："马占彪是个狡猾的人，沂水也就这么大，估计他想要了解你的近期状况并非难事，如果你这么直不楞登地突然找到他，他肯定有所顾虑和

第二十一章

怀疑。"

段六说:"那咋弄?"

越威说:"我有个办法,你只要按我说的执行就是,不过,可能得让兄弟你受点委屈。"

段六说:"只要连长你看得起我,吃点苦受点委屈,都无所谓。"

第二天,天刚一擦黑,越威命值班员吹紧急集合哨,召开全连大会,大会的主题是批斗段六几个人。越威说:"眼下举国抗战,段六几个人却拈轻怕重、贪生怕死、贪图享乐,受不了部队的苦,开小差逃跑不说,劝回来之后,不思悔改,贼心不死,又偷了炊事班的大米企图逃跑,被连队的哨兵及时发现,给抓了回来。按军法得就地枪决,但念他们入伍不久,又没有造成太恶劣的后果,连队决定从轻发落,但死罪饶过,活罪难免,各打二十军棍。"说着,一声令下,"推出去,给我打!"

段六几个人被马三等人推了出去,一阵乱打,打得段六几个人哭爹喊娘,打完了,又被带了进来。

越威说:"段六,你觉得你们几个人冤不冤?"

段六痛得咬牙切齿,说:"不冤。"

"以后还敢做违法犯纪的事吗?"

段六低下头,说:"不敢了。"

越威又看全连,说:"希望以后全连以他们几个为戒,如有再犯者,就地枪决,散会!"

半夜时分,大家正睡着,屋外急促的哨声突然响起。兄弟们迅速起床,在打谷场上集合。

越威拎着枪冲出了房门,问值班员:"出什么事了?"

值班员报告说:"连长,不好了,狗日的段六几个人把白天咱们在武家庄财主家没收的浮财给偷走了。"

越威问:"段六他们几个人呢?"

值班员抹了一把头上的汗,说:"跑了。"

"跑哪儿了?"

"进山了。"

越威咣哧一脚把板凳踹翻，下令："给我追。"

随着越威一声令下，九连的兄弟们冲进山里，开始大张旗鼓地搜索。可搜了半天，也没搜到段六几个人的一根毛，最后只得鸣锣收兵。而此时段六等人已在马占彪的司令部了。

隔着桌子，马占彪看着对面的段六，说话的语气不咸不淡，让人琢磨不透他的心思。

马占彪说："六哥，你啥时候跑到越威那儿的？"

段六捂着受伤的腮帮，说："这个月初六。"

马占彪脸上泛起不可思议的神色，"初六！这才几天啊，你就炝蹶子不干，投奔我了？六哥，别怪兄弟说话直啊，说难听点，你这就叫有奶便是娘啊！"

段六说："占彪，我这怎么叫有奶便是娘啊，我这叫弃暗投明啊！占彪，你啥意思啊？咱兄弟认识这么多年，我这脾气你不是不知道，你这儿要是能容下我，我就带兄弟几个人留这儿。你要是不收留，也行，直说，我带着他们上山当土匪去。"

马占彪说："你在越威那儿本来干得好好的，突然跑我这儿了，为啥啊？"

段六说："吃不了那份苦，天天苦行僧似的，顿顿没肉吃不说，连点油星都没，天天啃窝窝头。跟新四军干没意思。"

马占彪说："六哥，你这脾气还是跟以前一样，没变，不过我挺喜欢你这脾气，过瘾！行了，你跟兄弟们就留下吧。"

段六说："占彪，我投奔你，我可没空着手，给你弄了见面礼。"说着，一挥手，几个人把箱子抬了进来。段六说："占彪，一点小意思，笑纳。"

马占彪哈哈大笑道："六哥，你就是客气，好好，先吃饭先吃饭。"

不久，段六给越威送来密报，说他已经做通二中队队长吴玉林的工作。越威给段六回话，继续摸底观察，争取把工作做细，确保万无一失，并把一些要注意的问题跟段六做了交代。

段六带着越威的指示，连夜把吴玉林约到茶馆，就一些起义的细节进行了讨论。回去后，又用书信的方式把二人商讨的内容和决定派专人给越威送去。

第二十一章

第二天，天一亮，段六把他手下一个叫冯五的兄弟叫进房间，将信交给冯五说："你马上出城，去葫芦山找连长，将这封信交给他。这封信关系重大，你可千万小心，不能出任何差错。"

冯五说："行了队长，我办事你还不放心吗？"说着，接了信，走出队部。

冯五跟段六多年，一向办事可靠，可段六万没想到，这一回，冯五却掉链子了。一大早，冯五刚走出城门，就听到身后有人喊他，冯五回头一看，是他的一个昔日好友王三。冯五很惊讶，因为俩人好多年没见了，没想到这么巧，竟在这儿遇上了。

王三告诉冯五说："我现在城东关开了家修理铺，怎么这么巧啊五哥，一出门竟碰上了你。咱兄弟可有些年头没见了，走走，上我家喝两杯。"

冯五说："算了三弟，我有要务在身，耽误不得。"

王三说："五哥，有多大的事能大过咱兄弟的情谊，别啰唆了，叙叙旧而已，完了，你继续忙你的事，误不了，放心吧。"

就这样，冯五经不住王三的热情，就答应了，觉得就喝两杯，说几句话，赶紧赶路就是，可哪曾想，一坐下来，就不是那回事了。冯五这人啥都好，就是有个坏毛病，好酒，并且是那种见酒欲罢不能的主儿。两杯下肚，瘾就起来了，不知不觉两人就喝多了。正喝着，门外响起了车铃声，跟着有人喊："掌柜的，给我补车胎。"

王三摇摇晃晃地走出去，一看那人穿着墨绿上衣，灯笼裤，腰里别着个王八盒子，是县稽查队的沈继贤。

沈继贤看见王三喝得脸红脖子粗，就问："跟谁喝呢？喝成这样。"

王三说："一个朋友。"

沈继贤说："啥朋友啊？"说着，走了进去。

此时，冯五已经喝醉了，脑袋搭在桌子上，衣服敞开着，信封从口袋里露出。沈继贤轻轻地走过去，将信掏了出来，拆开一看，倒吸了一口气，慌得连车胎也不补，连忙把信放回去，推了车子就走。

王三说："还没补呢！"

沈继贤说："不补了，有紧急事先走了，改天再补。"

马占彪接到沈继贤的报告，吓出了一身冷汗，说："你可看准了？"

沈继贤说："千真万确。"

马占彪说："那封信呢？"

沈继贤说："我没拿，我担心引起对方的怀疑，看完之后，又将信塞了回去。"

马占彪说："信上说他们什么时候动手？"

沈继贤说："这月初九。"

马占彪略一沉思，说："好，我知道了，你先出去吧。哦，对了，你去找侯队长领赏。"

第二十二章

当天晚上，马占彪打电话给吴玉林，并让吴玉林转告段六，说明天晚上吉田光一联队长在宴宾楼订了酒席，有事跟大家商量，到时中队长以上人员务必参加。吴玉林说"好的"，结果，刚挂了电话，电话又叮铃铃地响了，一接又是马占彪。

马占彪说："刚接吉田光一联队长的电话，说队长以上的要提前半小时到，有重要任务传达。"

吴玉林挂了马占彪电话，又马上打电话给段六。

段六说："这个安排不会有什么事吧？"

吴玉林说："应该不会。"

段六一直等到天黑，冯五才回来。

段六说："你怎么这么晚才回来，路上没出什么事吧？"

冯五没敢把喝酒的事说出来，只说路上见一个熟人耽搁了点时间。

段六说："见着连长了？"

冯五说："见着了。"

段六说："他有啥指示？"

冯五说："他让我转告你，一切按计划行事，还再三提醒，要你一定谨慎谨慎再谨慎。"

段六看了看表，时间差不多了，便往宴宾楼赶。结果一进去，发现气氛不对，楼里边冷冷清清的，没有人，上了楼，依然不见人影。等段六小心翼翼地推开 609 房间的门时，一下子惊呆了，偌大一个房间空空如也，吴玉林却趴在桌子上，一动不动，而桌子上、地上全是血。段六预感到大事不妙，刚要转身离开，可身后突然冲上一群荷枪实弹的日本兵，眨眼工夫把他包围了。

段六拽出枪刚要反抗，后脑勺哐当一下被人捣了一枪托。段六眼前一黑，便昏了过去。不知过了多久，一盆冷水浇了过来，段六苏醒，睁开眼，看见眼前站着吉田光一和马占彪。

马占彪说："六哥，你可真让我失望，你说你就这么想当这个中队长吗？你才来几天啊，就这么急不可耐了？为了当队长，你竟能对自己的兄弟下毒手，你良心何在，你置兄弟情义于何地？"

段六气得眼珠子直瞪，"呸"了一声，说："马占彪，老子小看你了，没想到你会跟我玩这一招。今天落在你手里，我没什么好说的，我认栽。"

马占彪刚准备叫人给段六用刑，吉田光一却举了举手，阻止了，转身跟马占彪叽里呱啦说了一阵。马占彪"嗨"了一声，命人将段六推了出去，关进了一间黑屋里。

房间很狭小，光线很暗，地上铺着些枯草。段六的双手被反绑着，他把房间扫视了一遍，发现角落里有一个空酒瓶，便吃力地爬了过去，用脚将那瓶子往墙上一踢，瓶子碎了，然后他背过身去，捡起一个碎片，一点点地割手腕上的绳子，费了好大劲儿，终于将绳子给割断了。

段六稍微平复了一下心情，咳嗽了一声，说："外边谁在站岗？"

门外哨兵回话："我。"

段六听出来是顺义帮的董世标。

段六说："兄弟，我渴，你能不能给我弄点水？"

董世标说："六哥，马队长有令，不让给你弄东西啊。"

段六和董世标打顺义帮就认识，多少年的交情了，便开始跟董世标叙旧，董世标最终架不住段六的软磨硬泡，答应了，轻手轻脚地打开门，送了一碗水进来。

段六说："兄弟，我手绑着，你能过来喂我喝吗？"

董世标不知有诈，便捧着碗走了过去，刚蹲下，就被段六给摁在地上。

段六说："世标，六哥不难为你，你也别难为六哥，我的其他兄弟呢？"

董世标说："都关在后院马房呢。"

段六说："兄弟，哥对不起你，看来，得让你先睡会了。"说着，一个近身

| 第二十二章 |

击肘，将董世标击晕在地。然后，拿了枪冲出房门，借着夜色，摸到后院马房，蹑手蹑脚走过去，靠近哨兵的霎那，一枪托将其击倒在地，然后从哨兵身上摸出钥匙，将房门打开，里边的兄弟们见是段六，又惊又喜。

段六说："快走，估计这会儿越连长他们已经动身，再不走就来不及了。"结果，一队人刚冲出房门，原本沉寂的夜空突然传来警报声，紧跟着，黑压压的日伪兵就堵了上来。段六带着兄弟们一边躲避一边后撤。而此时的越威已带着九连的兄弟按预期计划动身，前往沂水城东一个叫池水沟的小山村，按计划，凌晨三点，以枪声为号，九连和段六他们里应外合，围剿马占彪。越威怎么也没想到，此时的马占彪已在池水沟东边的一个山谷里埋下伏兵，只等九连进入包围圈了。就这样，九连兄弟在山谷一出现，马占彪就下令开火，这一幕发生得太过突然，弄得九连进退失据。战斗一下子陷入了胶着状态。

然而，激战正酣，冯五带着两个兄弟冲了上来，跟越威报告说，段六他们被鬼子包围了，请求马上派人解救。这下风云突变，越威把马三叫到身边，说："现在咱们被马占彪围住，一时脱身不得，这样下去，不是办法。我现在带人牵制马占彪的主力，掩护你突围，冲出去后，你马上去葫芦山，请营长马上带人营救段六。"

就这样，在越威他们的掩护下，马三冲出封锁网，一路飞奔，赶往葫芦山。而此时的周兴汉正生病打摆子，根本下不来床，更别说带队打仗了。正为难间，云萱冲进来，说："营长，我带人去营救段六他们吧。"

周兴汉知道这个时候也实在无人可派了，再去派人通知其他连队已来不及了，情势紧急，只得答应。

越威带着九连与马占彪一直打到日上三竿。就在双方相持不下之时，左边山头上突然枪声大作，越威抬头一看，认出来了，竟是三连长张有金带着战士们赶来解围。这下前后夹击，马占彪顶不住了，又打了一阵，便匆忙收兵撤回镇里。

张有金告诉越威，段六他们被云萱给救出来了。越威大喜，带人急忙往葫芦山赶。可刚回营里，却得知一个晴天霹雳的消息：云萱牺牲了。越威几乎不相信自己的耳朵，当场就蒙了，等他终于跟跟跄跄被人带到营部的时候，发现院子里挤满了人，中间放着一个担架。越威哆嗦着走过去，蹲下身，掀开白布，白布下露出了云萱苍白的脸。那一刻，越威的眼泪夺眶而出，抱着云萱，号啕大哭，他发誓，早早晚晚，一定为云萱报仇。

转眼已是深秋。

距葫芦山三十里，有一座山，由于其状如骆驼，所以当地人唤做骆驼山。山上驻着一伙土匪，为首的叫鲁明仁，山东人，最初的时候在济南卖烧饼，后加入当地的一个帮会，再后来，这个帮会被韩复榘收编为保安团。鲁明仁由于精明能干，很快当了排长。1937年冬，日军攻占山东，鲁明仁不愿意随部队南撤，带着一排的人就上了骆驼山当起了土匪。这鲁明仁虽然当了土匪，可不像孟三庆那样胡作非为。他跟手下约法三章：穷人不抢，本地人不抢，不欺男不霸女。所以，在当地老百姓心目中，这个鲁明仁算得上是个义匪。前些日子，周兴汉曾派越威跟鲁明仁接触过，目的是想动员他接受新四军的改编，加入九连。鲁明仁当时的确有些动心，毕竟新四军是国军序列的，是正儿八经的军队，鲁明仁受传统思想的影响很深，在他的心里，这土匪无论当得多滋润，都名不正言不顺，都没有弄个正儿八经的官职干受人待见。可他的二当家文二林却劝他不要急着答复新四军的要求，文二林的理由是：以历史上看，无论哪朝哪代，接受招安的没有几个有好下场，这新四军说的比唱的都好，什么新思想新社会，跟封建社会不可同日而语，别信他们那套，静观其变，观察一段时间再说。鲁明仁想想也在理，于是就跟越威打了哈哈，把这事压下来了。

骆驼山和茶花山之间有一个小型露天煤矿，为了争夺这个煤矿，当初鲁明仁和孟三庆打过几仗，结果弄得两败俱伤，损失惨重。所以，一时间，双方都不敢再主动出击。可两人心里，这个梁子是结下了，都在暗地里瞅着呢，一有机会，就会毫不客气地把对方吃掉。

听到孟三庆被新四军端了老窝的那一刻，鲁明仁有点不大相信，心说，吹牛逼吧，新四军有那么邪乎吗？一个连就把孟三庆干了。可后来派出打探消息的人回来跟他报告，此言不虚，千真万确。那一刻，鲁明仁服了，说："他妈的，看来这些新四军果然不是浪得虚名啊！"

周兴汉不失时机地派越威跟鲁明仁接触。又是那个文二林从中作梗，还是让鲁明仁不要急着答应，再等等，不要中了新四军的圈套。鲁明仁心里虽然服气，可对九连的警惕依然没从心里彻底抹去，于是故伎重演，跟越威玩起了太极。越威说没事，我有的是耐心，过段时间我再来，到那时你想通了咱再商量。然而，这话刚说了三天，那天一大早，鲁明仁就带着一帮手下风尘仆仆地主动找上门了。一见面，鲁明仁扑通给越威跪下来了，说："越威兄弟，这一回无论如何你得帮我。"

越威马上搀了他，说："别这样，别这样，咱新四军不兴这个。"

鲁明仁说："越连长，我他娘的糊涂蛋，前段时间听了文二林的话，故意不配合老弟你，现在我后悔得想撞墙。"越威再看眼前这些人一个个蓬头垢面，丢盔卸甲的，就问："到底怎么回事？"

鲁明仁咳一声，说："不瞒老弟你说，前段时间我娶了一个小老婆，昨天她家里捎来信说她爹病了，这娘们哭着闹着要立时赶回去。我当时就担心她路上出啥意外，于是就派一个班的兄弟护送她，结果还是出事了。刚走到半道被鸡冠山胡大麻子给截了，得到消息，我立时带人去救。哪料到，胡大麻子经营鸡冠山多年，自从投靠了吕少坤之后，又得到日本的武器给养，兵强马壮，山上的工事异常坚固，我兄弟连攻好几回，久攻不下不说，伤亡惨重。看着兄弟们像割韭菜似地倒地，我这心疼的啊。哎，越威老弟，我也实在是没咒念了，才腆着这张脸来求你，求老弟你无论如何出手帮我一帮。"

越威带着鲁明仁去了营部见周兴汉。

周兴汉说："前车之鉴，后事之师，这人无论如何得救，可如何救得好好研究下。如果九连到时也像你这样，不管三七二十一带人就冲，别说一个连，就是一个团也白搭，地形险要，易守难攻。"

鲁明仁这下急了："那咋弄啊？"

越威说："这个鸡冠山我之前也详细地侦察过，的确易守难攻，但只要打掉了它的关隘处的机枪碉堡，它的优势就不存在了。"

周兴汉说："可碉堡修在山上，子弹打不穿，手榴弹够不着，如何打掉它？"

越威说："用炮打。"

周兴汉一愣："迫击炮？"

"对。"越威点点头。

周兴汉说:"恐怕不行,迫击炮这玩意不像山炮、野炮,它的弹道是曲线的,受地形、风速、风向、温度等一系列因素的影响极大,射弹的散布也大,很难直接准确地命中单体目标,尤其是碉堡这种垂直型的建筑。再说,现在对方建在高处,如何用炮?"

越威说:"我有办法。"

周兴汉一怔,说:"什么办法?"

越威在地图指了指一个山头,说:"鸡冠山的对面有座山叫金鸡岭,我可以带人迂回到金鸡岭的山顶上,这样在高度上就可以与胡大麻子的那个碉堡平齐,然后,用迫击炮将其轰掉。"

周兴汉说:"可迫击炮根本不能进行平射啊!"

"能。"越威胸有成竹地说。

周兴汉道:"怎么会能呢?迫击炮的炮弹是由炮筒前端装入,炮身一放平,炮弹就无法下滑,击发不了雷管打火,怎么打?"

越威语气坚定地说:"这个你甭管了,我反正有办法。"

周兴汉睁大了眼睛说:"真的假的?"

"真的。"

周兴汉依然有些不大相信,说:"即便能,又怎么迂回上去?"

越威说:"过河。"说着,又指了指地图,"你看到这条河了吗?从这个位置看下去,左侧的河面宽,右侧的河面窄。"

周兴汉点头。

越威说:"到时,趁天黑,我带人从右侧偷渡过去,登上金鸡岭,在我们下水前,你带兄弟们运动到鸡冠山下,埋伏好,到时咱们以炮声为号,发起攻击。"

越威的话说得轻巧,可周兴汉心里还是没底,然而,除此之外,似乎也真的没有第二个更好的办法,于是,再三叮嘱越威:"到时,可千万小心。"

转眼到了天黑,越威带着马三他们借着草丛的掩护,向着小河摸了过去。几分钟后,越威他们已到了对岸。河岸上砌着石头,坡度很大,穿着湿衣服很

| 第二十二章 |

难爬上去。大贵试了几下都没成功，越威抓到了一棵歪脖子柳树的树根，才翻了上去，随后扔下绑腿绳，把其他人一一拉了上来。上了岸，几个人没有一刻停留，抱着炮，风一般就钻进了草丛中。山坡上全是乱石，马三一着不慎，脚给崴了，可在那种情势下，也顾不上了，依然咬牙前冲。队伍悄无声息地往前摸索。终于到了山顶，在一片树林里藏了起来。大贵迅速将迫击炮底板装好。

越威说："不用，把炮筒放平就行。"

几个人都一愣，眼睛一眨不眨地看着越威，心里直犯嘀咕：炮筒放平了，还怎么发射炮弹？

越威猫着腰摸到一片蒿草丛边，拔出匕首，砍了几棵蒿草，又快速返回。他小心地用匕首将蒿草秆的一头交叉着劈开，然后罩在炮弹的弹头上。这下所有人都明白了，他是要借蒿草秆推动炮弹下滑，然后击发底火。一切准备就绪。而此时，周兴汉带着一队人悄无声息地摸到鸡冠山下，在草丛里埋伏下来。安装完毕。越威看了看表，预定的时间到了，于是，手一挥，下令："放。"三发急速射，"轰轰轰"，伴着三声巨响，对面鸡冠山上的那个碉堡顷刻间土崩瓦解。与此同时，周兴汉带人一声呼喊，以迅雷不及掩耳之势，发起猛攻，冲上山头。山头的土匪们本来就是一群乌合之众，又是偷袭，战不多时，土匪们就缴械投降，还在被窝里的胡大麻子都没顾上穿好衣服，就被战士们摁在床上给捆了。

鲁明仁早已气得牙根痒痒，疯了一般冲上去，刚要踹胡大麻子，发现床上还绑着一个人，搬过身一看，鲁明仁心疼得泪都下来了，正是他的小老婆小桃红。

鲁明仁说："宝贝，这狗日的没占你便宜吧？"话音未落，脸上挨了小桃红一巴掌。

小桃红破口大骂："都什么时候了，你狗日的还惦记着这个，老娘差点命都没了。"

鲁明仁连连道歉，"小宝贝，对不住，对不住，让你受苦了。"

小桃红委屈得哇哇大哭，还跺脚说："你这个挨千刀的，这两天你死哪儿去了啊？！"

鲁明仁说："哎呀，这两天我都愁死了，天天攻打鸡冠山，可就是攻不上

163

来，今晚上多亏了越威兄弟。"

小桃红泪眼汪汪地抬头看越威，叩头便谢。越威发现这个女人长得的确相当标致，唯一不足的是她的眼神，太媚了，透着股妖气。

经此一战，鲁明仁彻底服了，三天后，就派人给越威送来信，表明愿意接受改编。

第二十三章

　　三天后，周兴汉本来要派越威带人去接收鲁明仁的队伍，可军分区突然下通知说，所有连长以上的军事主官到司令部开会。越威于是就命大贵带领一排的兄弟去骆驼山接收鲁明仁的队伍。太阳偏西的时候，越威开完会回到营里，却没发现大贵的身影，就问周兴汉："营长，大贵他们还没回来？"

　　周兴汉说："我正为这事担心呢，按理说，这个点，应该回来了啊。"

　　越威心头立时掠过一种不祥的预感，两个人正说着话，通讯员跑进来报告："营长，三班长回来了。"话音未落，三班长带着几个兄弟气喘吁吁地跑了进来。

　　越威抬头一看，吓了一跳，发现几个人一个个蓬头垢面，一身的硝烟，帽子都没了，不由一愣，说："咋回事？"

　　三班长当时大嘴一咧，号啕大哭，说："连长，咱们栽了！"

　　越威万没想到，鲁明仁派人来九连表示愿意接受改编的当天下午，驻沂水的日军就探得了这个消息，那天鲁明仁派来负责联络的那人离开九连后在沂水城吃凉皮的时候被几个宪兵抓住了，那人经不住拷打，几鞭抽下去，全招了。吉田光一接到报告，倒吸了一口冷气——现在一个小小的新四军九连已经骚扰得他鸡犬不宁了，骆驼山的鲁明仁再一投靠过去，新四军的队伍势必更为壮大，那他以后在沂水的日子将会更为难熬。所以天不亮，吉田光一便在一个叫老鹰沟的地方早早设伏，这里是从骆驼山到葫芦山的必经之路。

　　老鹰沟是一条山沟，两侧是两丈多高的悬崖峭壁，对方进入山沟之后，只需将山沟两端一堵，纵有登天本事，也是插翅难飞！大贵带着人进入老鹰沟之前，鲁明仁不大放心，曾劝他，要不要派人侦察下。大贵嫌麻烦，说："老鹰沟不远就是小纸坊，小纸坊是咱三军分区的地盘，能出啥大事，听我的，大队全速前进。"

结果，队伍刚一进入山沟中间，两侧的山腰突然枪声大作，密如爆豆的子弹夹着拖着白烟的手榴弹铺天盖地地砸来，整个山谷立时被炸成了火海一片。一排大多数是新兵，没有多少实战经验，面对这突如其来的袭击，一下被打蒙了，很多人还没明白过来是怎么回事，已经挨炸身亡。硝烟弥漫中，大贵带着几个兄弟护着鲁明仁躲进一片乱石里。

鲁明仁说："丁排长赶紧派人出去跟向连长他们报信，搬兵求救啊！"

可大贵那一刻也没咒念了，说："这他娘的子弹打得跟蝗虫似的，如何冲出去？"

一侧的三班长眼尖，四下一打量，说："排长，要不，我去吧！"

大贵说："这两侧都是悬崖峭壁，难不成你飞出去啊？"

三班长说："我有办法，你们掩护就行了。"说完，他从乱石丛里爬出来，猫着腰朝对面的崖壁冲了过去。到了崖壁下，一纵身，抓了一根碗口粗细的树干，噌噌几下蹿了上去，到了树顶，双脚蹬树杈，纵身，又抓了另一棵小树，犹如攀山的猴子一般，动作迅速敏捷，不多时便到了崖头，一头扎进蒿草丛里便没了踪影。

听完三班长的报告，所有人大惊失色。

三班长跟周兴汉说："营长，赶紧带兄弟们去救一排长他们，去晚一步，兄弟们就全死光了！"

周兴汉一声令下，队伍迅速集合完毕。然而，就在周兴汉挥手出发时，越威突然说："营长，咱们要不要再从长计议，这样油浇火燎地上去，我总感觉有些不妥。"

周兴汉说："一排的兄弟们和鲁明仁他们都命悬一线了，哪他娘的有工夫从长计议。"

越威说："吉田光一的这次设伏一定是早有预谋的，通过这几次的交手，我能感觉出来，这人不是一个平庸之辈。他带人堵大贵他们，就一定做好了后手，也就是说，对咱们的救援一定做应对之策。我担心，咱们这么匆匆忙忙就上去，反而中了他的奸计。"

经越威这么一提醒，周兴汉也一下冷静下来。

第二十三章

周兴汉说，"那，你有什么更好的办法？"

越威用袖头抹了一把桌上的地图，手指一点说："营长你看，这是小纸坊村，这儿距老鹰沟不到二里路，而这二者中间无路可走，尽是遮天蔽日的芦苇，眼下是初冬，芦苇都枯了，一点即着。"

周兴汉一下明白过来："你的意思是用火攻？"

越威点点头。

周兴汉说："快说说你的想法。"

越威说："不管他吉田光一是不是留有后手，咱们索性就避开他的正面，从背后下手，具体这样：咱们兵分两路，一路直插小纸坊。到了之后，迅速将全村控制封锁，以免走漏风声，然后放火点燃芦苇荡。今天是东北风，正好火借风力会往南压。到那时，老鹰沟北端的日伪军就被逼向南压，而我们的另一路，渡过这条叫洙水的小河，绕到老鹰沟南端的敌人侧背，发起突袭，力争速战速决，控制南端出口，将日伪军堵在山沟中间，一举消灭。"

情势紧急，方案一确定，马上行动，一队由越威带领奔袭小纸坊村负责放火，一队由周兴汉带领渡洙水河绕到老鹰沟南端从敌后发起突袭。半个小时后，越威他们到了小纸坊，马三带着几个战士将村庄的各个出口封锁，越威带着余下的人出村口，悄然向西，悄无声息地摸进了芦苇荡，一把火放出去，不一会儿，遮天蔽日的芦苇荡冒起了冲天大火。那天的风很大，火借着风势，翻江倒海一般，黑烟滚滚，一路南压。此时的吉田光一正指挥着部下跟山沟里的大贵等人展开激战，全然没料到身后会发生意外。他之所以没有后顾之忧，是因为在距老鹰沟五里一个叫南王寨的村庄他已经派人埋伏在那儿，专门负责阻击前来驰援的新四军的，没想到，越威他们竟从山野小道插了进来。芦苇荡一着火，由南王寨进入老鹰沟的唯一一条小路瞬间就被堵死了。黑烟一起，不多时已是昏天暗地，能见度几乎为零。放完火，越威带着大家沿着山根处的那一片沼泽地往老鹰沟的入口处猛插。

大火不一会儿就蔓延到老鹰沟的入口处，连烧带呛，吉田光一这边实在撑不住了，带着人往山下跑，然而，还没跑到沟底的沙土带，越威已经带人冲上了崖顶，追着对方猛打。

167

就在越威他们跟吉田光一这头接上火的同时，周兴汉带人以迅雷不及掩耳之势突然就出现在负责老鹰沟南端的马占彪等人的背后，没有二话，双方立时展开激战。整个山谷立时枪炮齐鸣，杀声震天，热闹得像一锅烧开的水，沸腾到了极点！

乱石丛中，大贵正指挥着余下的兄弟绝地反击，突然发现吉田光一带着人冲了上来，定眼再瞧，只见浓烟滚滚，火光冲天，浓烟里，一队人马喊叫着杀了出来，领头的正是越威。

大贵一下来了精神，从乱石中一跃而起："兄弟们，小鬼子要跑，赶紧堵啊！"喊着，第一个迎了上去。余下兄弟从一开战便处在被动的境地，憋屈一个下午了，终于到出气的时候，眼睛都红了，群情激昂地叫道："妈的，拼了！"

狭路相逢，一场血战立刻上演。一时间，大刀乱砍，刺刀乱捅，手榴弹乱飞，杀人者和被杀者同时发出怪叫，各种惨叫此起彼伏，令人毛骨悚然。

越威一个人对付两个日本兵，手里的那把大刀被他抡得上下翻飞，都抡出花了，弄得两个日本兵半天找不到下手的地方。

黑娃和马三两个人对付吉田光一一个人。吉田光一那张冷若冰霜的脸上，根本没有怯意，他似乎压根就没把两个人放在眼里，但出招、收招并不大意，战了几个回合，抓住间隙，一个射劈，马三转身要躲，被吉田光一一脚踹倒，顺着水草地，滚进土路一侧的水沟里。

黑娃眼珠一转，情知不是对手，转身就跑。吉田光一提刀便追。跑着跑着，黑娃突然停住了，不能再跑了，前边就是那条小河，正是初冬，河面结着薄冰，下边就是湍急的河流。退无可退，黑娃转身，抖了抖手里那把大刀，大声骂道："狗日的，老子跟你拼了。"骂着，提刀便扑了上来。两个人一交手，结果只打两招，吉田光一卖了一个破绽，黑娃不知是计，举刀又砍，不曾想上当了，一招走空，刚要抽刀再砍，却被吉田光一咣哧一刀把儿，捣中左肋，疼得黑娃惨叫着倒地。

吉田光一举刀又砍，吓得黑娃双眼一闭，失声大叫："连长，救命啊！"

越威正和一个日本兵交手，闻声扭头，发现黑娃命悬一线，越威心中一急，卖了破绽，跳出圈外，转身冲了过来，后边那日本兵要追，被越威一个后踹，踢中小腹，蹲地不起。

到了断崖跟前，越威一把抓了坡上的藤蔓，手腕运劲，一个鹞子翻身，到了土堆顶，起身的瞬间，一个乌龙摆尾，啪的一下，踢中吉田光一的手腕。吉田光一手腕受疼，弯刀差点脱手，刀尖偏了，擦着黑娃的头发梢扫了过去。黑娃出了一脑门的冷汗。

吉田光一气恼道："八格！"转身，不由一怔，他认出了越威。二人也不废话，挥刀战在一处。打斗中，吉田光一突然一个斜劈，越威移步侧身，躲过，举刀刚要出击，脚下突然被藤蔓一绊，身体不由得一歪，动作就慢了下来，吉田光一抓住战机，再次闪电出刀。

黑娃惊得大叫："连长，当心。"喊着，一个前扑，抱住了吉田光一的一条腿。吉田光一一时剑走偏锋，越威躲过一劫。吉田光一恼羞成怒，刀一竖，照着地上的黑娃当胸捅去。越威惊得大喊："黑娃小心。"与此同时，就地一滚，举刀挡吉田光一弯刀的同时，使出一个扫堂腿。吉田光一站立不稳，倒地之前，飞起一脚，将黑娃踹飞出去。越威伸手去抓黑娃，却一把抓空，黑娃惨叫着跌落到河里。吉田光一还想再攻。越威已闪电出手，一个横劈，大刀夹着风就扫了过来。刀法之快，迅雷不及掩耳。吉田光一躲闪不及，被大刀刺中左肋，疼得他面部扭曲，痛苦倒地。越威从地上跃起，欲再砍出一刀，河里，黑娃却挣扎着露出水面，扑扑地吐了几口水："连长，救我。"不得已，越威返身去拽黑娃，与此同时，两个日本兵冲了上来，扶起吉田光一，发足就跑。越威刚要带人追，马三突然从后边冲了上来。

马三说："连长，不好了，不好了。"

越威一怔，"咋了？"

马三说："马占彪个狗日的跑了。"

原来，就在越威他们和吉田光一在老鹰沟激战的同时，周兴汉和负责防守南端的马占彪也交上手了。周兴汉等人的出现令马占彪感到有些意外，他原本想到新四军会驰援，但没想到会从他的背后上来。他的背后是往县城的方向，路的两侧是宽阔的河面，又是初冬，这么冷的天，新四军不可能涉河扑上来了。可马占彪这次真就失算了，周兴汉带着兄弟们衣服都没脱直接从河里趟了过来，

169

北风一吹，不一会儿，大家的棉裤都上冻了。周兴汉鼓励大家，战斗一打响，所有人都要往死里拼，因为，你拼得越猛，运动量就越大，身体就会越热。否则，如果棉裤一上冻，咱们就成了对方的枪靶了。所以，双方一交手，一营的兄弟们都豁出去了，气势如虹。

对这次出战，马占彪原本就不太上心，尤其是这段时间，他对吉田光一心里很有意见，当初他和吉田光一联合血袭顺义帮时，吉田光一答应他，事成之后，官职不用说，还要给他一笔丰厚的赏钱。结果，这么久了，他竟一个子儿都没得到，经过打探，才知道吉田光一将这笔钱挪作他用，建了一座樱花楼，而这座楼神秘得要命，出入这座楼的人员一律不跟外界有什么接触，并且都是一些从外地调来的新面孔，连他这个队长都不能走近一步。有了这个心结，一打起来，马占彪首先想的就是自保，能跑就跑，为吉田光一卖命不值。尤其双方战得正酣之际，一个士兵跑来报告，说北边的吉田光一被围了，马占彪当时心里就咯噔一下。那兵说，吉田联队长要马队长你带人增援。马占彪那一刻心里产生了激烈的斗争，他已经料到这次吉田光一很可能凶多吉少，再加上对他言而无信的怨恨，马占彪作出一个令人意想不到的决定：不救吉田光一，不但不救，自己也不干了，立时撤。

周兴汉一看对方要跑，心说：妈的，费了这么大劲儿摸上来了，这就跑了，那哪儿行啊。于是带人追赶，死缠不放。逃跑中，一颗流弹打中了马占彪的小腿，他由两个手下架着往一片草丛中跑。好不容易爬上了一片丘陵地，抬头再看，傻了，眼前是一条干沟，沟宽数丈，乱草丛生。回头再看，后边周兴汉带人嗷嗷叫唤着追了上来。那两个伪兵转身刚要还击，被追击者乱枪打死。马占彪心一横，眼一闭，顺着坡就滚了下去。

周兴汉大喊："兄弟们，捉活的！"喊着，第一个冲了下去。然而，跑动中，一着不慎，滑了一脚，起身又冲，就在距马占彪仅有几步之遥的瞬间，对面的沟坡上突然枪声大作。马占彪手下一个中队长带着一队兵从对岸冲了下来。周兴汉一惊，刚要组织部队反击，话未出口，马占彪甩手一枪，打中周兴汉的小腹，周兴汉哎呀一声，扑腾歪倒在水沟里。周兴汉一受伤，一营阵脚立时大乱，借此间隙，几个伪兵箭步冲下沟坡，拖起受伤的马占彪返身就跑。

第二十三章

等越威带人赶到的时候,马占彪人已经跑远了。他带人刚要追,马三哭着从后边冲了上来。

马三喊:"连长,别追了,营长肚上挨了一枪,赶紧救他,再不救就死了。"

虽然越威发誓一定要亲自找机会除掉马占彪,为云萱报仇,可马占彪知道自己罪大恶极,越威肯定不会放过他,于是行踪更为隐秘,越威四处派人探寻他的下落,可一直未果。转眼又到了五月夏收季节,越威终于等来了机会。

第二十四章

去年，吉田光一吃了新四军"坚壁清野"的亏，所以，今年早早地就做准备了，专门组织了抢粮队，由马占彪亲自带队，下乡抢粮。

马占彪知道自己在沂水的民怨大，所以起初称病，不愿出城，可迫于吉田光一的威力，最后只得硬着头皮亲临一线。

那天一大早，越威刚起床，马三领着一个老汉走了进来。

马三跟越威介绍，说："连长，这是耿庄的保长耿宝财。"

耿宝财六十出头，在村里主事多年，是个白皮红心的保长。新四军来了之后，被做通了思想工作，表示愿意配合新四军做工作，但表面上仍然为日军效力。因为他这种特殊身份，的确也为新四军帮了不少忙。

前段时间，越威已接到密报，说日军组织了个抢粮队，由马占彪亲自带队指挥，只是马占彪太狡猾，行踪不定，一时间摸不清楚他会栖身何处，反正是出城了，于是，越威就叫马三通知葫芦山周围的村落保长开了个会，让大家都暗中留点心，一旦发现了马占彪的行踪，就马上报告。今天，耿宝财一大早赶到，就是报信的。

耿宝财告诉越威，昨天他和附近几个村的保长们被通知去马头镇的据点开会，见到了马占彪。马占彪虽然出了沂水城，可他担心遭人报复，于是，就龟缩在马头镇据点里，命他的中队长负责抢粮，而他只在据点发号施令。

马头镇据点，一星期前，越威趁着赶集的机会去看过，这个据点是日本经营了几年的地方，警戒森严，易守难攻，那些十几米高的炮楼清一色全是钢筋混凝土的结构，上面布满了机枪口，并且四周的墙头上拉着电铁丝网，一到晚上还通电。如果强攻，以九连的实力无疑是以卵击石。可越威知道，这次是除掉马占彪的大好机会，如果这次再擒不住他，让他回了沂水城，那无疑是放虎

第二十四章

归山,再想除掉他就难了。

越威说:"老耿,马占彪要求你们把粮食什么时候送过去?"

耿宝财说:"三天后,也就是初九,初九不送,我这保长被揍不说,交的粮食还得加罚。"

越威想了想,便俯在耿宝财耳边如此这般地交代了一通。

耿宝财边听边点头。

初九这天,清风寺。

一大早,越威他们由清风寺老方丈陪着刚坐下,负责放哨的马三跑了进来,说:"连长,耿宝财他们到了。"

越威推了茶碗,说:"准备行动!"

一队人涌出了山门。

耿宝财他们看到越威一伙人手里都擒着家伙突然打山上冲了下来,放着车子就四下逃命去了。越威便令兄弟们推着粮车,直奔马头镇。

进了据点,越威发现交粮的人和车排了好长的队,于是,冲马三使了眼色,马三几个人会意,推着其他两辆粮车趁乱拐进了一条林荫小道。越威这边排着队,开始用余光四下搜寻,只见西北角是一溜平房,其中一个房间的门突然被拉开,走出几个人,而其中一个正是马占彪。越威下意识地往下了拉了拉草帽,但眼睛一直紧盯着马占彪。等马占彪上了楼,走进一个房间,越威冲着大贵、黑娃他们使了使眼色。众人开始不动声色地解车上的绳子。而此时马三几个人推着粮车向炮楼一点点靠近,突然,上边传来了吆喝声:"干什么的?"

马三说:"交粮的。"

对方骂道:"他妈的,没长眼睛啊?交粮点在前院,这是军事重地,禁止靠近,赶紧滚。"

马三马上装出害怕的样子,忙说:"对不起,对不起,走错了。"说着,便装模作样地往后倒。

越威他们这边情势更为紧张,眨眼工夫,马占彪人已上了二楼,而就在他刚要推开其中一间房门的当口,越威突然大喊一声:"马占彪!"

马占彪听到有人喊他名字,下意识地扭身,但瞬间就意识到事情不妙。于是,在推开门的刹那,一头拱了进去。几乎与此同时,越威手里的盒子炮已经扣响。子弹呼啸而至,直接穿透了门板,擦着马占彪的头皮就飞了出去。

枪声一响,整个据点顿时大乱。

越威一挥手,带着大贵他们风一般地就冲了上去。接下来,双方展开激战。前边一开火,炮楼的日本兵就被惊动了,于是原本沉默的几挺机枪立时吼叫起来,火力很猛,形成犄角之势,子弹如雨般打过来,把越威他们压在了楼梯口,头都抬不起来。

炮楼上的机枪一响,马三他们立马掉头,推着粮车朝着炮楼那扇门直接就撞了上去。"轰"的一声,门被撞开的刹那,马三已点燃了导火索,车上的炸药被引爆。巨大的轰鸣声中,炮楼轰然倒掉,几挺原本吼叫的机枪也顿时哑了。炮楼一被打掉,左侧的火力网解除,越威他们刚要往楼上冲,不曾想,打右侧却冲上来一队日伪兵。不得已,越威带人负责对付这股敌人,而大贵带领黑娃他们往楼上冲,去抓捕马占彪。一通激战之后,楼上的残敌被肃清,可搜遍所有房间,唯独不见马占彪的身影。

大贵急得跺脚,"他妈的,咋回事?马占彪难不成插翅飞了?"越威带着人冲了上来,大贵正要跟越威报告,越威一眼看到房间的一扇窗户开着,说:"马占彪跳窗跑了,赶紧追。"

马占彪在跳窗的时候,脚崴了,只得被两个手下架着跑,这样一来,速度就大打折扣了。从马头镇到海边是一片沙地,到处是乱石和杂草,难走无比。眼前就是沙堤,再往前走,就是无边的大海,而后边,越威等人眼瞅着就追到了,马占彪觉得这一回无论如何他是逃不出越威的手掌心了,可就在他几乎绝望之时,打左边的树林里却突然冲出一个人,喊了一声"马队长"。

马占彪不由回头,一看认识,竟是申屠夫。这个申屠夫大名已没人记得了,只知道他姓申,原来是以杀猪为生的,后来,因为喝酒跟人打架,犯了事,被官府通缉,跑到汉口,在码头上当了半年的扛包工,后来又回到沂水,加入了一伙土匪。再后来,拉伙单干,专做水上生意,成了水匪。平日里鱼肉乡里,民愤极大,被新四军剿过几回,可都被他溜走了。迫于被新四军围剿的压力,

第二十四章

申屠夫为了寻找靠山，前段时间曾托人捎信给马占彪，想投到他的手下，当时马占彪正忙着，没在意，又觉得申屠夫一个杀猪的，打心里看不起他，就没回话，没想到今天竟在这儿遇上了。

马占彪说："申兄，救我。"

申屠夫一打手哨，几条小船从芦苇荡里钻了出来，在申屠夫的带领下，一队人架着马占彪慌慌张张上了船。等越威他们赶到海边，马占彪他们的船已驶出很远，超出了子弹的射程。面对茫茫大海，兄弟们束手无策，只能望洋兴叹，跺脚骂娘，可又无济于事。越威也是又气又恼，可还是压着心中的火，安慰大家，来日方长，这个马占彪，终有收拾他的那一天。

半个月后，内线传来情报，说马占彪跟吉田光一闹翻了。说马占彪和吉田光一二人其实纯粹是利益关系，面和心不和那种，吉田光一没有兑现当初的诺言，让马占彪耿耿于怀，于是消极怠工，导致上次吉田光一差点被越威他们包了饺子，这件事令吉田光一对马占彪大为不满。加之，这次马头镇据点被毁，粮食被抢，吉田光一更是怪罪马占彪，马占彪面上不敢顶撞，可心里极为不满。他觉得老子差点命都丢了，丢点粮食算什么？难道我的命还不如粮食金贵。马占彪一气之下，就带了人马脱离了吉田光一，连夜出走，去向不明。

有一天晚上，周兴汉突然把越威找去说了件事。

周兴汉说："马占彪固然狡猾，但他毕竟也是爹生娘养的血肉之躯，没有三头六臂，随他折腾，谅他也飞不到天上去，早晚会有收拾他的那一天，咱们暂时就先放他一马。现在，有件更为紧迫的事需要你办。"

越威问："什么事？"

周兴汉说："皖南事变后，国共关系现在已降至冰点，国民党已切断了原来答应我们的一切给养，日本人又对我根据地进行封锁，加之地方上的各种顽固势力故意找茬刁难，现在咱们苏北的兄弟部队的日子过得简直苦不堪言。弹药给养奇缺无比，尤其是眼下日军发动的清乡运动，实行篦梳战术，拉网式蚕食我根据地。为此，新四军遭受重创，处境艰难。现在总部给军分区下达了命令，要求我们设法搞到枪支弹药，支援苏北。军分区又把任务交给了咱们营。为了这事，这几天我头发都挠少了，你小子点子多，替我想想办法。"

周兴汉布置了这样一个棘手的任务，越威也是发愁。可就在他发愁的当口，曼妮却突然找人给他带话，要他到镇上的"香四海酒馆"见面。

越威不知曼妮突然找他是为何事，便应邀而至。结果，到了发现曼妮一脸愁容地在喝闷酒。

越威说："发生什么事了？怎么一个人喝起酒了？"

曼妮说："越威，我现在真的很痛苦。你知道我当年在上海参加青训班时，真的是一腔热血，真的是怀着一颗为国尽忠的心啊。可现在，我发现我错了，残酷丑陋的现实把我原有的梦想撕得粉碎。我现在很彷徨，很迷茫，我开始怀疑自己最初的选择，我开始怀疑现在所有的付出是否值得。"说着，曼妮举杯又喝。

越威一把将曼妮的酒杯给夺了，说："你不能再喝了，再喝非喝坏身体不可。到底发生了什么事，能跟我说吗？说出来或许会好受点。"

曼妮说："前几天，我截获了一份电报，你知道是什么内容吗？"

"是不是日本人又有大的行动？"

曼妮痛苦地摇头，"不是，是马大炮和吉田光一的来往密电。眼下举国抗战之际，这个马大炮竟置大局于不顾，跟日本人私下勾结，做鸦片生意。从中牟利后，从日本人那儿购买军火，再以高价卖给地方势力，暗中指示这些地方势力与共产党新四军制造摩擦，争抢地盘。我将这份电报上报给情报科科长郭进生，没想到郭进生竟从中作梗，扣押了情报。我找他理论，郭进生却让我不要管这件事，他说，我的职责只是负责对付日本人。至于马大炮这种事，自有相关的部门来管。越威，我对他们这种沆瀣一气、大发国难财的行为真的是痛心疾首，可心中有苦闷却无处诉说，只得约你出来，倾诉一下。"说着，曼妮的眼睛都红了。顿了顿，又说，"越威，你知道吗？我真的好累，是那种发自心底的累。"

越威说："我知道，我有过相似的经历，心里的那份凄苦，我体会过。"

曼妮抹了泪，看着越威，过了好一会儿才说："越威，我累了，我能靠在你肩膀上休息一会吗？"

越威犹豫了一下，可还是答应了。曼妮靠在越威的肩膀上，闭上了双眼，

第二十四章

脸上的神情也立时轻松了许多,不一会儿竟似乎睡着了。

越威哪里知道,曼妮靠他肩上的这一幕被不远处角落里一直喝闷酒的郑之建给尽收眼底,看得真真切切。

与曼妮一样,郑之建同样是一个热血青年,爱国军人,最初他也是怀着一颗滚烫的心参加国军,报效国家的,可后来,他同样经遭到信仰危机,他也对国军内部的黑暗现象看不惯,可他依然选择留在71师的原因,除马大炮是自己的远房亲戚之外,还有一个更为重要的原因,那就是,他喜欢曼妮,而且是那种一见倾心型的。自打见到曼妮的第一眼起,他对曼妮的喜欢程度便与日俱增。但曼妮呢,却似乎从来没有注意到有郑之建这样一个人的存在。曾经有一次,郑之建鼓起勇气向曼妮表白了,却遭到了曼妮委婉的拒绝。曼妮以当下正是举国抗战之际,应以大局为重,儿女私情暂不考虑为由拒绝他。虽是婉拒,但曼妮那种冷美人的性格的确给郑之建造成了很大的压力,虽然喜欢依然强烈,但他无论如何不敢再生猛硬扑了,每次都是远远地看她。即便如此,郑之建也感到了前所未有的幸福。今天他又跟踪曼妮来到酒楼,不曾想,却看到了这一幕,不由心生醋意,放了酒杯,便起身离开。结果刚下楼,却被越威看见。越威连忙起身喊他,郑之建却头也不回地走了。曼妮睁开眼,看见郑之建的背影。

越威有些不解,问曼妮:"怎么回事啊?"说着,起身要追,却被曼妮抱住了胳膊。

曼妮说:"你不用管,我来处理。"说着站起身,可刚走了几步,又转过身,在越威身边低语:"今天上午,我截获了马大炮跟日本人又一单交易的情报。"

越威顿时来了精神,说:"什么时间?"

曼妮压着声音道:"后天凌晨。"

"在哪儿?"

"沂水湖。"

三天后,天一黑,越威便集合了九连兄弟,悄无声息地在沂水湖的芦苇荡里埋伏下来。凌晨时分,不远处,几艘船出现了。

越威冲马三几个一挥手,马三他们便噙着草管潜到那几艘船的下边,大喊一声,突地发起攻击。船上的人根本不防,被打了个措手不及。接下来,双方展开激战。战斗持续了仅仅几分钟，便告结束。拉着那些弹药，越威刚下令返航，突然，天空中嘶嘶传来几声响，跟着，几发炮弹呼啸而至，在船的周围爆炸。九连的好几个兄弟当场被炸死。这一幕发生得太过突然，一下子把越威他们给打蒙了。就在越威组织兄弟们准备战斗之时，不远处突然有数不清的灯光照来，那是由马大炮亲自带领的船队。就在越威他们愣怔之际，后边的队伍突然响起枪声，一班长付长根应声倒下。

越威一惊，回头一看，开枪的竟是宋富贵。

宋富贵举枪高喊："越威，你们已经被包围了，快投降吧。"

越威现在才明白这个宋富贵竟是奸细，而马大炮他们就是宋富贵通风报信给引过来的。越威顿时后悔不已。这个宋富贵是越威几个月前在集市上认识的。宋富贵有些功夫，当时在耍杂技，后来越说越投机，宋富贵便提出要跟着越威干，越威爱才，看他功夫不错，就答应了。越威当时哪里会想到，这个宋富贵竟然是马大炮派出的奸细，安插在九连的眼线。事已至此，多说无益，越威反手一枪就将宋富贵给撂倒。而此时，马大炮他们已经近在眼前。这种情况下，敌强我弱，如果与之针锋相对，无疑是以卵击石。迫不得已，越威下令，所有人跳水，泅渡逃生。幸亏是夏天，加之平时九连就训练一个课目：武装泅渡，今天看来是用上了。天近拂晓，越威才带着九连兄弟游到一片荒滩上，一清点人数，牺牲了不少兄弟。

这一回，九连是吃大亏了。结果，上岸后，发现树林后边冲上来一支部队。越威心中一紧，正准备下令迎战，发现竟是周兴汉带着一营赶了过来。看见九连兄弟们丢盔卸甲的狼狈样，周兴汉强忍悲痛，想安慰几句。

越威却说："营长，你放心，我哪儿跌倒哪儿爬起来，九连的这些兄弟不能白死。我会找吉田光一报仇，少则三天，多则五天，我把丢了的东西给你弄回来。"

得知九连被马大炮袭击的消息，曼妮异常震惊，她的第一感觉就是，一定是郑之建给马大炮通的风报的信，于是，便找到郑之建，当面质问。

郑之建气得发抖，说："你看我像那种人？！"

曼妮说："那你给我解释下你是哪种人。"

第二十四章

郑之建说:"你看我是哪种人我就是哪种人,我没必要解释。我只想说,你冤枉我了,这件事上,我受了委屈。"说完,拉开门走了。

当天晚上,曼妮又把越威约到酒馆。

曼妮说:"越威,真的对不起,我没想到事情会弄成这样,你觉得是郑之建告的密吗?"

越威说:"事情我已经查清楚了,之建是无辜的,他是好人,是个正直的军人。"

曼妮说:"我已经得知消息,那批军火被马大炮藏在珊瑚岛上,几天后,将卖给马占彪。"

越威听了,不由一震,"马占彪?马大炮怎么跟他搅一块了?"

曼妮说:"对!这个马占彪脱离吉田光一后,就带着人马单干了。这段时间跟马大炮有来往,马大炮将这些军火卖给他,暗中支持他对付新四军。"

越威说:"他们什么时候交易?"

曼妮说:"具体时间不清楚,但现在看来,你们要是下手,越快越好。万一这批军火转到马占彪手中,麻烦就更大了。"

情势紧迫,越威回到葫芦山,连夜召集兄弟们开会,会议的主要议题就是如何弄到船只,偷渡到珊瑚岛上。

珊瑚岛是座孤岛,四周是一望无边的茫茫湖水,没有任何遮蔽物可言,如果贸然进攻,风险极大,即便是有了船只,也得有熟悉地形的专门向导带路。否则想占领这个岛势必比登天还难,可大家讨论到后半夜,也没拿出个可行方案。就在众人苦恼之际,马三站了起来。

马三说:"连长,我认识一个船老大,姓丁,叫丁大顺。在当地很有名气,人送绰号'浪里白条小张顺',我俩关系不错,要不,咱找他商量一下。"

马三这话一下令兄弟们来了精神,事不宜迟,由马三带着,越威等人连夜去找丁大顺。双方见了面,简单的寒暄之后,越威把来意说了。

丁大顺沉吟了一下,说:"越连长,实不相瞒,我手头的确有几条小船,但前段时间,申屠夫这些水匪们太猖狂了,弄得我和弟兄们都不敢出海。既然今天你们来找我,我愿意帮这个忙,但我有一个请求。"

越威说:"请说!"

丁大顺说:"事成之后,你得发几杆枪给我。我们手头有了家伙,才不会再害怕申屠夫。"

"好!"越威连个磕巴都没打,当场就答应了丁大顺这个要求。就这样,在丁大顺的帮助下,越威带领九连的兄弟们于半夜时分乘船出发,摸上珊瑚岛,发起偷袭。

由于是偷袭,岛上那些负责看守弹药的士兵根本不防备,等他们终于缓过神时,越威他们已将弹药装船完毕。马三把那些看守弹药的士兵一个个捆得像粽子似的推到越威面前。越威说:"我也不难为你们几个,有想跟我走的,我欢迎。不愿意跟我走的,我也不强求,不过,可能得受点委屈,只能先捆着你,等明天天亮了,马大炮就派人来救你了。"这些兵不是傻瓜,全都答应跟着越威走,就这样,越威一举两得,连人带货一块趁着夜色拉回了葫芦山。三天后,周兴汉派专人将这批军火运到了苏北,解了苏北新四军的燃眉之急。

后来,丁大顺来找越威要枪。

越威说:"老丁,不如这样,你帮我在当地物色一些水性好的年轻人,咱们联合起来组建一个水上游击队,军事上由我来负责,队长由你来当,这个游击队的主要任务就是专门对付申屠夫这些水匪,给咱们这些当地的渔民也营造一个好的生活环境,你看咋样?"

丁老大当然求之不得,觉得这个主意太好了,于是当场答应。就这样,沂水地区新四军第三军分区水上游击队很快成立了,接下来的日子里,由于游击队保驾护航,渔民的生活的确有了很大改观。

第二十五章

那天，郑之建突然把越威约到酒馆，告诉越威曼妮被捕了。

听到这个消息，越威大吃一惊，在接下来的谈话中，越威才得知，曼妮是前一天夜里被日本人抓走的。

在沂水城东关有家叫钱记的皮货店，老板叫钱继业，是军统局沂水情报科的联络员，他的直接上级就是曼妮。钱记皮货店这个联络点其实早在半个月前就被日军的特高科给破获。特高科要求宪兵队立即对钱继业进行搜查，但吉田光一却不同意这么干。吉田光一主张放长线钓大鱼，他认为这个钱继业只是个虾米，抓了他，实际意义不大，只会打草惊蛇，反而会使他的上线就此逃脱或转入地下。于是，就派人对钱记皮货店严密监视，而此时的钱继业对此却一无所知，他是曼妮的下级，直接为曼妮服务，于是依然和曼妮保持着联系。

三天前，钱继业搜集到日军一个重要情报，用隐显墨水写信向曼妮进行报告，结果，被日本人当场截获了。这封信马上转到了吉田光一手里，吉田光一看完后，没有毁掉，而是将之恢复原状，派人寄给了曼妮，然后，将钱继业秘密关押起来。这期间，吉田光一却命人模仿钱继业的口吻一连给曼妮发送了好几封情报。最后一封情报的内容是，请曼妮到皮货店见面，说有重要的情报报告。曼妮不知有诈，便应邀而至。

其实就在曼妮动身前往皮货店之前，沂水情报科就接到了钱继业被捕的密电，于是紧急给曼妮发出通知：钱记皮货店已被日本人破获，请通知其他人员迅速转移。可这份通知在发出的过程当中，由于其他的原因，出现了延宕，晚了半拍，结果，曼妮一到钱记皮货店就被早已守候在那里的日本兵给包围了。曼妮与对方展开激战，战到最后，终因敌强我弱，寡不敌众，曼妮被捕了。

曼妮被捕的这一消息传到情报科，科长郭进生马上和马大炮碰头，两人密谋的结果是决定丢车保卒，不予营救。平日里，曼妮做特工，见证国民党军队内部结党营私、大发国难财的腐财现象，于是将发现的一些不法行为越级向上报告，得罪了马大炮和郭进生这些人，这些人恨不能将曼妮除之而后快。加之，曼妮私下里与以越威为代表的新四军有往来，已经引起军统的怀疑。郭科长为此还专门找过曼妮谈话，警告曼妮说："作为一名军统特工，要学会时刻控制自己的情感，要想让自己在险象丛生的环境中幸存下来，最好还是不要太认真对待个人生活为好，更不要沉溺于儿女情长，否则，不但会害了自己，也会毁了党国的复兴大业。"并且，给曼妮下了命令，"你和那个越威擅自来往，上峰已经得知，对此很不满意。越威他现在已是新四军的人，你和他毕竟分属两个阵营，政治立场截然不同，可以说是水火不容。但念你年轻，意气用事，上峰要求你戴罪立功，利用一切机会拉拢这个叫越威的人，如若拉拢不成，就将其干掉。"这一命令无疑把曼妮推到了一个进退失据的边缘。她在使命和情感之间苦苦挣扎。后来，郭科长对曼妮迟迟不对越威下手的做法极为不满，现在她意外被捕，在和马大炮商议之后，二人决计丢车保卒，任凭郑之建苦苦哀求，都无济于事。迫不得已，郑之建只得求助于越威。

　　曼妮出了这事，越威当然不能坐视不管，当天就启动了所有的情报网。不久，情报传来：三天后，日本人将把曼妮等人押往南京。情报还标示出了日本人押送曼妮等人从沂水到南京所经的路线。

　　越威在地图上注意到一个叫洙水的集镇，苦思冥想了一阵，拍了拍脑袋，说："有了。"然后，跟郑之建、马三他们如此这般地交代了一番。

　　众人听了连连点头。

　　三天后，农历六月十八，正是洙水镇庙会，十里八村的村民们都来赶集，集市上，人潮汹涌，熙熙攘攘，各种叫卖声此起彼伏，非常热闹。

　　上午十点钟。那条东西大街上突然开来一支车队。前边是几辆偏三轮摩托车开道，后边是辆卡车。看到是日本人的车队，那些赶集的人吓得纷纷让道。车队速度不减，一路前行，可刚走到集镇中心的十字路口，打左右两侧突然涌出两支迎亲的队伍。

　　两顶大花轿在乐队和迎亲队伍的簇拥下，吹吹打打，从南北两个方向走来。

第二十五章

不多时，两支迎亲队伍在十字路口相遇。由于人多路窄，一时拥挤不动，撞在了一起，可两支队伍谁也不想给谁让道，互不服气，就吵了起来。这两支队伍正是越威和郑之建带着九连的兄弟们装扮的。越威带领的那队要向北走，郑之建带领的那队要向南走，刚开始，双方先是装模作样地讲理，可后来越说，双方的火气越大，索性就打了起来。这一打，街道上登时大乱，人群骚动，一下把日本人的车队给堵了。

一个日本兵跑下了摩托车，跑到后边的卡车里跟车里带队的一个日本少佐报告。那少佐有些不耐烦地推开车门走了下来，想看个究竟，结果，刚一探头，越威已拽出腰里的盒子炮，抬手就是一枪，再看那日军少佐眉心立时现出一个血花，跟着，扑腾一声栽倒在地上。这一幕发生得太过突然，日军顿时大乱，可马上又镇静下来，匆忙选择隐蔽物，纷纷举枪，刚要射击之际，越威带着九连的兄弟们已风一般扑了上来，双方展开肉搏。一场近战就此展开。混乱中，越威一脚踹飞一个日本兵，飞身跳上卡车，拉开车门的刹那，就看见被绑在座位上的曼妮。此时的曼妮双手被反绑着，嘴上缠着布带。形势紧急，顾不上说话，越威将曼妮一下扛在肩上，拔腿就跑。

为了掩护越威，郑之建带着其他兄弟把鬼子往另一方向引。那些鬼子一看曼妮被救走了，一队留下来负责对付郑之建他们，另外几个鬼子端着枪追赶越威。

越威背着曼妮沿着一条青石板路，一阵猛跑，一闪身，拐进了一条胡同。不远处，陈小七拉着辆黄包车停在一块石头前。陈小七看越威来了，立刻拔出枪，迎了上来。

陈小七说："连长你们先走，我来掩护。"

越威将曼妮往车上一放，拉起黄包车拔腿就跑。那几个鬼子却不上当，留下两个对付陈小七，其他几个依然穷追不舍。

越威拉着曼妮跑得正起劲，突然，感觉车子一沉，回头一看，发现其中一个车轮子脱掉了。迫不得已，越威只得再次抱起曼妮转身拐进了另一条胡同。然而，正跑着，忽听到左侧的院子里传出朗朗的读书声，越威心里一怔，稍一放慢脚步，就听到后边传来枪声。

越威知道这样跑下去不是办法，便推开了左侧那个院子的大门。门被推开的刹那，越威抬头一看，发现是所学堂，院子里坐着很多孩子。讲台上，一个女孩在黑板上写字，听到门响，那女孩蓦地转身，四目相对的刹那，双方顿时都怔了一下，越威发现那女孩竟是光子。光子显然也认出了越威。而此时，院子外边杂沓的脚步声已清晰可闻。片刻的愣怔之后，光子似乎已意识到了什么，于是马上冲越威招了招手。越威抱着曼妮紧步跟上，随光子到了后院，躲进了一个房间。

光子安顿好越威之后，转身走了出去，不一会，又折了回来，对越威说："没事了。"

自打上次沂水城里一别，转眼已是几个月过去了，没想到竟在这里遇上，双方都很意外。

越威说："光子小姐，你怎么在这儿啊？"

光子笑了笑，说："我在这儿办了个学校，教孩子们读书。你们呢，到底怎么回事？那些人为什么追你们？"

越威也不想隐瞒，将事情说了一遍。

光子脸上泛起了忧郁之色，说："我虽然不懂中日之间的这场战争，但我却为有我哥哥这样的日本人给你们的国家和人民带来了灾难而深感愧疚。这也是我为什么选择办校的原因。我希望通过我的努力，来弥补我们日本人犯下的错。"

越威说："光子小姐，这不怪你，这不是你的错。你是个好女孩。对了，还有件事要告诉你。上次为了完成任务，骗你说我叫向强。其实我的真名是越威。"

光子有些害羞了，说："接下来，你们准备怎么办？要留下来吗？"

越威说："等天黑下来，我们就走。"

光子说："我能为你做些什么吗？"

越威说："你能帮我弄条船吗？"

那晚有月亮，夜渐渐深了，光子领着越威和曼妮小心翼翼地出了镇，在一片玉米地里钻了一阵，出了玉米地，又沿着一条干沟的沟底走了一阵，上了一个小土堤。下了土堤,前边是片沙滩,杂草丛生,前边就是沂水河。河上停着一艘小船,那是光子安排负责送越威和曼妮的小船。

越威将曼妮扶上船,转身,刚要跟光子告别,不远处突然传来一个人的高喊声:"越威,你好吗?"

夜深人静,那声音显得格外刺耳。

越威不由一怔,他感觉这声音好熟悉,借着月光,抬头望去,顿时心里一惊——草丛里,钻出一队人,打头那人竟是马占彪。见越威愣神的工夫,马占彪已举起了枪。

光子惊得大喊:"越威小心。"喊着,一下朝越威飞扑过来。

几乎与此同时,马占彪手里的枪响了,一颗子弹射进光子的后心。

越威抱着光子惊得大叫:"光子,光子。"

月光下,光子那张漂亮的脸蛋因为失血过多,显得越发苍白凄美。光子用尽最后一点力气催促越威:"带曼妮小姐快走。"说着,猛地将越威推到船上。

船老大猛地一撑长篙,小船便像脱弦的利箭一般冲向河心。

第二十六章

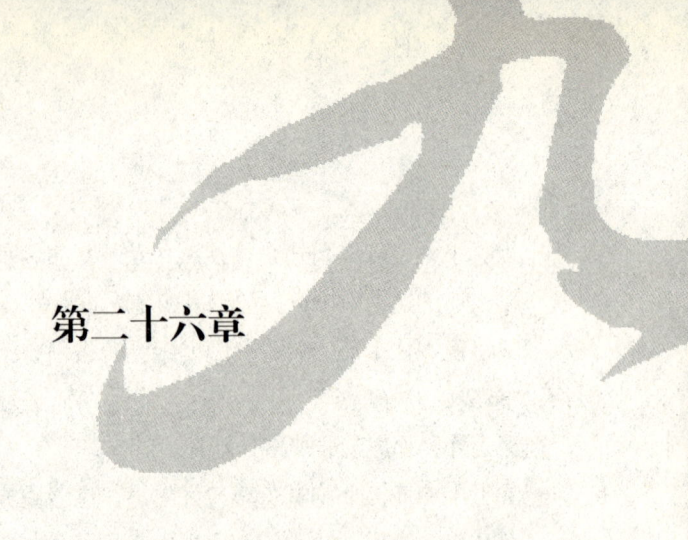

时光荏苒,岁月如梭,转眼已是秋天,阴雨绵绵。

那天,下了一天的雨,夜都深了,越威处理完连队的事务,刚要睡下,通信员却突然跑了进来,说:"越连长,营长让你赶紧去营部,说有十万火急的事找你商量。"越威不敢怠慢,穿了衣服就去了营部。

周兴汉坐在凳子上,正一根接一根地在抽烟,见了越威,也不废话,单刀直入,说:"越威,我刚接到伍司令的电话,又来任务了。"

越威一愣:"又来啥任务了,营长?"

接下来,周兴汉便把情况说了一遍。

越威这才知道,因为前段时间日本人加紧了对南洋的侵略,所以一批爱国文人只得从南洋撤离,几天前到了上海,按照上级指示,这些爱国文人要从上海转道沂水,然后到延安参加第二年春天召开的中共七大。

周兴汉告诉越威说:"我们的任务就是要确保这些爱国文人在沂水的安全。"并再三吩咐越威,"这次的护送活动是由延安党中央亲自布置的,只许成功不许失败。这些文人个个都是国家的宝贝,哪个人出了问题,咱俩捆一块都负不起这个责。"

越威说:"这些人什么时候到沂水?我们什么时候动身去接?"

周兴汉说:"天一亮你就得带兄弟们去码头,命令上说,按计划,这些文人分成两拨,由沂水城南和城西两个码头先后上岸。"

接下来,周兴汉又跟越威交代了一些到时跟对方接头时的暗号等事项。然后,抬头看了看表,说:"时间不早,先回去安排吧。"

就这样,越威又连夜回到连队,把兄弟们全召集起来,传达军分区首长的命令,传达完毕之后,又组织大家进行了一番精心策划,最后将九连兵分两路,

第二十六章

一路由他亲自带队，另一路由大贵带领。

越威告诉大贵："我们这组去城南码头，你们这组去城西码头，到时人一接到，我们这组走水路，你们这组走山路，到辛家店镇东的关东烧散酒铺会合。然后，连夜由水上游击队护送这些人到湖西，交给负责护送的第二梯队。"

布置完毕，兄弟们稍事休息，天一亮，收拾一番，就出发去了码头。

越威他们这组到了城南码头，等不多时，一艘客轮就靠岸了，船上的乘客拎着大包小包开始下船，人群中，一个穿着长衫的老者，在两个年轻人的搀扶下走出船舱。其中一个年轻人的手里拎着一个棕色的木箱，按照预先约定的接头暗号，这位老者就是陈云涛。陈云涛的后边还跟着几个男女，看上去像是一个大家庭。

越威快步走上去，拉了老者的手，寒暄道："三叔，你可回来了。自打上次上海一别，这都有十年了吧？三叔的身体还好啊！"

陈云涛神态自若，笑着答道："好好。"

越威说："我奶想你都想坏了，三叔，赶紧上车吧。"

越威一挥手，马三几个人就拉着黄包车跑了过来，将陈云涛他们的行李迅速搬上车，然后，拉着黄包车飞奔着冲下码头，消失在汹涌的人流之中。可等越威他们到了关东烧酒铺之后，左等右等，不见大贵他们的身影，正焦急之时，营部的通信员飞奔着冲了过来，跟越威报告说："越连长，出事了，营长让你们马上回葫芦山。"

结果等越威他赶到葫芦山，才知道大贵他们那一组在城西码头也接到了另一批文人，可刚一上岸，就被日本宪兵队的搜查队给盯上了。搜查队要搜查那批文人的证件，为此，双方起了争执。吵的过程中，一个日本兵一把扯了其中一个文人的胡子，结果发现那人的胡子是假的，胡子被扯下以后，日本兵发现那人竟是个年轻女孩。这下可露了马脚了，迫不得已，双方就展开了激战。大贵带着兄弟们掩护着文人们边打边退，可毕竟是孤军深入，这个码头又是日本人的地盘，打到后来，大贵他们遭到了日伪军的围攻，尽管兄弟们拼死厮杀，大部分突围了出来，可日本人还是将那个戴着假胡子的女孩给抓走了。

周兴汉说："我刚接到军分区首长的电话，伍司令下达了死命令，不惜一切代价，务必在最短的时间内把人救出来。"

越威说："人咱们肯定得救，可营救之前，这女孩长什么样，叫什么名字，咱们得弄清楚啊！"

周兴汉从抽屉里拿出一张照片，递给越威。

周兴汉说："这照片上的人就是那个女孩。"

越威接过照片，不看便罢，看罢不由脱口惊叫道："柳依！"

周兴汉一愣，说："你怎么知道她叫柳依，你俩认识？"

越威那一刻简直不相信自己的眼睛，怔了好一会，才说："何止认识！"

越威的话把周兴汉一下弄蒙了，惊问："到底咋回事？"

接下来，越威跟周兴汉讲起了他和柳依两人的故事。

越威告诉周兴汉说："在我很小的时候，我的父母就去世了，打小我跟我二叔相依为命。我二叔是大运河上一个水手，我十岁那年，我二叔一次跑船，遇上风暴，出了意外，淹死了，我就开始跟同村的人搭帮在玉峰和汉口的码头之间跑船。有一回，船到扬州出了意外，货被人偷了，当时我身无分文，连住旅店的钱都没了。那天下着大雨，没处可去，我就抱头躲在一棵大槐树下躲雨。我感觉自己都快被淋死了，真的是又冷又饿，这时候，碰巧有辆轿车路过，到我跟前的时候，车突然停了，车门一开，下来一个女孩儿。女孩儿给了我一把油纸伞，还有一些零钱，也没说话，然后，车就开走了。

"有了那把伞和钱，我总算没被淋死、饿死，后来，又好几次去扬州送货，我就想着把伞和钱还给人家，可苦于当初没留人家的联系方式。幸运的是，我发现那把伞上刻着'若水堂油纸伞坊'的字样，于是就跟人打听，结果，后来真找到了那家作坊，这才知道，那是一家百年老店，因为做工细致，画工精良，很多达官贵人、名媛贵妇都争相抢购。店里的一个伙计帮我查到了这伞的主人叫柳依，还给了我她家的住址。按图索骥，我就找了过去，去了才发现，柳依家很气派，几进几出的房屋，雕梁画栋，在当地属于名门望族，跟清朝那个有名的大臣李鸿章好像还有什么亲戚关系。那天，给我开门的正是柳依。她穿着一件月白色花底上衣，人美得跟个仙女似的。她似乎把借我伞和钱的这茬儿都给忘了，经我提醒好久，她才忽然想起。然后，她就咯咯地笑，说：'这点小

第二十六章

事，你还这么上心干吗啊？'她虽然这么说，可我心里不这么想，我就觉得受人滴水之恩，当涌泉相报。更要命的是，第一次见面的时候，因为雨下得太大，我几乎没看清她的样子。这次再见，她漂亮得我都看傻了，紧张得我啊，心都快蹦出来了。从那以后，我也不知道自己怎么了，天天老惦记着她。我也知道，我跟她之间相差太大，我想跟人家好，那就是癞蛤蟆想吃天鹅肉，不可能。可我就是控制不住自己，所以，后来我又去了她家，结果，她家的佣人说她们小姐不在家，走了。我当时心里一惊，问她家佣人：走了，去哪儿？佣人说去上海了。我这才知道，柳依还在读书。我跟她家佣人说了很多好话，她才告诉我柳依的学校。于是，我就去了上海，我不敢直接去找柳依，我怕她看出我的心事，笑话我。"

说到这儿，越威看了看周兴汉，说："营长，你说说，听了这些，你笑话我不？"

周兴汉似乎正听得津津有味，听越威问，不由得"啊"了一声，说："怎么会，我不会笑话，别停，你小子继续说。"

越威说："到了上海的第三天，我看见了柳依。那天，她抱着几本书，好像要去上课，再次看见她，我心跳得啊，怦怦的，就隔着学校的一道栅栏，可我不敢喊她。再后来，我干脆就在上海找了家车行，拉黄包车。那段时间，不管多累，我都会在黄昏的时候，守在固定的地方，隔着栅栏看柳依。她哪天高兴了，我也高兴。她哪天看起来不高兴了，我心里也跟着不得劲。我自己都骂自己，人家高兴不高兴跟你有啥关系啊？你自作多情啥啊？可我就是说服不了自己。后来有一天，好像是个星期天，老板让我去拉个活儿，一见面，我傻了，竟是柳依。她也很意外，看得出来，她还认识我。她很吃惊地问我，你怎么在这儿啊？我咬着牙说了实话，她却不相信，还咯咯地笑，还说我这人真逗。柳依那天去山上玩，我拉着她，一路上，我们聊了很多。我说，以后你去哪儿要坐车，直接叫我就行，我不收你钱。就这样，后来，柳依果然经常喊我。说到这儿，越威又看周兴汉，说：'营长，说实话，那段时间，我可高兴了，每次拉完她，她给我钱，我不要，她就请我喝豆浆。营长，上海杨浦路的郭记豆浆铺你知道吗？'"

周兴汉说:"知道,当年参加淞沪会战时,我们连负责的防区就在那儿,我还喝过几回呢,哎,对了,你们怎么喝豆浆啊,她不是个富家小姐吗,这么小气?"

越威说:"可咱是穷人家的孩子啊,我就喜欢喝豆浆,是我主动要求的。"

周兴汉说:"行行,你接着说。"

越威说:"后来,有一天,我记得好像是秋天,我拉完活,已经黄昏了,走到南京路上,突然听到有人喊救命。一回头,发现竟是柳依和她的一个同学,被几个外国人欺负,我火了,拉着车直接就撞了上去。营长,我跟你说过,没当兵前,我在我们镇上拜过师学过艺,南拳北腿什么都练过,空手对付几个人不在话下,那几个大鼻子根本不是个儿,弄不过我,就跑了。那天,柳依第一次向我投来了敬佩的目光,她和她那个同学非得请我喝咖啡。"

周兴汉说:"后来呢?"

越威说:"后来,柳依跟我说话的时候,好像有点不大一样了。"

周兴汉说:"怎么不一样了?"

越威说:"我也说不出来,反正就是感觉亲呗,不像以前那样生分,说话老端着了。后来有一回,柳依让我拉着她上山,秋天,漫山遍野的黄叶,风景很好。柳依问我说,越威,你以前说的话是真的吗?我说我说了很多话,你指的哪些?柳依说,你说你来上海是为了我的那些话。我说是。柳依一下哭了,她说,你怎么这么傻啊!柳依的话让我无言以对,我也感觉自己挺荒唐的。可柳依还是跟我说我们不合适,并且她说她还有很多重要的事做,她让我别在她身上浪费时间了,不值。我说,喜欢你是我自己的事,你有什么重要的事你只管去做就是了,我保证不打扰你,只是,你什么时候有用到我的地方,就吱一声,千里万里,赴汤蹈火,哪怕为你去死,我都不会打个磕巴。这次以后,有好长一段时间,我没见到柳依,可我依然去老地方站着等,等着她出现。大概过了有半个月,柳依突然来找我,说晚上要带我去见个人。结果,那天晚上,我俩在弄堂里七拐八绕了走好久,到了一个小院,要见的那人是她的国文老师,姓孙,四十多岁,戴着眼镜,文质彬彬的。简短的寒暄之后,切入正题,我才知道,柳依是共产党员,而孙老师正是她的入党介绍人。柳依此行是想通过孙老

第二十六章

师介绍我入党。孙老师说，越威，加入共产党是自愿的，是一项神圣庄严、意义深远的事情，也是一项冒险的事业，甚至会有流血杀头的危险，如果你不愿意，没人勉强你，只是希望你出去以后，要对咱们这次谈话保密。好了，愿意不愿意，现在你可以表明你的态度了。孙老师的话还没问完，我就抢着说，我愿意。孙老师有点愣，说，你想都没想，就答应了？参加共产党，这可不是儿戏，你说说你为什么要入党？我一指柳依，说，为她。柳依忍不住笑了，说，你这觉悟可不行，加入共产党可不是为了哪一个人，是为了解放全人类。我说，其他的人我管不了，我就知道，我是为了你，如果你让我加入，我就加入，你要不让我加入，我这就回去，全当啥事没发生过，我说到做到。孙老师也为难了，说，这事，咱们还是再研究研究吧。这件事发生不久，孙老师组织大家暴动，不料却走漏了风声，日本人先下了手，激战中，除了孙老师几个人突围外，参加暴动的大部分都牺牲了，余下的被捕。我本来跑出去了，可发现柳依被抓了，我就回去救她，结果被围攻，后脑勺被人砸了一枪托，当场被打昏，被押进了大牢里。后来，孙老师带人劫狱，救出了柳依，可弄到最后，也没人来救我，我只得自己想办法。再后来，我想到个一点子，用尿沾湿衣服，拧开窗棂跑了出去。上海不能待了，我就流落到码头，再后来就遇上了我原来的师长田炳业，当时我正在码头上耍刀卖艺，他看我身手不错，就动员我跟他当兵，说眼下日本人打进来了，正是一个热血儿郎报效国家的时候。就这样，我就当了我师长的警卫员，但，打那以后，我再也没见过柳依，一直打听，却一直没有她的下落，没想到，这个时候，她竟出现了。"

越威的故事讲完了，听得周兴汉直愣怔，在他看来，越威的这段经历近乎传奇。

周兴汉愣怔了半天，才问道："越威，你说实话，恨柳依吗？"

越威摇了摇头，说："说实话，最初的时候，对她的确有些怨言，别管怎么说，我是为你入的大狱，你怎么可以扔下我，连句话也不说，连个面也不见，说走就走了呢？还去得无影无踪。虽然，我也知道我俩之间有差距，可再怎么说，我爱你是真的，难道爱一个人有错吗？可后来，我想通了，或许她有自己的难处吧！想通了，我就不怪她了，不但不怪，我还很感激她。如果没遇上她，我可能还像以前那样混不吝地过着日子，也就更谈不上后来当兵的这些事情。"

周兴汉拍了拍越威的肩膀，说："越威，你能这么想，我真的很高兴。"

越威说："营长，你放心吧，别说是柳依，就是一个素不相识的人，只要他是为了抗战，为了这个国家，现在被鬼子抓走了，于情于理，我都得去救。这是我的责任，也是我的良心。"

越威话虽这么说，可真的要把救人这件事付诸行动，实非易事。为了侦察到柳依的下落，第三军分区的伍司令下令，启动沂水城所有的情报网，可一连十天过去了，结果还是一无所获，没有人知道柳依被关在何处。

第二十七章

就在越威等人一筹莫展之际,一个令人惊喜的消息出现了。

这个消息是曼妮带来的。

那天,曼妮突然把越威约到了酒馆。曼妮告诉越威,她已经通过内线得到情报,日本人将柳依关在明珠岛的一个监狱里。但曼妮还说,日本人的这个监狱,地理位置隐蔽,戒备森严,各种火力布防、工事建筑都异常严密坚固,如果武装强攻,明目张胆地去救人,肯定不行。

越威问曼妮:"你了不了解这所监狱?"

曼妮点了点头,从包里拿出一张草图。

曼妮说:"还记得那次的钱记皮货店事件吗?那次我被捕后,就是被关押在这个小岛上。后来,我利用放风的时间,仔细地观察了监狱的建筑结构,就一一记在心里。这份草图就是我凭记忆画出来的。"说着,将图展开,一一给越威介绍,哪里是女子监舍,哪里是男子监舍,哪里是哨岗,哪里是食堂。介绍完了,曼妮说:"要想救出柳依,武装偷袭肯定行不通,唯一的办法就是潜入监狱内部,可最大的问题就在这儿,如何潜入呢?"

越威沉思了一阵,说:"我有一个办法。"

曼妮说:"什么办法?"

越威将想法跟曼妮讲了。

曼妮马上反对,她不同意越威这么做,说:"这个办法太冒险了,是着险棋,万一弄不好,把你自个儿也搭进去了。"

可两人思前想后也没有更好的招了。越威最后依然决定,顾不了那么多了,为救出柳依,他决定孤注一掷。

在沂水城东二十里有个镇叫李家堡,沂水河穿镇而过。这个镇是个水陆码头，街上商铺林立，一年到头一片繁忙景象。镇南有个粮行，这个粮行之前就是曼妮所在的情报八处下辖的一个联络点，但自打上次钱记皮货店被日本人破获以后，沂水地区的很多联络点一度被军统局通知中止活动或者转入地下，而这个粮行的联络点因为不久前也被日本人侦察到，所以，一度转入休眠状态。这次为了帮助越威救出柳依，曼妮决定重启这个联络点，并且故意采用旧的密码。所以，电文很快就被日本人破获。电文的大致内容是：沂水的国军部队近期要对日军采取冬季攻势，为防止沂水的日军到时突围，第三战区统率部决定派出一支小分队炸掉沂水大桥，为传达这一通知，将有专人携相关文件潜入沂水城，亲自布置战斗方案，而接头的地点就在沂水东关的老六茶馆。

　　沂水的日军情报科将这份情报破获后，马上就上报给吉田光一。吉田光一起先对这份情报的真实性有所怀疑，认为这或许是国军第三战区统帅部的一个骗局，很可能是军统情报机构伪造的，但日军沂水特高科的负责人中村一郎认为，这份情报的真实性不容怀疑，原因是这段时间有情报显示，沂水地区的国军的确有较大的动作，所以，不得不防，中国有句老话，宁可信其有，不可信其无，建议吉田光一不妨派人在老六茶馆埋伏下来，到时没有可疑人员出现则罢，一旦有可疑人员出现，就马上抓捕。一旦人赃俱获，这份情报的真实性就不需要再多做解释。吉田光一想了想，最终采纳了中村一郎的意见。

　　第五天早上，一身便装的越威头上戴着鸭舌帽，出现在老六茶馆，找了一个角落坐下，若无其事地喝了一会茶，然后，不动声色地挪开身侧的一个花盆，从下边取出一封信，悄无声息地塞进怀里，便起身离开，而这一幕早就被负责盯梢的几个特务尽收眼底。

　　越威走出老六茶馆，拐进一个胡同，拆开信封，将信瞄了一眼，马上掏出洋火将之烧了。这时，几个特务已经飞奔着追了上来。越威拔腿就跑，几个特务边追边开枪。跑着跑着，越威故意装出被什么东西给绊了一脚，扑通栽倒在地，几个特务恶狼似的扑上来，将他摁住了。从越威身上搜出了那份要找的文件之后，几个特务如获至宝，不由分说将他押上了车，拉回队部，当天晚上就审越威，一通酷刑之后，越威咬牙不吐一字。从他嘴里，日本人一时也审不出个子丑寅卯，便将他押入了明珠岛监狱。

第二十七章

被关押的几天里,越威利用放风的机会,四下搜寻着柳侬的身影。

按照之前曼妮的描述,柳侬应该被关押在后边的监舍里,可越威一连观察了好几天,也没见到那些所谓的女犯人。就在他绞尽脑汁、苦思冥想之际,一个机会出现了。

那天,越威被命令推着一辆水车去浇菜地。等他拉着水车到了水塘,才发现不远处的菜地里有一群女犯人在种菜。等越威将水车装满,拉到菜地边上,那些女犯人在两个日本兵的监视下排着队拎着盆和桶过来接水。

越威一眼就在人群中认出了柳侬,显然,柳侬也认出了越威,四目相对的刹那,柳侬惊得差点脱口叫出声来。越威给她递了一个眼色,柳侬将到嘴边的话又咽了回去。终于挨到了柳侬,越威接过她手里的木桶,在俯身接水的过程中,低声对柳侬说道:"后天放风的时候,你在伙房东南角的那棵大树下等我。"

柳侬装作若无其事地接着水,微微地点了点头。

转眼到了后天下午,放风的时候,柳侬趁哨兵不注意,偷偷溜出队伍,绕到了伙房东南角的那棵大树下。刚一抬头,就发现不远处西北角的伙房冒出滚滚浓烟,接着,就有大火蹿起。那天风很大,火借风势,眨眼工夫就把紧邻着伙房的那座木楼给引着了,火势更旺,不一刻,整个监狱便腾起了熊熊火焰,浓烟滚滚,一时间,整个监狱乱成一团。火堆里,犯人们呼喊着,像无头苍蝇似的到处乱跑。伴着急促的警报声,负责看守的那些日伪军们拎着盆和桶,进进出出地忙着救火。但是烈焰滚滚,势头凶猛,根本就扑不灭。

就在柳侬迷怔之际,越威突然从后边的草丛中蹿了出来,二人一打照面,越威并不多言,一把抓了柳侬的手,一转身便钻进草丛里,在草丛里钻了一阵,二人就到了围墙根下。那围墙高有丈余,上边还拉着铁丝网。

越威之前侦察过,只有到了晚上,铁丝网才会通电,但有巡逻的哨兵,平均每十分钟会巡逻一遍。越威机警地四下瞅了瞅,发现没有异常,于是,弯下身,让柳侬踩了他的肩膀,跟着猛地站起,柳侬就势双手抓了铁丝网,一咬牙,就翻了上去。越威后退几步,一个助步,猛地前冲,单脚一蹬墙体,身体腾空而起,半空中,伸手抓了铁丝网,一个鹞子翻身就上去了。恰在这时,日军的巡逻队出现了，凄厉的枪声顿时响起。密如爆豆的子弹擦着越威和柳依的头发嗖嗖乱飞。

　　从墙上落地的瞬间，越威就势一滚，拉了柳依，拔腿就跑，可刚跑不远，后边的追兵就扑了上来。越威拉着柳依沿着崎岖不平的丘陵跑了一阵，抬头一看，前边竟是一片白茫茫的湖水，而回头再看，那些日本兵抱着枪嗷嗷叫唤着已经扑了上来。实在没辙了，越威抱着柳依，心一横，一头就扎进了水里。岸上，枪声顿时大作，子弹铺天盖地射来，湖面被打得浪花飞溅。等越威和柳依从水里露出头，二人已离岸很远，超出了子弹的射程。那些鬼子在岸上咋咋呼呼地喊了一阵，只得鸣锣收兵。

　　已是深秋，湖水冰凉，不多时，柳依就体力不支了。越威只得一手抱着她，一只手划水。柳依说："越威，你把我放下吧！"

　　越威说："七年前，我为了你蹲了大狱，就是因为不忍心放下你不管，七年后，我还是会这么做，这个时候，我不会放下你不管。"

　　柳依说："越威，七年前的事，我真的很愧疚，你恨我吗？"

　　越威说："曾经怨过，但我从来没有恨过你。"说这话时，越威的呼吸有些急促，看得出来，他的体力也开始不支，划水的动作也越来越慢，可他依然死死地抱着柳依不肯放手。但两个人的身体却在一点点地开始下沉。恰在这时，不远处，突然出现了几条小船，借着月光，越威发现船头上站着的竟是大贵。

　　越威拼尽全力，喊了声"大贵"。

　　话音刚落，一道电光就照了过来。

　　船头的大贵惊得大叫："连长，是连长。"喊着，马上吩咐兄弟们将船掉头，朝越威和柳依驶了过来。

　　越威成功救出柳依的消息，马上传到了军分区伍司令那里，并且得到了党中央的高度嘉奖。伍司令兴奋异常，放出话，要召开全军区大会，亲自给越威颁奖。

　　三天后，颁奖大会如期举行。

　　伍司令把越威喊上台，说了很多表扬的话之后，吩咐人把奖品拿上来。

　　越威以为是啥贵重奖品，结果一看，是一个硬皮的笔记本和一支自来水钢笔。

伍司令将奖品递给越威,说:"拿着。"

越威却说:"司令员,这些奖品我不要。"

伍司令一愣,问:"为啥?"

越威说:"这些东西没用。"

伍司令说:"你想要啥?啥东西对你来说有用?"

越威说:"您能不能给我们连来点实惠的,比如给些枪和手榴弹啥的?"

伍司令说:"这东西和枪、手榴弹一样有用,毛主席说过,共产党的部队干革命要学会一手拿枪杆子,一手拿笔杆子。"

越威说:"可关键是兄弟们大部分既不识字也不识数啊!连看个表都不会。你给我这些东西,有啥用嘛!"

伍司令脸上的神色顿时变得凝重起来,说:"那你们站岗都怎么办?"

越威说:"兄弟们晚上站岗都用点香来计时。"

伍司令情绪有些激动起来,说:"同志们呐,都听到没有,这是一个多么严峻的现实。我做过调查,越威他们连的这种现象不是个例外,这种现象在我们的部队普遍存在,入伍的战士多数都是农民,大字不识一个,但这不是同志们的错,当兵前,家穷,没钱读书,没机会识文断字,但当了兵,入了伍,同志们就不能再以大老粗自居,以没文化为荣了。一支没有文化的军是愚昧的军队,一支没有文化的军队最终即便打得下江山也守不住江山。今天是表彰的大会,但也是教育的大会。开完这个会,各个连队回去以后一定要抓好战士们学习文化知识的工作,让战士们学习文化,刻不容缓啊!"

周兴汉说:"司令员,你这番语重心长的教导,我们是真的听下了,可有个问题得跟您汇报啊。"

"说。"伍司令放下茶杯,看了一眼周兴汉。

周兴汉说:"问题就是,以咱们部队现在的情况看,即便战士们想学文化,可也没人教啊!就拿我们营来说,全营拨拉一遍,识文断字的人全加起来,五个指头都用不完,没教员啊!"

话音刚落,柳依突然站了起来。

柳依说:"伍司令,我请求不随工作团去延安了,我愿意留下来做战士们的文化教员,希望司令批准我的请求。"柳依的这番话听得在场的所有人都一愣,可片刻的安静后,整个会场响起了雷鸣般的掌声。

大会结束,夜色已深,柳依却要求越威留下来,陪她走走。二人沿着河畔走了一段,在一个土丘上坐了下来。沉默了一会,柳依说话了。

柳依问越威:"越威,你这几年都怎么过来的?"

越威便一五一十地把这几年的经历说一遍,听得柳依欷歔不已。听完越威的讲述,柳依说:"越威,你想知道七年前的那次暴动之后,我去哪儿了吗?"

越威点点头。

柳依说:"那次我被孙老师他们救出来之后,本想留下来打探你的消息,可当时的情势太紧张了,负责掩护我们转移的同志说根本没时间容我们再停留。就这样,第二天,便坐上车,一路向西,去了延安。在延安学习了一年,我又被派到了香港。后来香港沦陷,我又去了南洋,再后来又到了上海。越威,你知道吗?不管你相信不相信,我都想跟你把心里话说出来。这么多年,其实无论我在哪里,都一刻也没忘记过你。我天天会在夜里想起你,想知道你到底在哪儿,过得怎么样。我曾不止一次地想去找你,可世界这么大,人海茫茫,又能上哪儿去找你呢?"说着说着,柳依又哭了起来。

柳依一哭,弄得越威又一下子不知所措起来,说:"别哭了,别哭了,真的,不管怎么样,都过去了。"说着,抬手要帮柳依擦眼泪,可刚举到半空中,却被柳依一把抓住了,然后,将越威的手捂在她的脸上。

柳依一双水汪汪的眼睛盯着越威,说:"越威,我可以在你肩膀上靠一下吗?"

柳依的样子楚楚动人,令人不忍拒绝,越威点了点头,就让柳依靠了。

两个人沉默了一会,柳依说:"越威,那你后来怎么参加的新四军?"

越威便一五一十地说了。

柳依听完,突然抬起头,瞪大眼睛问:"孙老板?"

越威点头,说:"这人你认识?"

柳依说:"你还记得七年前我那国文老师吗?"

| 第二十七章 |

越威说:"记得。"

柳依说:"他就叫孙亦秋啊!"

越威愣住了。

柳依说:"去延安的工作团现在留在沂水就是为了等他,他明天将从上海动身,晚上就会到沂水。"

这话听得越威有些迷糊,说:"他不是牺牲了吗?"于是,把上次和马三去汉口追赶孙亦秋,因为晚了几分钟没赶上,却眼睁睁地看着孙老板乘坐的那艘轮船被日本人的飞机给炸沉的事情说了一遍。

柳依说:"这件事,我也听孙老师说起过,他说那次空袭中,他的确负了伤,但在江里漂了一夜之后,天亮时分,被一个渔民给救了,再后来,他就到了上海。"

第二十八章

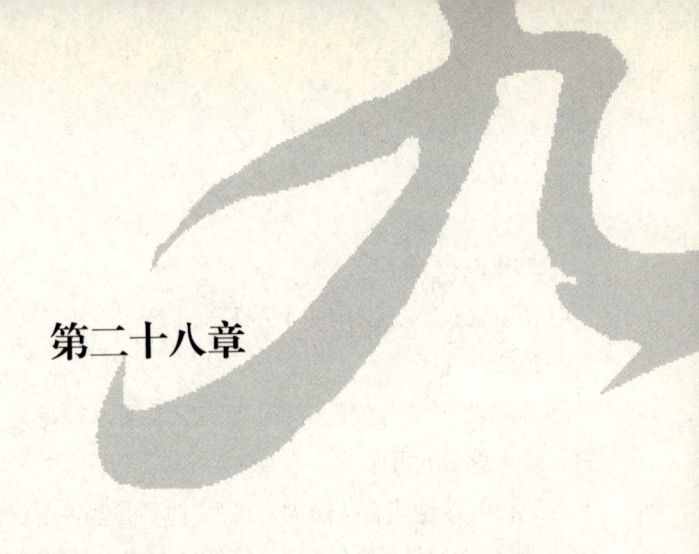

第二天黄昏，在柳依的引荐下，越威终于见到了苦苦寻找多年的孙亦秋。

越威见到孙亦秋的那一刻，眼泪都出来了。

那一刻，他说不清自己心中的感觉，是委屈，是喜悦，还是埋怨，反正五味杂陈。

越威说："孙老师，你让我找得好苦。"

孙亦秋紧握着越威的手说："越威，你和九连的事情我都听说了，你们受苦了。"

越威说："孙老师，能找到你，受多大委屈，吃多少苦，都不重要了，重要的是，我终于找到了你，可以完成我师长交给我的任务了，现在，我终于可以告慰我九泉之下的师长了！"说着，从怀里取出那半个铜牌，说，"孙老师，这是我师长临终前让我转交你的。"

孙亦秋接过，然后，从自己的包里也取出另外半个铜牌，将二者一合，竟构成一面完整的铜牌。

越威愣了，不知其意。

孙亦秋说："越威，有件事我想告诉你，你师长田炳业是名共产党员。"

越威呆住了。

孙亦秋说："你师长是吉鸿昌将军的部下，其实，他早在很多年前就加入了共产党，我是他的入党介绍人。后来，抗战爆发，他的关系也随之由西北局转到了中南局。"

孙亦秋的话让越威感觉既虚幻又遥远，这个消息太出乎他的意料了，他坐在凳子上怔了好久，不知该说些什么。

过了一会儿，孙亦秋从包里掏出一封信，递给越威，说："这是你师长生前

第二十八章

让我转交你的信。"

越威接过信，读着读着，热泪盈眶。

信里，田炳业跟越威说起了自己最初从军的理想：他跟所有有志于报效国家的热血青年一样，当兵就是为了能使这个经历着内忧外患、积贫积弱的国家早日变得富强。可当兵的几十年里，残酷的现实让他一次次变得迷茫彷徨，推翻清政府，他参加了；二次革命他参加了；中原大战他参加了。可一路打下来，中国依然是山河破碎，混战连年，作为只懂打仗的军人，他痛苦，却又找不到出口，寻觅不到解释这一切的原因和理由。直到遇上了共产党，他才真正觉得自己找到了一个崭新的指导思想，他告诉越威，一支军队如果不站在人民的立场上，那么它打的任何一场仗都只是纯粹血腥暴力的屠杀，都毫无意义。而中国共产党的军队就是代表人民利益的军队，是人民的子弟兵，认清了这一点，所以，他才毅然决然地参加到共产党的队伍中来。田炳业回顾了他跟越威相处的那段日子里的点点滴滴，并希望他带着九连的兄弟们能早日成为具有坚定信仰的共产主义战士。

孙亦秋跟越威的这次谈话，不仅给越威和九连的兄弟们带来了一次精神的洗礼，而且他还给第三军分区带来了一份延安总部的绝密命令：摧毁日军在沂水地区的"樱花计划"。

新四军目前所掌握的唯一材料是日军这个所谓的"樱花计划"内容极其庞大复杂，而掠夺沂水地区的金矿便是这个计划的主要内容。

沂水属丘陵地带，以盛产金矿闻名遐迩。所以，日军在占领沂水之后，便开始大肆掠夺矿产，开发金矿，以这种全世界通用的硬货币支援远东战场。然而，由于日军戒备森严，活动绝密，除了那些被抓进去的矿工之外，其他人员根本无法接近矿区。于是，日军是如何开采金矿，如何将提炼好的金条运出山区，又是如何将其运到国外的，这一切的一切，一直以来只是一个谜，无人知晓。根据现有的情报显示，越威他们只知道日军在沂水开设的金矿的代号为"625"，至于其他更多的消息便不得而知了。但军令如山，既然上级已下达摧毁日军这一计划的命令，那无论如何都要将这一命令执行到底。第三军分区伍司令将这个难啃的硬骨头交给了一营。

黄昏的时候，伍司令带着两个参谋来到了一营。

伍司令对周兴汉说："一营长，我思前想后，还是觉得这个任务应由你们营来完成，交给其他营，我心里没底！"

周兴汉一脸的为难，说："司令员，不是我周兴汉贪生怕死，只是这个任务的确太棘手啊！"说着，指了指桌子上铺开的地图，说："你看看沂水这地形地势，老山丛林，沼泽遍布，想短时间内侦察到这个625金矿，真的跟大海捞针似的，怎么找啊，说实话，我心里没底啊！"

伍司令说："困难不用说了，不难，我早带着两个参谋亲自上阵了，还过来找你商量个蛋？至于说怎么找，我不管，上级已经发话了，期限半个月，半个月内找不到，就枪毙我这个军分区司令。周营长，你也别怪我对自己的兄弟不仁，在上级枪毙我之前，我得把你给崩了。"

周兴汉哭的心都有了，说："司令员，你这是照死里逼我啊！"

伍司令说："不是老子逼你，是狗日的小鬼子逼你，好了，何去何从，你自个儿琢磨吧！"说完，带着两个参谋转身离开了。

周兴汉知道伍司令的脾气，事态如果不是严重到这个份儿上，他这个人不会把话说这么绝，但军中无戏言，一旦把话说了，伍司令从来是说到做到。

周兴汉心理压力大得要命，夜很深了，躺在床上却翻来覆去睡不着，把越威找了过来。

周兴汉说："你小子别怪我，实在是没辙了，我才这么晚了又把你喊来。"于是，把伍司令的话跟越威复述了一遍，说："越威，现在司令员把这个难啃的骨头交给我啃，实话实说，我现在头都大了，没办法，一级压一级，我现在得把这个骨头交给你来啃，你小子不会恨我吧？"

越威笑了，说："怎么可能恨你呢，只是这事你现在有没有一点头绪啊，营长？"

周兴汉说："一点头绪没有。"顿了顿，又说，"你还记得在清溪镇补鞋的老沈吗？"

越威以前见过这个老沈，是个老地下交通员，家在离清溪镇不远的一个叫古龙冈的小山村，每天在清溪镇以补鞋为职业，作为掩护身份，负责为新四军

第二十八章

收集情报。越威于是点了点头。

周兴汉说:"之前关于鬼子这个金矿的零星消息都是老沈搜集的。"

越威说:"那我明天就去清溪镇找老沈再了解下情况。"

第二天,天色还未亮,一身当地百姓装扮的越威就扛着一个褡裢迎着蛋青色的晨光上路了。

正赶上清溪镇这天庙会,虽然是战时,可七里八乡的村民还是壮着胆赶来,集市上还算热闹,各种叫卖声此起彼伏。在街上转了一阵,越威却没找到老沈,一打听,才知道老沈今天没来出摊。于是,便出了镇,直奔老沈的家。孰料,刚走到古龙冈的村口,就听到村子里枪声四起,跟着看见村头涌出一批人,男女老幼,相互搀扶着往村外跑,而后边是一些日本兵端枪在追。混乱的人群中,越威一眼看见了老沈,老沈却冲越威大喊:"快跑,鬼子来屠村了!"

没办法,越威便随着人流往村西的河滩跑。结果刚到河滩上,打左右两侧又跑来一些人,全是当地的老百姓。前边是大河,后边是追兵,越威他们不一会就被那些日本兵给包围了,然后被赶到村西的打麦场。趁乱之际,老沈摸到越威身侧,低语交代道:"越连长,一会鬼子问话时,你就装成哑巴,千万别说话,你口音不一样,一说话就被鬼子认出来了。"

天近中午,打村南头,又一队鬼子押着一些人走了过来,这些人都是些年轻人,看起来像学生。到了打谷场上,这些学生被勒令挨着越威他们蹲下。越威正闭目坐着,忽然感觉身侧有动静,睁眼一看,是个女孩,那女孩看起来十六七岁,长得古怪精灵,挨着越威坐下来后,冲越威笑,说:"我是第三中学学生会主席,我叫田小雨,从早晨到现在,我都没吃过一口饭,你有吃的吗?给我点,到时,我一定加倍补偿你!"

越威便从褡裢里掏出一个窝头,递给了田小雨。

田小雨看来的确是饿了,抓过那馍就啃,正啃着,从河滩上突然冲过一队伪兵,都骑着高头大马,其中一个是胖子军官,看那样子是个当官的,手里拎着马鞭。刚冲到打谷场,胖子军官就瞅见了田小雨,便扔了马鞭,慌忙下马,跑了上来,嘴里还喊着:"哎哟哎哟,小雨,我的小姑奶奶,可算把你找着了。"

田小雨从人群里站了起来,朝胖子军官扑了上去,说:"三舅,你怎么才来

203

啊？"说着，扑到胖子军官怀里呜呜地哭起来了。

胖子军官搂着田小雨好声安慰了一番，然后，拿起马鞋，照着负责看守越威他们的一个伪兵抽了一鞭，骂道："妈的，你们的头儿呢？"

那伪兵挨了抽，还不敢发怒，指了指谷场一角正在睡觉的一个伪军头目。这时候，那个伪军头目已经醒了，看到胖子军官，立时像踩了电门似的冲了上来，慌忙敬礼，说："呀，马司令，哪阵风把您吹来了，有失远迎，属下该死。"

胖子军官说："少他妈的废话。"说着，指了指田小雨，问："怎么把她也给抓起来了，你知道她是谁吗？"

伪军头目一愣，道："马司令，卑职也是奉命行事，皇军说，这些三中的学生受共产党的蛊惑，经常做些有碍中日亲善的不法活动，所以，这次三中也在扫荡之列啊！"

胖子军官火了，"去你妈的，其他人我管不着，小雨我必须带走。她是我的亲外甥女，她一被抓，我姐哭得都没人声儿了，我就这么一个姐，我姐就这么一个闺女，她俩有个好歹，我娘就没法活，我娘有个好歹，我他妈的第一个崩了你个狗日的。"骂完，胖子军官拉了田小雨就走。

伪军小头目深知这个马司令有日本人撑腰，不敢得罪，更不敢阻拦。可田小雨刚走出几步，突然转了身，冲胖子军官说："三舅，等一下，我还有一个朋友，你得把他一块带走。"

胖子军官说："啥朋友啊？"

"男朋友。"

胖子军官一愣，说："呀，你丫头片子才多大啊，就找男朋友了？"

不由分说，田小雨把越威拉到了胖子军官跟前。胖子军官发现眼前这小伙子长得仪表堂堂，干净利索，问道："小子，叫什么啊？"

田小雨跟胖子军官低语道："他是个哑巴，可他是个好人，要不是刚才他给我馍吃，这会估计我早饿死了，三舅，你就帮帮他，把他带走吧，要不，一会日本人会把他枪毙的。"

胖子军官又看了看越威，便点头答应了。

田小雨问越威家在哪儿，越威指了指远处。

| 第二十八章 |

田小雨又问他是干啥的,越威摇了摇头。

田小雨便跟胖子军官说:"三舅,你看他是个哑巴,又没有活干,怪可怜的,你就帮他找个活干呗!"

胖子军官有些犹豫,田小雨便抱着他的胳膊开始撒娇,胖子军官架不住了,就点头答应。

下午的时候,来了一辆车,越威便跟田小雨告别,然后,上了车,驶出胖子军官家的大院,车很快开出集镇,沿着一条简易公路跑了一阵,一拐,进了一个山坳,里边是个兵营,营门口有荷枪实弹的士兵把守。车一直开到山坡一处丛林里才停住,眼前是一排房子,凭着柳依平时教他的日语,越威认出来后勤部的字样。

越威很快明白了那个胖子军官给他找的活是当勤务兵,专门负责给后勤部打杂干活。胖子军官之所以把越威领到这么重要的地方,除了看中越威的利索能干,更重要的是他是个哑巴,在这么一个军事机密重地,找一个会说话的人进进出出,是很危险的,而会干活的哑巴无疑是最佳的选择。就这样,没出两天,整个大院的人都认识了越威这个能干而又不会说话的哑巴,有些日伪兵竟还主动地跟他打招呼,很快,越威便可以拎着水壶到各个房间自由地转悠了。

经过几天的观察,越威发现大院的东北角有一溜房子,因为树丛的遮掩,显得很神秘,出入的人也少,越威便决定瞅机会进去探个究竟。那天下午,他拎着水壶便走了进去,进去的时候,发现几个日本兵在里边正忙着标定数据,越威冲着几个人笑了笑,举了举手里的水壶。对于越威,或许这些日本兵已经习以为常,并没戒意。越威将那些人的茶杯一个一个地倒满,表面上虽然漫不经心的样子,可一直紧张地用余光打量着屋里的一切,突然,他的眼睛似叫什么给刺了一下,定睛再瞅,他发现铺在桌子上的那张地图是刚刚绘制的,比例尺很大,上边的地物、地貌等内容特别详细,桌子的另一端放着一份文件,全是表格,他看见上边标有金条、车次的字样。那一刻,越威的心紧张得怦怦直跳,可他马上克制住了自己,倒完水,很平静地退了出去。

天近黄昏,越威从伙房又拎着个水壶走了出来,穿过一条南北走廊,他刚要拐弯,突然听到左侧传来一阵笑声,隔着篱笆,他看到几个日本兵从东北角的那一溜房间走了出来。正是开饭的时间，忙活了一天，几个日本兵似乎心情不错，说说笑笑地朝伙房走去，而其中的一间房门竟没有上锁。越威立时将水壶放在地上，蹲在一棵大树下，装着系鞋带，目光穿过裆部，看到那几个日本兵渐渐走远。他一把拎了水壶，绕过那片籓篱，摸到那间房间的门口，四下打量了一番，见没有异常，便冲了过去。房间里，布置依旧，越威快速拿出笔和纸，对比着那份文件描摹了一份，然后又拎着水壶晃晃悠悠地走了出来。

那天夜里，越威躺在床上思考了很多，他知道，他得尽快将这份情报传递出去，否则，这几车金条很快就会被鬼子运出沂水。

第二天一大早，越威又去伙房拎水，看见老崔拿着一双鞋走了出来。老崔跟出去买菜的给养员交代说："到了镇上，一定要找老沈补啊，老沈的活儿好，补得结实。"

听到"老沈"两个字，越威心里不由一震。等给养员推着车走了，越威又摸进伙房，见老崔一个人正在掏炉子，便压着声音叫了一声"老崔"。

老崔回头一看，发现是越威，以为是耳朵出毛病了，便疑惑地四下瞅了瞅，发现没有其他人。

越威又叫了一声老崔。

这下，老崔害怕了，说："你，你不是个哑巴吗？"

越威低声说道："老崔，你别害怕，实话告诉你吧，我是从葫芦山那边来的。"

老崔更为惊慌地说："呀，这么说，你，你是新四军？"

越威说："老崔，我刚才听见你说起清溪镇上补鞋的老沈，你俩认识？"

老崔说："认识，多少年的老朋友了，你问他干啥？"

越威也不隐瞒，便把事情一五一十地跟老崔说了。

老崔听得有些愣怔。

越威说："老崔，小鬼子的日子现在是兔子的尾巴，长不了了。俗话说，国家有难，匹夫有责，作为普通的老百姓，咱们也当为国家做些贡献，你说是不是？"

老崔点头，说："理儿是这么个理儿，可咱是平头百姓，能为这个国家做

第二十八章

啥贡献？"

越威说："现在就有个可以为国家做贡献的机会。"

老崔一愣，问："啥机会？"

越威便跟老崔如实地把情况说了一遍，又问老崔："你愿不愿意帮我把一份情报传出去？"

老崔想了想，说："可以，这些小鬼子是些机关兵，平时懒得够呛，衣服都不自己洗，从当地村庄雇了一个妇女帮他们洗衣服。这妇女叫陈秀英，人很可靠。她的堂哥在这里当差，是小头目，可以请她帮忙。"

第二十九章

第三天，上午十点多钟，老崔领着那个叫陈秀英的妇女来了。

越威将情况简单地跟她说了下。

陈秀英说："没问题，我帮你带出去。"说着，将那份情报塞到装满衣服的木盆里，然后，不慌不忙地走了出去。情报中，越威告诉周兴汉，鬼子运金条的卡车将会经过一个叫二龙岗的地方。接到越威的情报，周兴汉马上集合队伍，连夜出发，赶往二龙岗，哪曾想等他们赶到的时候，被眼前的情景惊呆了。二龙岗的谷底停着两辆卡车。卡车的四周躺着几具鬼子的尸体。周兴汉命几个战士小心翼翼地摸到卡车边，掀开伪装网，可发现卡车里空空如也，那些所谓的装金条的箱子已不翼而飞。原本绝对保密的计划却如何走漏了风声？就在周兴汉和一营的战士们被这场意外弄得百思不得其解之际，马占彪和马大炮却为分赃不均而闹得不可开交。

原来，老奸巨猾的马大炮为了自身利益，竟在吉田光一的身边安插了自己的眼线，就在越威探得日军将有两辆金条运出沂水的同时，马大炮已通过自己的眼线掌握到了同样的情报。马大炮马上叫来马占彪，命其带队，截下这些金条，条件是，金条到手后，二人三七开。马占彪当场应下，于是带人抢先一步把金条给截了。可等到金条拉回之后，马大炮亲自点验，发现比情报上说的少了几箱。马大炮便怀疑马占彪从中做了手脚，可马占彪坚称自己是清白的，于是，二人就争了起来。吵到后来，马大炮愤怒地掏出了手枪。

马大炮说："马占彪，我出来混的时候，你小子还穿着开裆裤呢！跟老子斗，你还嫩了点。"说着，就要扣扳机。

马占彪一惊，马上装出一副认罪的表情，说："马师长，我错了，我给您赔罪了。"说着，就要给马大炮鞠躬。马大炮哪里会想到，马占彪使的这是一个障眼法，刚弯下腰，藏在他后背的暗器就射了出来。那是一枚毒针，正中马大炮的咽喉。马大炮受痛，想喊却发不出声来，挣扎了一阵，身子一歪，便死在了办公桌上。

马占彪直起腰，脸上挂着冷笑，哼了一声，说："马师长，您老了，不中用了。"话音未落，门却突然被人推开，一个卫兵跑进来，本来有事向马大炮报告，可看到眼前的情景，吓得一惊。那卫兵刚要喊，话未出口，却被马占彪一枪撂倒，那卫兵口吐鲜血，用尽最后一口气，还想再喊，马占彪照着他的心窝又补了一枪，那卫兵头一歪，便不再动弹了。马占彪冲到马大炮的办公桌边，拉开抽屉，将里边的一个玉佩拿出，塞到血泊里的那卫兵手里，跟着，马占彪大喊："来人呐，抓刺客，有人行刺马师长。"

听到枪声，外边的卫兵们已蜂拥而至，这时，郑之建也赶了过来，发现马大炮已经身亡，郑之建惊得不知所措。

马占彪指着血泊里的那个卫兵，说："这人贪财，谋杀了马师长，被我撞上，开枪打死了。"

郑之建感到事情蹊跷，可一时也找不到其他的证据。他知道，马大炮这一死，如果现在他跟马占彪闹翻，反倒打草惊蛇，对己不利，思之再三，郑之建最终选择了隐忍，以待时机。

当天晚上，马占彪就召来了他的心腹们开会。

马占彪说："我现在干掉了马大炮，郑之建早晚会对我动手，这里已经不能再待了，得想出路，你们有什么意见？"

一个心腹支招说："不如投靠吉田光一吧，躲过了这一阵，如果感觉跟吉田还尿不到一壶里，咱们还脚下抹油，溜之大吉，再寻出路。"

马占彪思量再三，最终接受了这一建议，就这样，带人连夜去找吉田光一。等到郑之建缓过神带兵包抄过来，马占彪已是人去楼空。就在郑之建为没能抓住马占彪而懊恼之时，越威正跟伙房老崔在一间小屋里密谈。

越威问老崔："日本人运出去的这些金条是从哪里弄的？"

老崔说："'625'金矿。"

越威精神为之一振："625？"

老崔点头。

越威说:"这金矿,你进去过吗?"

老崔摇头。

越威说:"你知道这个金矿所在位置吗?"

老崔又摇头。

越威说:"你能不能想办法把我弄进去?"

老崔一惊,说:"日本人的那个'625金矿'就是个魔窟,人一旦进去就是个死,你去那儿干啥?"

越威也不隐瞒,如实把事情讲了一遍。

老崔说:"这么多年,进到这个'625金矿'的人几乎没听说谁后来活着出来的,因为劳动强度大,减员很严重。日本人每过一段时间就会从外边抓一批新人送进去。那真的是个杀人魔窟,从来是只见活人进,不见活人出。"

越威说:"他们一般什么时候往里边送人?"

老崔摇摇头,说:"这个没准,不过,我估摸着这段时间差不多又该往里面送人了,你如果实在想进去,得闹出点动静!"

"什么动静?"

老崔犹豫了一下,没有说话。

越威说:"没事,老崔,你说吧。"

老崔便如此这般地说了一遍。

第二天,天刚蒙蒙亮,伙房便传来老崔的喊叫声:"抓贼啊,抓贼啊。"房门被拉开,越威冲出房子,老崔从后边追。听到喊声,几个日伪兵抱着枪冲了过来。

老崔从后边一把抱了越威的腰,死抓不放,结果被越威一拳击倒在地上,越威一弯身,捡起地上的包,刚跑出门,迎头被几个日伪兵给堵了,接下来,就是一场混战,打斗中,越威的后脑勺挨了一枪托,便当场晕倒在地。

一个伪军问老崔:"到底咋回事?"

老崔说:"这个狗日的小哑巴偷我钱,被我发现了,还打人。太猖狂了!"

那伪军冲身后的一个日本兵头目嘀咕了几句,那日军头目一扬手,几个人

第二十九章

就把越威给拖走了。

越威在一间黑屋子里一连被关了三天。这期间，只吃了几个黑窝头，喝了一些冷水。转眼到了第四天头上，天刚一擦黑，房门被打开，进来几个日本兵，将越威拖到一个卡车旁，隔着后挡板，直接就将他扔了上去。进去后，越威发现满车厢都是人。

不一会儿，卡车发动，出了城，往大山开。越往里，天越黑，路也变得越发难走起来，也不知道在山里究竟开了多久，最后，卡车停下了。

越威他们被勒令下车，由一队日本兵押着前行，往山里又走了很长一段路，眼前闪出一个锈迹斑斑的大门。进大门前，越威他们被人用毛巾捂住了眼睛，所有人牵着一条绳子跟着往里走，不知又走了多久，被命令停下。等毛巾被摘掉，越威迷怔了好一会，才看清他们站在一个不大的广场上，四周全是圆锥状的铁炉子，足有一丈多高，炉子上面咻咻地冒着热气。一会儿，来了一个日本军官，跟几个日伪军交代了两句，就把越威他们分组，然后分头带走。

越威他们这组被带到一个有台阶的木房前，在一个小耳房领了被子、脸盆，然后就被带了进去。那木房子已年久失修，沿着楼梯走上去，吱吱作响。到了二楼，越威发现地板上睡的都是人。带队的日本兵指了指一个地方，越威就把被子放下，倒头便睡。结果，感觉刚睡下，就传来了集合哨响。一睁眼，越威发现天色刚蒙蒙亮，所有人起床的动作很快，越威这才发现睡在他一侧的是一个中年人，胡子拉碴的。越威试探性地想跟他打招呼，那人却冲他嘘了一声，说："别说话。"

众人集合完毕，正排队打饭，不远处，一个人却拎着裤子冲了上来，刚往队里钻，却被一个日本兵一枪托捣晕在地上，跟着那人便被几个日本兵拖着拉走了。这一幕看得越威直犯怵，可排在他前边的那中年人却一脸麻木地盯着前边打饭的窗口，似乎对这一切早已司空见惯。

第二天，越威被分给一个大铁锤负责砸矿石，而那个中年男人推着一个独轮车把越威砸碎的矿石拉到河对岸。越威本想利用劳动的间隙跟他说句话，可那中年人一脸的麻木，似乎不愿意搭理越威。就这样，一连三天过去了，那天，正干着活，那个中年人突然车子一歪，把脚给崴了，到了晚上的时候，疼得睡不着觉。

越威说："老哥，我帮你弄一下吧。"

中年人脸上挂着不信任的神情。越威抓了他的脚，大拇指试探性地四下撂了撂，等找到关键部位，手腕猛地一抖，只听"啪"的一声，那中年人疼得腮帮一鼓，汗都下来了。

越威拍了拍那中年人的脚脖子，说："好了，你试试。"

中年人试着用脚点了点地，脸上立时泛起笑意，说："嘿，太神了，不疼了。"

经过这件事，中年人对越威的态度有了根本性的好转，开始愿意跟越威聊天了，谈话过程当中，越威得知中年人姓胡。

又一天深夜，其他人都睡着了，越威压低声音跟老胡聊天。

老胡告诉越威，被抓进这座金矿前，他在家里原来是卖耙的，后来一次赶集的时候，被日本人给抓了进来。他现在在这儿已被关了三年了，跟他一起来的那批人病死的病死，累死的累死，已经都不在了。

越威说："咱们弄碎的这些矿石都弄哪儿去了？"

老胡说："你白天看到河对岸那座吊塔了吗？"

越威点头，他知道老胡指的是那座建在山顶上的木塔。

老胡说："这座山的对面还有一座山，山顶上也建着一座木塔。在这两山之间，是一个深不见底的山涧，下边是条大河，深不见底，一年到头，河水汹涌。两座木塔之间有个航吊，负责来回地把碎矿石运到对面的山里，在那里把这些矿石提炼成金子。"

越威说："老胡，你去过对面的山里吗？"

老胡摇了摇头，说："没有。"

越威说："你没想过逃出去吗？"

老胡说："以前想过，但后来不想了，因为这根本是件不可能的事。这么多年，我唯一看到的求生之路就是航吊下边那条深不见底的大河，据说这条河可以流进沂水，可那河水太深，掉进去就是一个死。"

越威说："老胡，日本人建的这个金矿真的有那么神秘吗？难道说真的就没

第二十九章

有人了解这座矿山?"

老胡说:"我来之前,日本人为了建这座矿山,抓了近二百人做劳工。白天黑夜连轴转,用了半年的时间,在地下挖了一条可供两辆卡车并行的密道,用来运金条,可密道一开通,负责挖掘的那些劳工通通被日本人活埋了。"

这话听得越威心里咯噔了一下,然后又问老胡,说:"那日本人提炼的金子都是怎么运出去的?难道就没有人知道了?"

老胡说:"有。"

越威心里又是一惊,"谁?"

老胡说:"我刚进来的时候,有一个工友告诉我,这个金矿的设计者是一个外国人,叫什么詹姆斯的,后来,这个詹姆斯也没了踪影,设计图也不翼而飞了。目前要想弄清楚这座金矿真相的唯一方法,就是找到这个外国人詹姆斯,可这怎么可能呢?人海茫茫的,哪里找去?"

老胡说完,人就睡着了,越威却陷入了沉思。

第二天下午,劳工们又开始忙碌,老胡推着车子走了过来。

越威说:"老胡,咱们换换,我来推车,你来砸矿石。"

老胡四下里看了看,发现没有人注意,便答应了。

越威将那些碎矿石装满车,推过木桥,到了山顶的那座木塔下,然后将碎矿石搬进筐里。等筐子装满,塔上的机器开始转动,那装着矿石的大筐一点点被吊起。就在升到一人多高的刹那,越威一个起跳,双手抓住筐沿,双腿一并,将身体紧紧地贴在筐底下,这个时候,所有人都在忙碌着,没有人注意到他。不一会,装满矿石的大筐便被吊到了半空中,然后,又缓缓地向对岸山顶移去。半空中,越威向下一看,下边河水翻滚,涛声震耳。这时,对岸的哨兵突然发现了筐底下有人,叫喊着,就要开枪,几乎与此同时,越威突地将手一松,人就从筐底坠了下去。

枪声响起的刹那,越威已坠入河里,汹涌的河水瞬间将他淹没。越威一口气在水下憋了好久,直到感觉安全了,才拱出水面。这时,天色已晚,山谷里,暮色四合。

越威又在河里游了一阵,看见河对岸有灯光,便奋力地游了过去。等他终于爬上岸,敲开那间茅草房,把那对老夫妇吓了一跳。

越威安慰老夫妇,说:"你们别怕,我是跑船的。送货途中触礁了,翻船了,大难不死游到了这儿,能不能给我点吃的东西?"

回到葫芦山,已是第二天的午后,越威顾不上休息,草草地吃了几口饭,就去了营部,跟周兴汉汇报这几天所打探到的情况。

听罢越威的讲述,周兴汉又犯难了,说:"这人海茫茫,去哪儿找这个詹姆斯去?这太难了。"

越威说:"难也得找啊,他现在是咱们打掉日本这个矿的唯一希望。"

周兴汉又将这一情况上报给军分区,伍司令亲自下令,沂水地区的所有情报网被启动。可一连多日,也没有打探到这个詹姆斯的下落,甚至有人带来消息说,据传,这个詹姆斯几年前就被日本人给杀害了。

就在越威他们一筹莫展之际,一个新的消息出现了,而带来新消息的人正是曼妮。

那天黄昏,曼妮突然派人给越威捎信,要他速往大富豪影院。二人见了面,没有任何客套,直奔主题。

曼妮说:"我打探到那个詹姆斯的下落了。"

越威精神立时为之一振,"他人在哪儿?"

曼妮说:"被日本人关在一个战俘营里。"

越威一惊。

曼妮说:"日本人占领沂水之后,在沂水建了一个战俘营,专门关押在华的外国人。这个战俘营里关押的有军人、学者、工程师,而詹姆斯就是其中一员。"

越威说:"这座战俘营建在哪儿?"

曼妮说:"建在城外一座大山里,地理位置非常隐蔽,那里原来是国民党的一个军火库。"

越威问曼妮:"这些情报是如何弄到的?"

曼妮说:"几天前,詹姆斯在狱友的帮助下,曾利用放风的机会,通过一个放羊的老头,给当地的国军游击队送来求救信。据詹姆斯信中交代,由于日本

第二十九章

人远东作战的失利,估计这段时间会杀掉战俘营里所有的战俘。可接到詹姆斯的求救信之后,这个游击队的负责人觉得敌我力量悬殊,没敢答应詹姆斯的请求,而是向上峰作了报告,现在重庆方面正在和美军商讨相关的营救措施。"

越威说:"情势危急,如果等重庆和美军商讨出营救措施,估计一切都晚了,现在看来,咱们必须提前下手。"

曼妮一惊,说:"可是以我们现有的条件又如何营救呢?"

越威说:"你能不能带我去找那个游击队的负责人?"

曼妮点头。半个小时后,在曼妮的带领下,越威见到了沂水地区国军第七游击队的关司令。简单的寒暄之后,切入正题。

越威说:"关司令,那个放羊的老头呢?"

关司令马上派人去找那个放羊的老头,半小时后,老头被人带了过来。

老头刚开始有些害怕,以为这些当兵的要找他麻烦。

越威说:"你别怕,我们现在需要你的帮助。"说着,给老头点了一根烟。老头抽了两口,咂吧咂吧嘴说:"帮啥忙啊?"

越威说:"你了解日本人这个战俘营吗?"

老头说:"我今年六十九了,一辈子都在这片大山里度过,这里的地形我太熟悉了。这个战俘营之前是国军的弹药库,大门朝南,战俘营后边是个大湖。"

越威说:"你是怎么接到那个外国人的求救信的?"

老头说:"那天,我在山坡上放羊,突然听到枪响,一个大鼻子黄头发的外国人跑了过来,后边有几个小鬼子在追,不一会儿,那个外国人就跑到我跟前,跑着跑着,身上挨了一枪,倒地跑不动了。他冲我摆手,我就走了过去。他塞给我一封信,还有一些钱,求我把这封信转交给当地的国军部队。我接过后,没敢耽搁,赶着羊躲进了一片山坳里。后来,就看见那些小鬼子把那个外国人给拖了回去。"

越威说:"这个战俘营外人能进吗?"

老头说:"那不行,大门口全是挂枪的日本兵,别说人,连个苍蝇都飞不进去。"

一听这话,所有人都蔫了。

越威说:"以你这几十年的生活经验,还有没有其他方法能接近这个战俘营?"

老头沉默了一会说:"有。"

所有人精神为之一振,"快说。"

老头说:"我有个堂侄叫三娃,今年二十岁了,卖火烧为生。他以前都是赶集卖火烧,后来我发现他不赶集了,总是把打好的火烧装进一个竹筐里,黄昏的时候挎出去,一转悠就回来了。我好奇,有一回,就问他,火烧卖哪儿?他也没瞒我,告诉我说,他把火烧拎到战俘营外边,卖给里边的外国人了。"

越威听得兴起,说:"能不能把你侄子叫过来?"

"可以。"

不一会,老头的侄子三娃来了。三娃明白了找他的原因后,便如实相告。

三娃说:"我们村西头有个大湖,每次打好火烧,从我家出来后,我就到村西口划船到湖中央的一个小岛上。这个岛有个溶洞,这个溶洞是我小时候就发现的。记得是有一回我和村里几个伙伴游泳,游到岛上,当时下大雨了,就找了一块石头躲雨。结果,刚躲到那个大石头下边,就发现石头下边有个洞。当时天阴,光线不好,反正看哪儿都是黑乎乎的,挺吓人的。当时,几个小伙伴就打赌说,谁要敢进去,就封他为王,以后什么事都听他的。可没人敢下去。后来,我就说我下去。结果,我下去一看,那洞口虽然小,可里面空间很大,黑乎乎的没有光亮,只能听见滴水的声音。我就摸着墙壁往里走,才发现那个溶洞很深,走了半天都没到头。我就硬着头皮往里走,走着走着,就听到前边有狗叫的声音。再走就发现有光亮了。不一会,到了洞口,洞口上边全是树枝和杂草。我踮着脚尖往外边瞅,发现外边是堵墙,墙上边还有铁丝网,墙头的西北角有个岗楼,上边还有挂枪的士兵。我就想起来了,这是一个弹药库。后来国军跑了,日本人把这修成了战俘营。我就把打好的火烧用篮子挎到这儿。日本人在墙上扯了铁丝网,一到晚上还通电,还有巡逻队,不过观察的次数多了,我发现每到吃晚饭的时候,鬼子有十几分钟的交班时间。我就利用这十几分钟,把准备好的门板架到铁丝网上,然后,站在门板上把火烧卖给那些外国人,赚些外快。"

三娃讲完,一个营救方案就在越威的脑海中形成了。

第二十九章

越威对三娃说:"你今晚还去卖火烧。"

三娃犯愣的工夫,越威取了笔和纸,刷刷几下,给詹姆斯写了封信,信上告诉詹姆斯:后天凌晨,务必摸到卖火烧的那棵杨树下,我将带人营救你。

三娃领了信走了。

当天晚上,借着夜色,越威又找到郑之建,说:"你们师的家伙硬,这次你得帮我,到时,你带人携几门迫击炮,摸到战俘营门口湖对面的山坡上,往大门口扔炮弹,迷惑鬼子,掩护我从左边救人。"

郑之建点头。

转眼到了第三天,凌晨时分,计划如期进行。

越威带着九连的兄弟分成两组,一组由他带领进溶洞营救詹姆斯;另一组由大贵带领,留在岛上负责接应。由于计划布置周密,营救一开始很顺利,可刚把詹姆斯给拉上墙头,鬼子的探照灯就打了过来,发现有情况,西北角的机枪就响了。九连的几个兄弟当场被打倒。情势紧急,越威不敢怠慢,带着詹姆斯边打边退,到了岛上,大贵他们马上开船,等小鬼子追到的时候,船已经驶到湖中央,超出了子弹的射程。

第三十章

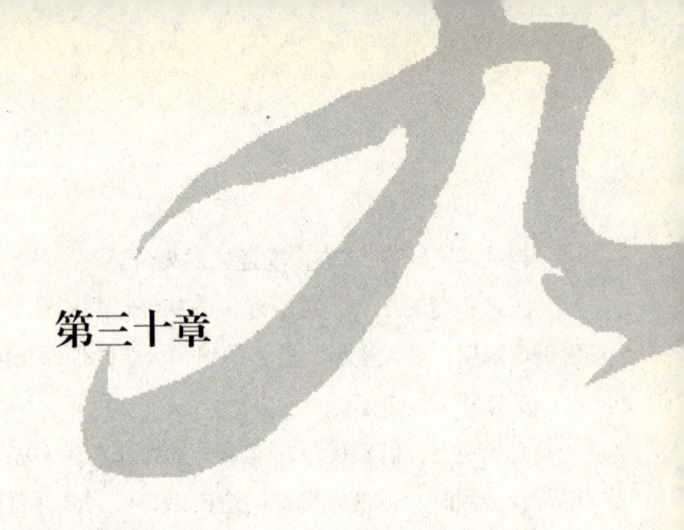

遥远的天际，月亮隐去，夜色愈浓。借着夜色，一队黑影弓着身，由远及近，疾驰而来，所有人全副武装，速度极快，眨眼到了山脚下。打头的黑影一打手势，队伍立时散开，瞬间消失在密不透风的树丛里。十几分钟后，越威慢慢地拨开草丛，呈现在他眼前的是一片泛着冷光的河水。

那天，越威他们把詹姆斯给救出之后，回到葫芦山，越威便把情况跟詹姆斯一五一十地说了。詹姆斯说："你们中国有句话叫'受人点滴之恩，当涌泉相报'，这次你们新四军为了救我，冒着这么大的危险，还牺牲了好几个战士，我没有理由不协助你们，但我也得实事求是地说，如果想炸掉日本人这个金矿，的确不是件容易的事，因为它的地理位置太险峻了，易守难攻不说，还到处是暗堡，迷宫一般。"

越威说："詹姆斯先生，你是这个金矿的设计者，想必你一定比其他任何人更了解它的地形，难道除了从正面上去，就真的没有其他的道路可走了吗？"

詹姆斯想了一会，说："有。"

听了这话，所有人的精神都为之一振，"快说。"

詹姆斯说："这片山区虽然矿产丰富，但水源不足，所以，日本人将金矿建成之后，吃水成了困难。后来，我带着人考察了一番地形，就在金矿背面的半山腰处建了一个抽水的机房，为保证山上供水的安全，日本人便派了一个班的兵力驻守机房。如果你们能打掉这个机房，就可以从这条密林小道摸进矿区，只是……"说到这儿，詹姆斯停了下来。

"只是什么？"

詹姆斯说："只是这个计划实施起来事实上很困难，因为这个金矿的背面是条大河，叫东巴河，河水一年到头波涛汹涌，河的对岸又是一座叫狮子岭的大

第三十章

山，狮子岭跟金矿所处的那座大山地形地貌几乎一样，奇峰插天，壁立千仞，唯一不同的地方在于，狮子岭上没有日本兵把守。"

听了詹姆斯的话，所有人都沉默了。

越威想了一会儿，说："詹姆斯先生，你能不能按照记忆，画一份这座金矿的草图来。"

"现在？"

"对。"

詹姆斯想了一下，说："好吧。"通信员拿来笔和纸张，詹姆斯拍了拍脑袋，开始俯在桌子上画了起来。

越威转身冲大贵他们说："趁现在天色没亮，按詹姆斯先生提供的路线，咱们马上出发，摸到狮子岭侦察一下地形，看看情况。"

半个小时后，越威带着大贵几个人摸进了与金矿一河之隔的狮子岭，在起起伏伏的山林里钻了一阵，拨开一片草丛，抬头望去，跟狮子岭一河之隔的金矿便横亘眼前。只见河的对岸群山绵延不绝，峰头林立，金矿所处的这座大山的三侧皆陡峭如刀削斧砍一样，近乎垂直，自西向东形成一道天然屏障。借着朦胧的晨光，半山腰的密林深处，隐约可见一个石头房的房顶，不消说，那就是詹姆斯说的负责金矿供水的机房了，而山下的那条东巴河水流湍急，河水撞击峭壁时发出的声响震耳欲聋。盯着眼前的情景看了一阵，越威已将所有的地形熟记于胸，然后，冲大贵他们摆了摆手，几个人又悄无声息地下了山。回到葫芦山时，天色已经大亮，越威将情况跟周兴汉说了一遍，听得周兴汉直挠头。

周兴汉说："照这么说，除非咱们会飞，否则要想渡过这条东巴河，简直难于上青天啊！"

就在所有人无计可施之际，越威站了起来，说："我倒想起一个方法。"

所有人的眼睛立时睁大，"啥办法？"

越威说："在我们老家，当地有个赤脚医生，医道很高明，方圆几十里，谁家要有了病人都会请他看病，由于我老家是山区，所以，赤脚医生每次出诊，就要借助一种叫溜索的渡河工具。"

马三说："连长，你的意思是咱们也借助溜索渡河，然后从金矿的背面摸上去？"

越威点头。

大贵说："可溜索这东西没人会做啊？"

越威说："你马上去趟凤阳镇，把铁匠铺的老王请过来。"不久，大贵把老王请了过来，越威跟老王把情况说了一遍。

老王说："没问题，你只要能把溜索的样子画出来，我连夜就能把它给做出来。"

越威马上伏案凭记忆画了一张溜索的图纸。老王带着他的徒弟连夜开工，不久，溜索真就做成了。可有一个新的问题出现了：如何把绳索的另一头架到河的对岸呢？

老王把越威带到了铁匠铺后边的一个小屋子里，从里边取出一个东西递给越威。越威接过那东西，不明就里。

老王说："越连长，这东西叫弩，实不相瞒，我年轻那会是义和团成员，当年进京跟洋毛子打仗的时候，手里拿的就是这家伙。你可千万别小看这把弩，它的威力大着呢，射击的精准度也极高。"越威马上明白了老王的意思。情势紧迫，越威将九连的兄弟们召集起来，连夜突击，强化训练如何使用溜索。转眼到了第三天，一切准备就绪，借着夜色，越威他们带着詹姆斯画的那份金矿草图便悄无声息地出发了。

草丛里，黑娃低声问越威："连长，这就是东巴河？"

越威点点头，从背上取出那把弩，瞄准了河对岸一棵大树，一扣扳机，"嗖"的一声，那枝利箭劈开空气，拖着长长的绳索就飞了出去，跟着"砰"的一声，奇准无比，一下射中了大树。

越威抓着绳索拉了拉，感觉可以了，将绳索这头在一棵碗口粗的树干上迅速系好，旋即扯下缠在胳膊上的毛巾，往绳子上一搭，脚后跟猛地在崖壁上一磕，嗖的一下，人就滑了出去，眨眼就到了对岸，在触崖的瞬间，一抬腿，朝着一块突出的石头猛地一蹬，身体蓦地腾空，与此同时，一伸手，就抓了那树干，手腕一运动，一个鹞子翻身，噌地一下，人就上去了。等越威将绳索这头完全固定好，冲着对岸打了个手势，不一会儿兄弟们都滑了过来。借着草丛的

第三十章

掩护，他们小心翼翼地往那座小石头房摸了过去。房前的那片空地上，有两团豆大的火光在忽明忽暗地闪，那是鬼子哨兵的烟头。越威一抖下巴，众人会意，迅速分成左右两路，包抄上去。由于是偷袭，鬼子哨兵根本不防，等终于回过神时，越威他们几个手里的匕首已经捅了过来。哨兵一解决，越威咣哧一脚将石头房的门给踹开，屋里还在睡觉的那几个日本兵还没明白怎么回事，越威他们手里的大刀已经砍了过来。肉搏战仅仅持续了几分钟，就宣告结束。接下来，众人就沿着那条密林暗道风一般冲了上去。

由于有詹姆斯绘制的草图，按照战前布置，九连分成两组，一组由大贵带领，携一种由陈小七研制的可以连爆的土雷炸掉金矿正面的那座碉堡，负责接应山下周兴汉带领的一营，两队人马会合之后，一起占领鬼子储蓄金条的那个仓库。另一组由越威带领，负责解救出矿工们之后，摧毁鬼子的那条运输金条的地下密道。

前边就是那座关押矿工们的木楼，越威他们这组呈散兵队形，搜索前行，每个人神情严肃，十分警惕，枪的准星刚套中一个物体，瞬间又移开，急速地转换着射界，捕捉目标，气氛极其压抑紧张。而此时的木楼里，光线幽暗，中间位置的一个房间的窗台后边，一顶钢盔慢慢露出，钢盔下，一双冷若冰霜的眼睛盯着街口，在他的视线里，进攻者的散兵线越来越近，他的一只手缓慢地抬了起来，半空中，停住。两三秒钟后，那只手突然下压，"呼"的一声，子弹呼啸着射出，九连的一个兄弟头部中弹，一团血雾升腾，子弹产生的强大动能将他撞出二三米远，仰面栽倒。这突如其来的一幕将夜的平静打破，双方立时展开激战。

被硝烟熏得乌黑的窗台后边，准镜里，那个日本兵又一次锁定了目标，随着他手指的轻轻一扣，"砰"的一声，子弹脱膛而出，又一个九连的兄弟猝然栽倒。此时，躲在一堵矮墙后边的越威显得异常镇静，枪的准星终于锁定了窗台外边的那日本兵。对方似乎也发现了越威，刚要调整射角，越威的枪却抢先扣响，一枪爆头，那日本兵从二楼一头栽了下来。

越威从断墙后边猛地蹿出，带领余下的兄弟，一通蛇形跑动，抵近楼房，飞起一脚踹向木门，结果木门竟纹丝没动，显然已经从里边被顶死了。与此同时，一个个黑洞洞的枪口从房子的不同位置伸了出来，长短枪一齐开火，把越威他们死死地压在了台阶下方。

眼瞅着就这么一小撮鬼子，这么近的距离，却久久攻不下来，越威急得眼睛都冒火了。情急之中，他四周看了看，突然像发现了什么，说："马三，你们跟我来。"

马三几个人跟越威跑到一个土房子前边。那房子经过这场激战，四面墙已有两面被打塌，一根碗口粗的顶梁在地上歪着。

越威说："把它刨出来。"

不一会儿，一伙人扛着那根大梁折了过来。

"撞。"随着越威一声令下，圆木的一头照着木门就撞了过去，"嗵"的一声，门没倒，墙上却哗哗地落下了一层土。

"再撞。"

咣哧，又一下，还没倒。

里边日本兵的机枪响了，其他的兄弟立时展开反击，掩护越威他们继续撞门。子弹雨点似的哗哗打来。

"撞！"越威声嘶力竭地喊了一声。

一队人抱着那根圆木喊叫着又冲了上去。

"嗵"，伴着一声闷响，这下，木门轰然倒塌。兄弟们精神为之一振，发一声喊，潮水般就涌了进去。接下来就是一场暴风骤雨似的混战，杀人的、被杀的全都乱喊一气，能传出好几里地远，听得人毛骨悚然。混战的结果是屋里的日本兵一个活口都没留，悉数被乱刀砍死！

里边的那些矿工们见有人来救，一个个欣喜若狂。老胡一眼便认出了越威，刚要喊，越威说："老胡，情况紧急，你带领大伙赶紧逃命。"救出老胡他们这些矿工之后，越威带着兄弟们又按照地图的标示，找到那条地下密道，一举将其炸毁。就在越威他们这组进展顺利之时，大贵他们那组却遇到了意外。大贵他们炸掉鬼子的碉堡，与周兴汉带领的一营会合之后，按照预定方案，冲向鬼子储藏金条的那间仓库，途中虽遇到了小股日本兵的阻挡，但最终还是突了进去，然而，等冲进仓库一看，傻了，发现仓库里竟空空如也。

第三十章

三天后，越威才知道，就在他带领九连潜入金矿的头天晚上，在马占彪的协助下，吉田光一已派人将矿区的金条秘密转移，至于那些金条被转移至何处，不得而知。

伍司令把周兴汉、越威等人召到司令部，说："这些金条是中国的资源财富，是中国劳工辛勤劳作的结晶。如果让吉田光一运出中国，那么我们这些军人就是历史的罪人，所以，上级要求我们不惜一切代价找到这些金条。"

然而，就在越威带着九连搜索金条下落的当口，一个意外的消息传来：日本天皇在东京下诏，宣布日本无条件投降了。这对饱受战争之苦的中国人来说无疑是天大的喜讯，可对于狂热的军国主义者吉田光一来说，简直是个天大的讽刺。他根本不相信大日本帝国会战败，于是下令固守沂水城，拒绝投降，并亲自制定了所谓的"玉碎计划"。

为了督促吉田光一投降，在美军的协助下，国军统帅部派出数架飞机轰炸沂水，两天后，沂水这座千年古城已是瓦砾遍地，一片废墟。

面对上有飞机、下有大炮，立体式的全方位打击，吉田光一终于顶不住了，在幕僚的再三劝说下，吉田光一终于下令：撤退。于是连夜掘道出城逃跑。在吉田光一出逃的过程中，他们要经过一个叫洙水镇的地方。这个镇本来由国军一个团重兵把守，可这个团跟吉田光一的部队刚一交手，打了不到半个小时，团长就带着侍卫逃跑了，等负责增援的郑之建部赶到之时，吉田光一带着部队已浩浩荡荡开出几十里之外了，迫不得已，郑之建只得向新四军求援。在请示了伍司令之后，越威马上带领九连与郑之建的部队联手，追击吉田光一，可没追多久，天色就暗了下来。加之越威他们使用的地图是几年前绘制的，很多地形、地貌、村庄、河流都有了很大变化，致使他们走了很多冤枉路。追到最后，连吉田光一的影子也没看见。黄昏的时候，天又下了大雨，越威只得命令部队在一个距海不远的小山村驻扎下来，埋锅做饭。正吃着饭，大贵带着小山村的保长胡大明走了进来。

胡大明告诉越威，他白天去赶集，下午回来的时候，见一支队伍打对面开了过来，他便躲在一处草丛里，等近了，发现是日本人。

越威等人精神一振，忙问："那些日本人往哪个方向去的？"

胡大明说:"进野人山了。"

听了这话所有人都一惊,谁都知道野人山绵延百里,荒无人烟,地形复杂。在这种情况下,要想进山搜到吉田光一,无疑是大海捞针,势必比登天还难。

就在大家一筹莫展之际,曼妮突然来了。她带来一个重要情报。曼妮说,几天前,吉田光一命令马占彪准备将金条运往海上装船,可由于连日暴雨,道路被冲断,只好将金条埋在了野人山里。曼妮说,今天上午,她截获了一个情报说,马占彪今晚将带人趁夜将金条运出野人山,装船之后,由海路运走。

越威说:"有没有吉田光一的消息?"

曼妮摇头,说:"本来同时截获的还有另一份情报,但是这封是加密的,我没能破译出来。"

越威说:"这个吉田在中国犯下了滔天罪行,如果让他这样逃跑了,那么这场打了八年的战争即便胜利了,也是有遗憾的。所以,无论如何得找到吉田光一,不能让他成为漏网之鱼。"

话虽这么说,可究竟如何才能在这茫茫大山之中找到吉田光一呢?

越威想了想说:"郑兄,今晚你带人拦截马占彪,我带九连进山搜索吉田光一。"

郑之建点头。

就这样,天一擦黑,大家便分头行动。

越威带着九连借着夜色的掩护悄无声息地摸进了野人山,在深山老林里钻了半夜,竟一无所获。

就在大家精疲力尽时,前方几米之外突然传来响动,越威等人一惊,马上闪到了树林后。借着微弱的月光,抬头再看,发现对面的乱草丛里有人影晃动,可以听到隐隐约约的说话声。等对方越来越近,从话音中,越威听出来是鬼子。

越威不动声色地冲大贵、马三打了打手势,二人会意,各自带人左右散开,包抄上去。等双方的距离越来越近,越威他们突然冲出草丛,将几个日本兵摁倒在地。越威本来想留下活口,问些信息,可大贵和马三的动作太快,还没等他说出口,一阵沉闷的肉搏之后,几个鬼子已被解决。

第三十章

马三从其中一个日本兵的挎包里搜到一份地图和一封电报，递给越威。借着月光，越威发现情报是日军统帅部发给吉田光一的，情报的内容是命他今夜凌晨从野人山突围，到一个叫金沟的简易机场集结，到时由日军的海军陆战队接应他。那份地图上，还标着吉田光一他们逃出野人山的行军路线。

越威看罢，心头不由一紧，说："看来这几个鬼子是吉田光一派出的尖兵。"说着，吩咐大贵："你马上去找丁大顺，带领水上游击队狙击鬼子的陆战队登陆。"

大贵领命，马上走了。

越威一挥手，带着余下的兄弟们飞奔着冲下谷底，去抢占吉田光一必经的一座石桥。等兄弟们赶到石桥，刚一就位，河对面，吉田带着人就出现了。

越威低声交代众人，先不要急着打，等吉田光一到桥中间再开火。

说话间，吉田光一他们已经速度很快地上了桥中间位置。随着越威的一声令下，岸上的轻重火器同时开火。这突如其来的一幕把吉田光一他们一下打蒙了。但只是瞬间的慌乱，吉田光一职业军人特有的冷静和果敢就表现出来了，开始组织他的部队进行反击，可由于越威他们占领了有利地形，激战了一阵，吉田光一无论如何也扭转不了被动挨打的局面，打到最后，实在顶不住了，下令撤退。

吉田光一的部下围成一堵人墙，掩护着他开始往后撤退。然而，刚撤出桥头，越威带着九连的兄弟们打桥的另一头风一般地扑了上来。于是，一场近距离肉搏战就此展开。

越威不管不顾，拎刀直奔吉田光一，二人一打照面，便战在一处。这段时间，中日战争态势变化太大，这对吉田光一来说，无论是精神还是肉体，都是一场极度的摧残，所以跟越威打了不一会，吉田光一体力开始不支，于是，卖了一个破绽，转身便跑。越威要追，却被吉田光一的两个卫兵给挡住，等越威好不容易将两个卫兵放倒，抬头再看，吉田已跑出好远。越威提刀便追，吉田光一逃命心切，一路飞奔着往山头上跑，可跑着跑着，突然停住了，他发现眼前就是悬崖。稍一愣怔的工夫，越威便追到了他身后。

吉田没有了退路，只好转过身，发出一声喊，举刀扑向越威。两人在山顶那块平地上再一次战在一处。就在越威和吉田光一打得难解难分的同时，郑之建和马占彪在另一处的山谷里也展开了白刃战。

由于郑之建带人在草丛里设伏，打了马占彪一个措手不及。激战中，马占彪跳下汽车，想趁乱逃跑，可刚要往一侧的草丛里钻，却被郑之建堵住了去路。

郑之建说："马占彪，我三叔虽然不是一个好的军人，但他是一条命，他人不能白死，自古以来杀人偿命，为了金钱利益，你心狠手辣，杀了我三叔，今天我得替他报仇。"

马占彪冷笑道："这话说得太早，谁干掉谁还未可知。"

郑之建说："那就试试吧。"喊着，就冲着马占彪扑了上来。二人便战在一处。打了几个回合，马占彪瞅准间隙，手腕一抖，藏在他袖里的匕首就露了出来，刺向郑之建的咽喉，郑之建再躲，已经为时已晚，一下被刺中。

马占彪收了匕首，转身欲走，郑之建在倒下的瞬间，忍痛照着马占彪抡出大刀，马占彪被砍中，摇晃了几下，倒地身亡。与此同时，不远处，曼妮飞奔着冲了上来，到了跟前，一把将血泊里的郑之建抱起，眼泪如断线的珍珠一般夺眶而出。

郑之建躺在曼妮的怀里，嘴角泛起笑意，声音微弱，说："曼妮，我知道这么多年，你喜欢的人一直是越威，可我想告诉你，我爱的人一直是你。"

曼妮泣不成声，说："我知道，我知道，对不起，之建。真的对不起。"

郑之建说："曼妮，我有一个请求，你可以答应我吗？"

曼妮拼命地点头。

郑之建说："你可以亲我一下吗？"

曼妮流着泪，亲了郑之建的额头。

郑之建笑了，然后，眼睛慢慢闭上了。

而此时的越威和吉田光一二人已打得精疲力尽。吉田光一的胳膊上挨了一刀，疯了一般吼叫着再次举刀劈向越威。越威下意识地将身一闪，吉田光一一刀走空，抽刀又砍，但迟了半拍，电光石火的一瞬，越威手里的刀已经抡了过来。吉田光一再想躲闪，晚了，伴着一道血线溅起，吉田光一木桩似的栽倒在地。

| 第三十章 |

　　天色拂晓，战斗也宣告结束，大贵带着水上游击队的战士们全歼日本海军陆战队。

　　激战了一夜，枪声停止了。

　　漫山遍野的尸体。活下来的兄弟们一个个破衣烂衫，相互搀扶着，夹在人群中的柳依冲着精疲力尽的越威拼命地挥手。

　　初升的朝阳，映红了一张张年轻的脸庞。